너 지금
어디 가?

너 지금 어디 가?

김한수 장편소설

돌봄

창비

"아빠, 이건 좀 너무하는 거 아니야?"

"뭐가?"

"시험을 코앞에 둔 아들을 밭에서 부려 먹는 건 쪼끔 아니라고 생각하는데……."

"얼레, 나는 너 부려 먹은 적 없다. 시급 오천 원씩 꼬박꼬박 지불했다. 그리고 시험공부가 그렇게 하고 싶으면 지금이라도 가서 해. 누가 붙잡는다던?"

진짜 치사하다. 어차피 줄 용돈 가지고 부려 먹으면서 되레 생색이다. 다른 애들은 대가 없이 용돈을 받는데 나는 매주 토요일마다 주말농장에 끌려 나와 죽도록 일을 해야만 한다. 얼렁뚱땅했다가는 시급이 깎이기 때문에 요령 따위는 꿈도 못 꾼다. 아침 7시부터 12시까지 곰처럼 일해서 이만 원을 받는데, 그나마도 한 시간은 새참 시간이라며 시급에서 깐 것이다. 억울해도 할 수 없다. 정 고까우면 밥값을 내라고 우겨 대니 힘없는 내가 참을 수밖에. 토요일에 일이 있을 때에는 주중에라도 벌충을 해야 한다. 그럴 때는 아빠가 할당량을 정해 준다.

이 모든 게 스마트폰 때문이다.

초등학교를 졸업할 때까지 나는 휴대전화를 가져 본 적이 없다. 부모님은 무슨 고집인지 초등학생에게 휴대전화는 당찮다며 중학생이 될 때까지 기다리라는 말만 되풀이했다. 그럴 때 보면 엄마와 아빠는 죽이 척척 잘 맞는다. 그 탓에 나는 친구들은 물론이고 사촌들에게까지 불쌍한 애 취급을 받았다.

마침내 중학생이 되었을 때 나는 최신형 스마트폰을 상상하며 꿈에 부풀었다. 그런데 휴대전화 매장에서 부모님이 고른 것은 폴더폰이었다. 스마트한 시대에 폴더폰이라니, 나는 하마터면 울음을 터뜨릴 뻔했다. 어찌나 분한지 얼굴이 시뻘게지면서 숨소리까지 거칠어졌다.

"그럼 이렇게 하자. 스마트폰을 사 주는 대신 요금은 네가 벌어서 내라. 아르바이트 자리는 내가 알아봐 줄 테니 걱정 말고."

"아빠, 지금 그게 말이 돼?"

"왜 말이 안 된다고 생각하니? 중학생이면 반은 어른인데 자기

앞가림 정도는 해야지. 그건 당연한 거야. 나는 네 나이 때 신문 배달 해서 학비까지 벌었다."

"또 그 얘기. 그건 아빠 때 얘기고 요즘 애들은 공부하기도 바쁘다고."

"공부는 네가 알아서 하는 거고. 막말로 너 위해서 공부하지 엄마나 아빠 위해서 공부하냐? 더 이상 긴말할 것 없고, 어떻게 할래?"

아빠가 말도 안 되는 똥고집을 부릴 때면 대책이 없다. 나는 울며 겨자 먹기로 아빠의 제안을 받아들였다. 폴더폰을 산다는 건 상상만 해도 끔찍했기 때문에 달리 선택의 여지가 없었다.

그날 이후로 나는 토요일마다 아빠가 일구는 백 평짜리 텃밭에서 일을 하기 시작했는데 그게 벌써 일 년이나 되었다. 그 일 년간 나는 스마트폰 요금뿐만 아니라 내 용돈까지 벌어 써야 했다. 아빠는 내가 중학교에 입학하자 그 전까지 멀쩡하게 잘 주던 용돈을 딱 끊어 버리며

"중학생 정도면 자기 용돈은 자기가 벌어서 써야지, 부모한테 손 벌리는 건 초딩들이나 하는 짓이다. 억울하냐? 억울할 거 하나도 없다. 엄마, 아빠가 네 봉도 아니고, 이 집에 살려면 너도 최소한의 기여는 해야지. 왜? 중학생이니까!"
라고 약 올리듯 말했다.

기가 막히고 코가 막힐 노릇이었지만 나는 마지못해 받아들였

다. 엄마는 그 곁에서 한술 더 떠서 앞으로 내 방 청소와 빨래도 알아서 하라며 윙크를 해 보였다. 나는 으악, 소리를 지르며 고만 방으로 뛰어들어 가서 침대 매트리스에 마구 박치기를 해 댔다.

다른 애들은 공부만 신경 쓰면 되는데 나는 시험을 앞두고서도 용돈을 벌자고 밭에서 일해야 한다니, 정말 이건 불공평하다. 다른 것도 아니고 공부해서 성적 좀 올려 보겠다는데 훼방을 놓기로 아예 작정이라도 한 사람처럼 구는 아빠가 은근히 얄미웠다. 나는 혹시나 하는 마음에 다시 한 번 사정해 보기로 마음먹었다.

"아빠, 그래도 2학년 올라와서 치르는 첫 시험인데 사정 좀 봐주면 안 돼? 이번엔 영어 점수 좀 올리고 싶단 말이야. 첫 시험부터 망치면 쪽팔리잖아."

"누가 붙잡았냐? 공부하고 싶으면 가서 하라는데도 자꾸 입 아프게 왜 이러실까."

에고, 기대한 내가 바보지. 나는 내 쪽은 쳐다보지도 않고 씨뿌리기에 여념이 없는 아빠의 뒷모습을 째려보았다.

다음 달엔 이래저래 돈 쓸 일이 많아서 용돈을 제법 벌어 둬야 한다. 토요일마다 밭에서 일을 해 봐야 한 달이면 팔만 원이다. 거기에서 스마트폰 요금 삼만 사천 원을 빼면 간식 몇 번 사 먹기에도 빠듯하다. 그래서 안 될 걸 알면서도 아빠한테 부탁해 본 건데 공연히 헛짓한 셈이 되고 말았다.

나는 익숙한 손놀림으로 낫질을 해 가며 아빠를 바꿀 수 있다면 얼마나 좋을까 하고 부질없는 생각을 잠깐 해 보았다. 아니다, 아빠만 아니라 엄마도 문제다. 시험 기간에 빨래와 청소를 시키는 것도 모자라서 설거지까지 부려 먹는다. 다른 애들 집에서는 그럴 시간 있으면 한 글자라도 더 공부하라며 등을 떠민다는데 우리 집은 어쩜 부부가 이렇게 똑같은지, 원. 부부가 오래 살면 닮는다는 말은 아마도 우리 부모님 때문에 생겨난 모양이다.

*

기분 참 꿀꿀하다.

예상은 했지만 막상 예비 채점을 해 보니 한숨부터 나온다. 다른 과목들은 80점대에 턱걸이를 했으니 그럭저럭 선전한 셈인데 문제는 영어와 수학이다. 내 딴에는 꽤나 신경 써서 준비했지만 두 과목 다 60점대다. 점수를 떠나서 자존심이 상한다. 수학은 좀 더 노력하면 어찌어찌 좇아가 보겠는데 영어는 영 답이 안 나온다.

엄마, 아빠가 조금만 배려를 해 줬다면 더 잘 볼 수도 있었을 텐데……. 와락 짜증이 치민다. 딸랑 하나밖에 없는 아들 공부에 관심이 있기나 한 것인지 모르겠다.

축구를 하자고 붙잡는 아이들을 뿌리치며 운동장을 가로지르는데, 저 멀리 교장 텃밭에서 삽질을 하는 박정태가 보인다. 녀석은 우리 학년 짱이다. 워낙 체격이 좋은 데다 격투기 유단자라 선배들도 함부로 대하지 못한다. 그런데 텃밭에서 삽질을 하는 걸 보면 또 무슨 말썽을 부린 모양이다.

교장은 사소한 교칙 위반에도 아이들에게 텃밭 일을 시킨다. 개인 텃밭에서 봉사 활동을 하게 하다니 진짜 치사하다. 자기는 손끝 하나 까딱하지 않으면서 아이들만 죽도록 부려 먹는다. 그러다가 아이들이 토마토 하나라도 따 먹으면 학교가 다 시끄럽다. 마음 같아서는 교육청에 확 신고라도 하고 싶지만, 경찰서나 요양 시설 같은 데 찾아가서 봉사 활동을 하느니 텃밭에서 일하는 게 여러모로 편하니까 다들 꾹 참는다.

문득 교장과 아빠의 얼굴이 눈앞에 어른거리며 겹쳐 보인다. 아, 짜증 제대로 난다.

교문을 나서는데 저만치 앞에 같은 반인 지욱이가 맥없이 걸어가고 있다. 녀석과는 초등학교 4학년 때부터 맨날 같이 놀던 사이다. 나는 살금살금 다가가서 오른팔로 녀석의 목을 장난삼아 휘감았다.

"야아, 이 칙칙한 분위기는 뭐지?"

나를 쳐다보는 지욱이의 두 눈에 눈물이 글썽글썽하다.

"시험 망쳤냐?"

"……."

"이번엔 몇 개나 틀렸는데?"

"여섯 문제……."

나는 남의 일 같지 않아서 한숨을 내쉬었다. 하지만 전 과목에서 여섯 문제 틀렸다고 우는 놈은 지욱이밖에 없을 거다. 세 문제 이상 틀리면 녀석은 엄마한테 죽은 목숨이다. 초등학교 4학년 때부터 줄곧 그래 왔다. 지욱이네 엄마는 창피한 게 뭔지 알아야 한다면서 지욱이의 옷을 홀딱 벗겨 내쫓은 적도 있다. 초등학교 5학년 때 아파트 현관 밖에서 팬티 차림으로 두 손 들고 벌을 서던 녀석의 모습은 잊을 수가 없다. 이번에도 녀석은 보나 마나 기말고사 때까지 엄청 갈굼을 당할 것이다. 한 달간 휴대전화를 뺏기고 컴퓨터나 텔레비전도 금지다. 지욱이네 엄마가 우리 엄마였다면 나는 백 번도 넘게 가출했을 거다. 물론 우리 엄마는 절대로 그럴 리가 없다. 그건 진짜 다행이다.

　"야, 기분도 꿀꿀한데 햄버거 어때? 내가 쏠게."

　"됐어. 먹으면 체할 것 같다."

　"그럼 스트레스 뺑 날리게 노래방 갈까?"

　"사정 뻔히 아는 놈이 누구 죽는 꼴 보려고 작정했냐? 나도 너처럼 맘 좀 편해 봤으면 원이 없겠다. 봐라, 이거."

　지욱이는 휴대전화를 열어서 문자 메시지를 보여 줬다. 새로운 과외 선생님이 기다리고 있으니 끝나는 대로 집으로 뛰어오라는 호출이다. 시험만 끝나면 과외 선생이 바뀌는 생활을 지욱이는 견디기 힘들어했다. 정들 만하면 선생이 바뀌는 통에 오히려 공부하는 데에도 방해가 된다는 것이다. 그게 얼마나 고역인지 지욱이는 과외 선생 전화번호를 '좆 됐다 1', '좆 됐다 2', '좆 됐다 3'으로 입력해 놨다. 오죽 답답하면 저럴까. 나는 지욱이의 마음이 충분히 이해가 됐다. 그러거나 말거나 만점짜리 성적표를 받아 들기 전까진 삼 개월마다 선생이 바뀔 것이다. 지욱이는 먹살을 잡혀 끌려가는 사람처럼 땅이 꺼지도록 한숨을 내쉬며 점점 멀어져 간다.

우리 부모님도 문제지만 지욱이네 부모님은 더 큰 문제다. 이래도 힘들고 저래도 힘드니 갑자기 인생이 거지같이 느껴진다.

*

달빛이 환하다. 외진 곳의 벤치라 그런지 인적이 드물다. 나는 붉게 달아오른 얼굴을 떨군 채 운동화 코만 내려다보았다. 힐끗 옆을 쳐다보니 미스에이의 수지 누나가 나를 향해 소리 없이 미소를 짓고 있다. 가슴이 터질 듯이 쿵쾅거린다. 눈이 부셔서 수지 누나를 똑바로 쳐다볼 수가 없다. 나는 얼른 운동화 코로 눈길을 떨어트렸다. 수지 누나와 나란히 호수 공원 벤치에 앉아 있다는 사실이 좀처럼 믿기지 않는다.

"건호야, 사실은 오래전부터 너를 좋아하고 있었어."

수지 누나의 고백이 꿈결처럼 아득하게 들려왔다. 동시에 수지 누나의 하얀 손이 내 턱을 가만히 들어 올렸다. 누나의 손이 이끄는 대로 고개를 드니 두 눈을 꼭 감은 누나의 얼굴이 내게로 다가

왔다. 점점 가까워지는 얼굴을 나는 두 눈을 동그랗게 뜨고서 지켜보았다. 숨이 멎을 것만 같다. 누나의 입술이 내 입술에 닿을락 말락 한다. 나는 두 눈을 질끈 감았다.

"건호야, 김건호!"

수지 누나의 입술과 내 입술이 막 닿으려고 하는데, 등 뒤에서 누군가 내 어깨를 잡으며 이름을 불러 댄다. 아빠의 목소리라는 걸 깨닫고 퍼뜩 눈을 뜨니 환한 내 방 천장이 눈에 들어왔다. 어리둥절해서 사방을 휘둘러보는 내 어깨를 아빠가 재우쳐 흔들었다.

"어서 정신 차리고 밥 먹자."

비로소 상황이 파악됐다. 조금만 더 늦게 깨웠어도 수지 누나와 입맞춤을 할 수 있었다는 생각에 화가 치밀었다.

"아, 몰라!"

나는 이불을 팩 뒤집어썼다. 꿈이 너무나 생생해서 눈만 감으면 바로 이어질 것 같았다. 그러나 잠은 이미 천리만리 달아난 뒤였다. 아빠라는 사람이 꿈꾸는 것조차 딴죽을 걸다니 정말 도움이 안 된다. 나는 신경질적으로 이불을 걷어차며 머리를 북북 긁어 댔다.

거실로 나오니 아침 식사 준비로 부산한 엄마 곁에서 아빠가 열심히 거들고 있다. 시계를 보니 8시다. 어제 밭에서 너무 무리를 했는지 몸이 무겁다. 남들은 어린이날을 맞아 롯데월드니 에버랜드니 잘도 다니는데 아빠는 나를 밭으로 꾀어냈다. 돈이 필요했던 나는 못 이기는 척 따라 나가서 아침 7시부터 오후 3시까지 일을 하고 삼만 오천 원의 용돈을 벌었다. 어린이날이면 오천 원이나 만원쯤 더 얹어 주는 선심을 쓸 법도 한데 아빠는 어림도 없다. 그래도 양심은 있어서 중국집에서 외식을 하긴 했다. 하기야 사흘간의 황금연휴를 맞아 놓고서도 아무 계획이 없으니 미안하기도 했을 것이다.

"어이, 아들. 멍 때리지 말고 수저라도 갖다 놓지?"

고양이 세수를 마치고 식탁에 앉아 있던 나는 볼을 잔뜩 내민 채 못 들은 척했다. 아빠의 따가운 시선이 느껴졌지만, 거실 창밖의 화창한 풍경에 눈길을 풀어 놓은 채 꿈쩍도 하지 않았다. 아빠는 그런 나를 가만히 내버려 두었다.

밥상이 다 차려지자 부모님이 식탁에 마주 앉았다. 반찬을 보니 한숨이 나온다. 맨 풀밭이다. 내가 무슨 토끼 새끼나 염소 새끼도 아니고 최소한 햄 정도는 밥상에 올라와야 예의 아닌가. 이래서 언제 키가 쑥쑥 자라겠는가. 나는 뭐라고 한마디 하려다 말고 입을 꾹 다물었다. 투덜거려 봤자 굶지 않는 것만 해도 감지덕지한 일인 줄 알라는 소리나 들을 게 뻔하다.

"여보, 어제 학원에서 말이야……."

아빠가 불쑥 말문을 열었다.

"어떤 여자애가 정문 엘리베이터 앞에서 펑펑 울고 있더라고. 원래 공부와는 담을 쌓고 살다가 이제 맘 좀 잡아서 친구 따라 우리 학원에 들어오려고 했던 모양이야. 그런데 입학시험에서 턱

없이 낮은 점수를 받는 바람에 입학 자체가 불가능해진 거지. 전해 듣기로는 열심히 공부할 테니 다닐 수만 있게 해 달라고 한참을 매달렸다는데 마음이 짠하잖아. 그래서 내가 부원장한테, 그렇게까지 공부가 하고 싶다는데 못 이기는 척 받아 주지 그랬느냐고 슬쩍 운을 띄워 봤어. 그랬더니 부원장이 단호하게 한마디 하데. 학원 격 떨어져서 안 된다는 거야."

나는 아빠의 얘기를 들으며 엄마의 안색을 살폈다. 아니나 다를까, 밥술을 놀리는 엄마의 표정이 살짝 어두워졌다. 아빠가 저런 얘기를 꺼낼 때는 어김없이 그 뒷말이 정해져 있다. 세상을 탓하는 소리로 은근슬쩍 분위기를 잡다가 학원을 때려치우고 싶다는 말을 꺼낼 것이다. 입시 학원에서 언어 논술을 가르치는 아빠는 요즘 들어 부쩍 학원에서 강의하는 것을 못 견뎌 했다. 나는 그런 아빠를 좀처럼 이해하기 힘들었다. 엄마 말에 따르면 아빠는 학원계에서 제법 잘나가는 강사라는데 왜 그만두지 못해서 안달인지 도통 모를 일이다.

"여보세요, 아저씨. 조용히 밥 먹읍시다."

엄마가 굳은 표정으로 아빠의 말을 잘랐다. 아빠는 입맛을 다시며 꼬리를 말았다. 나는 그런 아빠를 살짝 째려보았다. 마음만 먹으면 큰돈을 벌 수 있으면서도 학원을 그만두지 못해 몸살을 하는 아빠가 내심 얄미웠다. 그 탓에 엄마만 고생이다.

사실 작년 봄에 아빠는 학원 수업을 대폭 줄여 버렸다. 엄마의 반대에도 소용없었다. 잔뜩 술에 취해서 도통 이해 못 할 소리를 줄줄이 늘어놓더니 나중에는 훌쩍훌쩍 울기까지 했다. 더 이상 아빠를 말리지 못했던 엄마는 그 대신 분식집에 취직을 했다.

그러자 불똥이 단박에 내게로 튀었다. 그때부터 엄마는 맛있는 것도 잘 안 사 주고 옷이며 신발도 다 떨어져서 너덜거릴 지경이 되어야 마지못해 사 주었다. 유명 상표는 꿈도 못 꿨다. 따지고 보면 휴대전화 요금을 내게 떠넘긴 것도 돈을 아끼려는 속셈이다. 교육적 차원이라니 개뿔, 다 헛소리다. 이렇게 엄마가 고생을 하고 하나밖에 없는 아들마저 거지꼴인데도 학원을 그만두고 싶다는 소리를 달고 살다니, 새삼 부아가 치민다.

"아빠, 나 영어 학원 보내 줘!"

나는 묵묵히 밥술을 놀리는 아빠를 향해 내뱉듯이 말했다. 아빠는 그런 나를 빤히 쳐다보더니

"너 인터넷 강의 듣고 있잖아. 그런데 무슨 학원?"

하고 되물었다.

"그럼 다른 애들은? 다 학원 다니잖아. 어떤 애들은 그러면서 과외까지 한다고."

"너, 공부도 적성이다. 혼자서 할 수 없다면 그건 공부에 소질이 없는 거야. 학원이다 과외다 난리 쳐 봐야 결국 헛짓이란 말씀이지. 그럴 시간에 차라리 자기가 잘할 수 있는 게 뭔지 진지하게 고민하면서 이것저것 시도해 보는 게 백배 유익하다. 요리나 목공이

나 자동차 정비, 하다못해 드럼이나 댄스를 배워 보겠다면 그건 밀어줄 의향이 있다."

"아니, 그냥 영어 학원에 보내 달라고. 아들이 공부 좀 하겠다는데 들어주면 안 돼? 그리고 좀 전에 아빠 학원에 찾아온 애는 불쌍하다며? 걘 불쌍한데 난 아니라고? 논술 선생님이 그러면 안 되지."

"어쭈, 제법인데. 어쨌건 공부는 혼자서 하는 거라는 아빠 생각엔 변함이 없다."

"그러다가 내가 대학 못 가면 아빠가 책임질 거야?"

"난 너한테 대학 가라고 한 적 없다. 대학을 가든 말든 그건 네가 알아서 해라. 스무 살이 되기 전까지 먹여 주고 입혀 주고 재워 주면 됐지, 네 인생까지 책임져 달라고? 그건 아니지."

나는 고만 말문이 막혀서 물을 벌컥벌컥 들이켰다. 정수리에서 김이 나는 것 같다. 엄마라도 내 편을 들어 주면 좋으련만, 이럴 때 엄마는 아빠와 천생연분이다. 나는 아빠를 지그시 쏘아보았다. 차라리 남자답게 그냥 학원 보내 줄 돈이 없다고 털어놓는다면 나도 어린애가 아닌 이상 얼마든지 이해할 수 있다. 그런데 맨날 해괴한 소리만 늘어놓으니 정말 갑갑하다.

"아빠, 제발 돈 좀 벌지!"

나는 한마디 툭 쏘아붙인 뒤 식탁 의자를 박차고 일어났다. 아빠는 요놈 봐라, 하는 표정으로 내 얼굴을 쳐다봤는데 그러거나 말거나 나는 내 방으로 들어가서 일부러 방문을 쾅 닫아 버렸다.

나는 침대에 누워서 이불을 머리끝까지 뒤집어썼다. 사실은 아빠가 영어 학원에 보내 준다고 해도 내가 다닐 수 있는 곳은 몇 군데 없다. 잘 가르치기로 소문난 스카이탑 학원은 해외 영어 캠프를 다녀오지 않은 애들은 받아 주지도 않는다. 그럭저럭 괜찮은 학원들도 레벨 테스트를 통과하기가 만만치 않다. 그런데도 엄마, 아빠는 천하태평이니 속이 부글부글 끓는다. 나는 베개로 입을 틀어막고서 으아아악, 하고 괴성을 질러 댔다.

*

점심을 먹고 운동장으로 나오니 공을 차는 아이들의 함성으로 학교 전체가 왁자지껄하다. 반마다 축구공을 들고 쏟아져 나와서 그야말로 발 디딜 틈이 없다. 형형색색의 축구공들이 사방에서 튀고, 아이들은 그 공을 쫓아 날다람쥐처럼 운동장을 내달린다. 정태를 비롯한 우리 반 애들도 그 속에 있다.

애들과 합류하기 위해 경중경중 계단을 밟는데 문득 단상 옆 스탠드에 멀거니 앉아 있는 지욱이가 눈에 들어왔다. 녀석이 이 시간에 교실이 아닌 운동장에 나와 있다니 의외다. 점심시간에 지욱이는 으레 교실에 틀어박혀 영어 단어를 외우거나 수학 문제를 풀기 마련이다. 반 아이들은 그런 지욱이를 재수 없어 하면서 은근히 따

돌린다. 하지만 녀석의 사정을 속속들이 아는 나로서는 그럴 수가 없다.

가까이 다가가니 지욱이의 손에 스마트폰이 들려 있다.

"야, 너네 엄마가 웬일이냐? 스마트폰을 일주일 만에 다 돌려주고. 이거 해가 서쪽에서 뜨겠는걸."

"그럴 만한 사정이 있다."

지욱이는 아이들이 뛰노는 풍경을 물끄러미 쳐다보며 깊은 한숨을 내쉬었다. 그런 녀석의 모습이 자못 심각하다. 은근히 걱정이 된 나는 지욱이 옆에 가만히 앉았다. 나는 재우치지 않고 지욱이가 말을 꺼낼 때까지 차분히 기다려 주었다.

"나 어제 엄마한테 대들었다."

이윽고 지욱이가 말문을 열었다.

"정말?"

"응. 어제는 정말 못 참겠더라. 너도 알잖아, 우리 엄마 새벽 2시까지 나 감시하는 거. 중학교 올라와서 2시 전에 자 본 적이 없다. 엄마는 내 방문을 반쯤 열어 놓고서 텔레비전을 봐 가며 수시로 나를 훔쳐보는데 그 기분이 어떤 건지 넌 모를 거야. 졸라 비참해. 그런데 어제는 정말로 숨이 막혀서 죽을 거 같더라고. 그래서 엄마한테 얘기했어. 너무 힘들다고, 죽을 거 같다고. 그러니까 엄마가 대학에 들어갈 때까지만 참으라더라. 그래서 더 큰 소리로 대들었어. 지금 당장 죽을 거 같은데 어떻게 참느냐고. 그랬더니 우리 엄마가 무슨 짓을 한 줄 알아?"

지욱이는 격해진 감정을 추스르느라 잠시 말문을 닫았다. 그런 녀석의 눈에 눈물이 글썽글썽했고 스마트폰을 쥔 손은 바르르 떨렸다.

"주방에서 식칼을 가져오더라. 식칼을 들고 서서 나를 노려보며 아무렇지도 않은 목소리로 그러는 거야. 그럼 죽자. 얼마나 무섭던지, 그 자리에서 무릎 꿇고 싹싹 빌었다. 으으…… 지금도 소름이 끼친다."

듣는 내가 다 오싹했다.

"그게 미안했던지 오늘 아침에 폰을 돌려주더라고."

말을 마친 지욱이는 손등으로 눈가를 훔쳤다. 문득 지욱이의 엄마가 좀비처럼 느껴졌다. 아니다, 좀비도 그보다는 덜 무서울 것이다.

"건호야, 나는 정태 같은 애들이 정말 부럽다."

"무슨 소리야?"

"정태는 엄마 없이 할머니랑 둘이서만 살잖아. 단 하루만이라도 엄마 없이 살아 봤으면 좋겠어. 아니, 엄마가 있더라도 딱 하루만 아무것도 안 하고 마음껏 자 봤으면 좋겠다."

나는 지욱이의 마음이 절로 이해가 됐다. 잠시 무거운 침묵이 흘렀고 때마침 5교시 수업을 알리는 종이 울렸다. 운동장에서 공을 차던 아이들이 우르르 교실을 향해 뛰기 시작했다. 지욱이도 말없

이 일어서서 교실로 향했다. 막 발걸음을 떼어 놓던 녀석은 갑자기 나를 향해 돌아서더니

"건호야, 고맙다."

하고 말했다.

"뭐가?"

"내 얘기 들어 줘서."

그러더니 이내 아이들 틈에 섞여서 교실로 사라졌다. 우두커니 서서 지욱이의 뒷모습을 바라보던 나는 세차게 고개를 가로저었다. 자꾸만 무서운 생각이 들었다. 누군가와 의논을 하지 않으면 두고두고 후회할지도 모른다는 예감이 발목을 붙잡고 늘어졌다. 그런데 누구와 의논해야 할지 막막하기만 했다.

*

"헐, 대박!"

목공 동아리에서 만든 2인용 그네의자 두 개가 느티나무 아래 설치되자 아이들이 구름처럼 몰려들었다. 저마다 스마트폰을 꺼내 들고 사방에서 인증 사진을 찍어 댔다. 목공 동아리 회원 스무 명은 그네의자 앞에서 홍두깨와 함께 기념 촬영을 마친 뒤 아이들에게 둘러싸였다. 홍두깨는 목공 동아리를 지도하는 국사 선생님의 별명인데 생김새가 만화 「달려라 하니」의 선생님 캐릭터와 완

전히 판박이다.

아이들은 저마다 아는 얼굴들을 붙잡고서 질문 공세를 퍼부어 댔다.

"이거 정말 너희가 만들었어?"

"목수처럼 기계도 막 쓰고 그랬어? 무슨 기계를 썼는데?"

"진짜 짱이다. 다른 것도 만들 줄 알아?"

나 또한 아이들에게 둘러싸여 그네의자 만드는 과정을 대충 설명해 주었다. 애들은 자기도 목공 동아리에 들 걸 그랬다며 부러움을 표시했다. 나는 절로 어깨가 으쓱해졌다.

목공 동아리가 두 달간 고생해서 만든 그네의자는 누가 봐도 예술 작품이다. 처음에 그네의자를 만들기로 결정했을 때만 해도 모두 반신반의했다. 홍두깨가 전문가의 완성품 사진을 보여 줬을 때는 말도 안 된다며 의기소침해졌다. 그러나 점점 그네의자의 기본 골격을 갖춰 가면서 우리들은 자신감이 붙기 시작했다. 마침내 그네의자가 완성되었을 때, 우리는 모두 하이파이브를 하며 일제히 환호성을 질러 댔다. 어떤 애들은 기쁨을 주체 못 해서 양팔을 한껏 벌린 채 목공실을 뛰어다니기도 했고 어깨동무를 하고서 껑충껑충 뛰기도 했다. 우리가 이토록 멋진 그네의자를 만들어 냈다는 게 그저 놀랍기만 했다.

그네의자 주변에 모여들었던 아이들이 흩어지자 홍두깨는 중국집에 전화를 걸어서 짜장면을 배달시켰다. 잠시 후 우리는 그네의자 주변에 빙 둘러앉아서 짜장면과 군만두를 정신없이 먹었다. 어찌나 꿀맛인지 이제까지 먹어 본 짜장면 가운데 최고였다.

"정말 고생 많았다. 나는 처음부터 너희가 해낼 줄 알았어. 하지만 이렇게까지 멋지게 해낼 줄은 미처 몰랐지. 참 자랑스럽다. 너희도 그렇지?"

홍두깨가 그 어느 때보다 환하게 웃으며 물었다. 우리는 합창을 하듯 일제히 예, 하고 큰 소리로 대답했다.

"다들 알고 있겠지만 우리의 목표는 올가을까지 저 등나무 옆에다 정자를 짓는 거다. 할 수 있겠지?"

"예!"

운동장이 떠나가라 목청껏 대답을 하니 가슴이 벅차올랐다.

"자, 다음 주까지 여러분이 각자 만들 소품을 정하고 개략적인 설계도를 그려서 제출하도록. 그럼 이만 해산."

말을 마친 홍두깨는 교사 안으로 사라졌다. 홍두깨의 뒷모습을 보며 나는 목공 동아리에 들길 정말 잘했다고 생각했다. 들리는 말에 따르면 홍두깨는 아이들과 목공 동아리를 하려고 2년간 가구 공방에서 공부했다고 한다. 우리를 가르칠 때의 실력을 보면 보나 마나 엄청 열심이었을 것이다.

우리는 저마다 돌아가면서 그네의자에 걸터앉은 모습을 스마트폰에 담았다. 집에 돌아가기 전에 3학년 형들은 후배들의 어깨를 한 번씩 안아 주었다. 그네의자를 만들면서 나 역시도 형들과 부쩍 친해졌다. 형들과 친해지니 왠지 모르게 든든하다. 그 가운데서도 민형이 형의 존재는 대박이다. 별명이 불곰인 민형이 형은 팔뚝이 내 허벅지만 한 데다가 우리 학교 팔씨름왕이다. 난다 긴다 하는 3학년 형들의 손목을 민형이 형은 손가락 두 개로 가뿐히 넘긴다. 민형이 형의 친형도 옆 고등학교의 팔씨름왕이라고 하니 아마도 집안 내력인 모양이다.

후배들도 전에 없이 살갑게 느껴져서 잘 대해 주고 싶다는 생각이 든다. 원래 후배들에게는 아무런 관심도 없었는데 목공 동아리 애들은 오랫동안 알아 온 것처럼 친근감이 든다. 이상한 일이다.

학교를 빠져나와 '팡팡 떡볶이' 앞을 지나치면서 보니 우리 학교 아이들은 물론이고 옆 고등학교 학생들까지 바글바글하다. 그 가운데는 박정태도 있고 대풍이의 얼굴도 보인다. 정태 옆자리에는 우리 학년 퀸카인 지혜가 바싹 붙어 앉아 있다. 짱이라서 그런지 정태는 전교 꼴등인데도 여학생들에게 인기가 많다. 하긴 내가 봐도 정태는 연예인을 해도 될 만큼 잘생겼다. 거기다 키까지 크니 여자들이 저렇게 따라다니는 것도 무리는 아니다.

팡팡 떡볶이는 새로 생긴 분식집인데 정말 장사가 잘된다. 주인은 이십 대의 잘생긴 형인데 그 때문인지 여학생 단골이 많고, 여학생들이 몰리다 보니 좀 논다 하는 애들의 출입도 잦다.

그런데 대풍이는 아예 정태의 부하가 되기로 작정한 모양이다. 요즘 들어 틈만 나면 정태의 곁에 붙어 있다. 뭐, 둘이 붙어 다니건 말건 나랑은 상관도 없는 일이다.

뚱땡이로 통하는 대풍이는 키가 백칠십밖에 안 되는데 몸무게는 백 킬로그램이 넘는다. 본인은 구십 킬로그램밖에 안 된다고 바득바득 우기지만 믿는 사람은 아무도 없다. 녀석이 걸어갈 때 보면 꼭 공이 굴러가는 것 같다. 그래도 대놓고 놀리는 애들은 거의 없다. 집이 부자이기 때문이다. 학기 초에 전학을 온 대풍이는 돈으로 애들의 환심을 샀다. 마치 걸어 다니는 슈퍼마켓인 양 걸핏하면 애들에게 먹을 걸 돌렸고, 그걸 즐기는 것 같았다. 성적은 아예 바닥이었지만 녀석은 전혀 개의치 않는 태도로

"난 공부 따윈 신경 안 써도 돼. 어차피 아빠 사업을 물려받을 거거든."

하고 우쭐댔다.

녀석의 뻐기는 꼴을 보노라면 영 재수가 없지만 내심 부럽기도 했다. 돈 많아서 나쁠 건 하나도 없으니까.

나는 집을 향해 발걸음을 재촉했다. 서둘러서 가면 아빠가 출근하기 전에 집에 도착할 수 있을 것이다. 한시바삐 아빠에게 그네의자 사진을 보여 주며 자랑하고 싶었다. 나는 걸어가면서 친구들 몇몇에게 그네의자의 사진을 첨부해서 단체 카톡 메시지를 날렸다. 그러자 삽시간에 짱, 대박, 쩐다 등의 문자가 수십 개 달렸다. 친구들이 이렇게까지 호응해 주니 목에 힘이 들어간다. 살다 보니 오늘처럼 좋은 날도 있다는 생각에 콧노래가 절로 나왔다.

*

"큰일이다. 이래서 어디 농사짓겠나? 뭔 놈의 날씨가 비 한 방울 없담."

아빠는 하늘을 원망스레 올려다보며 한탄했다. 내가 봐도 이번 가뭄은 좀 심하다. 요즘 밭에 나와서 내가 주로 하는 일도 물 주는 것이다. 백 평 밭에 물을 흠뻑 주자면 세 시간은 족히 걸린다. 내가 물을 주는 동안 아빠는 마늘과 양파와 감자 밭에 북을 주면서(식물의 뿌리 부분에 주변의 흙을 긁어서 덮어 줌) 풀을 잡았다.

올봄 들어서 아빠는 지나치다 싶을 만큼 기후 걱정이 늘었다. 가뭄 때문에 고통받는 농민들 얘기가 뉴스에 나올 때마다 나를 불러내서는

"잘 봐 둬라. 저런 걸 봐 두는 게 진짜 공부다."

하고 자못 진지한 표정을 지었는데 그때마다 나는 짜증이 치밀었다. 작년에 나를 텃밭에 끌고 다니면서부터 아빠는 이미 날씨 타령을 귀에 딱지가 앉도록 되풀이해 왔다. 물론 아빠 얘기 중 일부는 학교에서 배운 것과 일치하기도 했고 어떤 때는 우리 반 담임인 사회 선생님의 얘기를 듣고 있는 것 같기도 했다. 그렇지만 아빠의 결론은 대개 황당하기 짝이 없었다.

"이제 봐라. 기후 변동 탓에 이십 년 후면, 그러니까 네가 서른다

섯 살이 되면 심각한 식량 대란이 일어날 거야. 인류학자들의 예측대로면 세계 인구의 40퍼센트가 죽고 3차 세계 대전이 일어난다 이거지. 그러면 우리나라처럼 식량을 전적으로 수입에 의존하는 나라들은 그야말로 풍비박산이 나는 거야. 다시 말해 이십 년 뒤에 너와 네 친구들이 십중팔구는 굶어 죽는다는 얘기다.”

그런 말을 할 때 아빠의 표정은 굉장히 비장했다. 하지만 나는 속으로 코웃음을 쳤다. 황당해도 정도가 있지 이건 숫제 판타지 소설이다. 지구 온난화가 점점 심각해진다고 하니 뭐, 오백 년쯤 뒤에 그런 일이 일어난다고 하면 믿을 수도 있다. 그런데 이십 년 뒤라니, 아들인 나야 그러려니 하고 넘어간다지만 남들이 보면 미쳤다고 손가락질할 게 뻔하다. 애도 아니고 정말 어처구니가 없다. 어른이라면 적어도 어떻게 해야 가족들을 위해서 돈을 더 많이 벌 수 있을지, 좋은 아빠가 되려면 무엇이 필요한지 현실적인 고민을 하는 게 정상이다. 그런 면에서 보면 아빠는 확실히 정상이 아니다.

언젠가 한번은 하도 아빠가 한심해 보여서 아빠의 꿈은 뭐냐고 물어본 적이 있다. 그랬더니 아빠는 표정 하나 바뀌지 않고

“내 꿈? 지구를 구하는 거!”

하고 천연덕스럽게 대꾸했다.

나는 고개를 절레절레 내젓고 말았다. 내가 이렇게 답답한데 엄마의 속은 아마 썩어 문드러질 것이다. 도대체 아빠가 가족을 보살

필 생각이 있는 사람인지 가끔은 의심이 든다. 생각이 제대로 박인 사람이라면 지구가 아닌, 하루 종일 분식집에서 고생하는 엄마부터 구하는 게 순서다.

내가 스마트폰에 저장해 둔 그네의자 사진을 보여 주며 자랑을 했을 때만 해도 그렇다. 원래 아빠는 목공에도 관심이 많고 재주가 좋다. 주말농장의 연장간과 퇴비간도 아빠가 만들었다. 그래서 내 딴에는 한껏 칭찬을 기대했는데 아빠는 잘 만들었네, 한마디 하고는 끝이었다. 어찌나 뻘쭘하던지, 그날 하루 들떴던 마음이 씻은 듯이 가시고 말았다. 하나밖에 없는 아들의 마음도 헤아리지 못하면서 지구를 구하겠다니 웃기지도 않는다. 나는 지욱이 문제를 놓고 아빠와 의논하지 않기를 백번 잘했다고 생각했다.

학교에서 지욱이를 대할 때마다 나는 어쩐지 위태위태한 생각에 가슴이 졸아드는 기분이었다. 그런데 정작 지욱이는 전과 다름없는 태도로 학교생활을 해 나갔다. 애들이 떠들거나 말거나 쉬는 시간은 물론이고 점심시간에도 영어 단어를 외우거나 수학 문제를 풀었다. 그런 지욱이를 보노라면 나 혼자 괜한 걱정을 하는 것인지 의구심이 들었지만, 그럼에도 뭔가 찜찜한 게 자꾸만 마음에 걸린다. 그래서 아빠하고 의논하면 어떨까 하는 생각도 잠시 해 보았다. 하지만 이내 마음을 접었다. 아빠 성격으로 미루어 짐작건대 하등의 도움도 안 되는 엉뚱한 소리나 늘어놓을 게 뻔했다.

이래저래 머리가 복잡해서 화풀이하듯 밭에 마구 물을 뿌려 대는데 곁에 있던 아빠의 휴대전화가 울렸다. 무슨 일인지 전화를 받자마자 아빠의 얼굴이 어두워졌다.

"뭐라고? 언제? 그래서 지금 상태는 어떠시대?"

목소리가 몹시 다급했다. 서둘러 전화를 끊은 아빠는

"건호야, 외할머니가 쓰러지셨단다. 어서 가자."

하고 급하게 앞장을 섰다.

내가 뭐라고 물어볼 새도 없이 아빠는 농장 입구에 세워 둔 자전거를 향해 달려가서 페달을 밟았다. 나도 내 자전거로 부지런히 아빠의 뒤를 쫓았다. 외할머니가 쓰러지시다니, 가슴이 우둔우둔 뛰었고 무서운 생각이 꼬리에 꼬리를 물었다.

*

외할머니 댁의 툇마루에서 내려다보는 섬강은 정말 아름답다. 갈대숲이 빽빽한 강변에는 드넓은 백사장이 그림처럼 펼쳐져 있고, 강 건너편으로는 깎아지른 절벽이 장관을 이룬다. 금빛 물결이 반짝거리는 강물 위로 이따금 물고기들이 튀어 오른다.

엄마는 빨래를 탈탈 털어서 마당을 가로지른 빨랫줄에 널었다. 엄마가 빨래를 털 때마다 작은 무지개들이 허공에 나타났다 사라진다.

장독대 옆으로는 큼직한 자두나무 두 그루가 서 있는데 오후가 되면 나무 그늘이 툇마루까지 뻗친다. 그 나무는 할머니가 엄마를 임신했을 때 할아버지가 선물로 심어 놓은 것이라고 하니 수령이 오십 년 가까이 된다. 외할아버지는 내가 태어나면서 더욱 정성껏 자두나무를 보살폈다고 한다. 그러한 정성에 힘입어 여름이 되면 자두가 어찌나 많이 달리는지 나뭇가지가 부러질 지경이다. 할아버지가 살아 계실 때는 해마다 다섯 상자도 넘는 자두가 우리 집으로 배달되고는 했었다. 할아버지가 보내 주신 자두는 시장에서 사 먹는 자두하고는 차원이 달라서 아무리 많이 먹어도 물리지 않았다. 엄마는 그 가운데 일부를 덜어서 자두잼을 만들었는데 그 맛이 사 먹는 것보다 배는 좋았다.

그러나 할아버지가 돌아가시고부터 한동안은 자두를 구경도 할 수 없었다. 자두를 딸 사람이 없었기 때문이다. 엄마는 자두가 익을 때쯤 되면 할아버지 생각에 눈가를 훔쳤고 나 또한 괜스레 마음이 어수선했다. 할머니도 자두나무를 쳐다보면 자꾸만 할아버지 생각이 난다면서 차라리 베어 버렸으면 좋겠다는 소리를 자주 입에 올리셨다. 그 모습을 보다 못한 아빠는 삼 년 전부터 자두가 익을 때쯤이면 나를 데리고 두 차례씩 할머니 댁으로 차를 몰았다. 한 번은 벌레가 자두에 알을 까지 못하도록 목초액을 치기 위해서였고, 다른 한 번은 자두를 수확하기 위해서였다. 자두를 따기 위해서는 나무를 타야 하기 때문에 그 일은 주로 내 몫이었다. 나는 장대에 매단 잠자리채를 들고 나무에 올라 한나절 내내 자두를 땄는데, 그 일은 이상하게 힘도 들지 않고 재미가 있었다.

내가 자두를 따는 동안 아빠는 할머니의 농사일을 거들었다. 그게 적성에 맞았는지 아빠는 일하는 내내 표정이 밝았고, 농사에 관한 질문을 쉬지 않고 해 댔다. 아빠가 주말농장을 시작한 것도 그때부터다.

자두를 다 따면 아빠는 나를 대동하고서 마을 어른들에게 수확한 자두를 한 소쿠리씩 돌리셨는데 그때마다 어른들은

"하이고, 이거 매번 고마워서 어쩐댜?"

해 가며 고추장이며 장아찌 같은 것을 막무가내로 내 손에 쥐여 주셨다.

마을 어른들에게 자꾸 그런 걸 받으면 좋기는커녕 이상하게도 마음이 편하지 않았다. 마을에는 자두 말고도 여러 종류의 과실수들이 많은데 딸 사람이 없다. 도시에서는 귀하기 짝이 없는 대봉 감이 주렁주렁 매달려도 그림의 떡이나 다름없다. 딸 사람이 없으니 떨어지는 족족 죄다 터져서 거름이 될 뿐이다. 마을 어른들은 과실수들을 뻔히 눈앞에 두고도 장날 읍내에 나가서 과일을 사다 먹는다. 엄마 말에 따르면 삼십 년 전만 하더라도 이 마을에 초등학생만 삼백 명이 넘었다는데, 학교는 진작 폐교가 되었고 아이 울음소리가 끊긴 것도 벌써 오래전이라고 한다. 오죽하면 이장님이 이러다가 마을이 통째로 사라질까 봐 걱정이라는 하소연을 다 하겠는가.

엄마가 빨래를 다 널 때쯤 해서 할머니와 아빠가 마당에 들어섰다. 나는 얼른 마루에서 내려와 유모차를 밀고 들어오는 할머니를 부축했다. 낙타처럼 등이 굽은 할머니는 유모차 없이는 잘 걷지 못하신다. 엄마가 마루에 밥상을 차리는 동안 아빠는 수돗가에서 세수를 했다.

"할머니, 근데 쟤 누구야?"

나는 강가에 거룻배를 띄워 놓고 한 시간 가까이 물속에 들락날락하고 있는 내 또래 아이를 가리켰다. 햇볕에 검게 그을린 듯한 그 애는 일 분도 넘게 잠수를 했다가 물 위로 불쑥 솟구쳐서는 배 안에다 뭔가를 부려 놓았다. 그러곤 또다시 물속으로 사라지기를 반복했다. 배 위에는 어른 둘과 어린아이 한 명이 앉아 있었다.

"누구 말여?"

"저기, 배 띄워 놓고 수영하는 애 말이야."

"아, 쟈 말여. 병민이라고 저짝에 사는 앤디 쟈가 아마 너하고 동갑일 거이다."

"근데 뭐 하고 있는 거야?"

"잉, 민물조개를 잡고 있는 겨. 시상에 저만한 애는 다시없을 거이다. 쟈 아부지는 앞을 못 보고 어매는 뇌성마빈가 뭔가 혀서 사지를 잘 못 써. 근디 쟈가 저러코롬 조개를 잡아다가 식당에 팔아서는 지 부모 봉양도 허고 동생도 돌보고 허는 겨. 아이고, 짠한 거. 저 쬐깐한 애기가 공부허기도 힘들 텐디 물질에 밭농사에 논농

사에 엔간한 장정 몫을 다 혀. 인사도 어찌나 잘허는지 아주 온 동
리에 칭찬이 자자하구먼."

나는 할머니의 얘기를 귀담아들으며 병민이라는 애를 물끄러미
바라보았다.

조개잡이가 끝났는지 그 애는 개구리헤엄으로 거룻배를 강가
로 끌고 갔다. 입이 쩍 벌어질 만한 수영 실력이었다. 강가에 도착
한 그 애는 배를 말뚝에 붙들어 맨 뒤 조개 자루를 번쩍 들어서 경
운기로 옮겨 실었다. 그런 뒤 부모님을 부축해서 경운기의 짐칸에
태우고 시동을 걸었다. 그 애는 강둑 위로 경운기를 몰고 총총히
사라져 갔다. 나하고 동갑이라는 게 도무지 믿기지가 않는다. 내가
한참 어린 애만 같다.

"시장헐 틴디 어여 드소."

아빠가 밥상 앞에 앉자 외할머니는 어린아이한테 하듯 아빠의
손에 숟가락을 쥐여 주었다. 나는 그런 할머니를 가만히 쳐다보았
다. 설날 때보다 부쩍 늙어 보이신다. 등도 더 굽은 것 같다. 등이
어찌나 굽었는지 거짓말 조금 보태서 턱이 바닥에 닿을 둥 말 둥
했다. 저런 몸으로 밭농사 천 평을 어떻게 지으시는지 정말로 불가
사의다. 아빠와 나는 백 평 가지고도 힘들어서 쩔쩔매는데 할머니
는 작년까지만 해도 혼자서 이천 평의 밭농사를 지었다. 그것도 달
랑 호미 한 자루만 들고서. 걷지를 못해 기어 다니면서 농사를 짓
는데도 아빠와 내가 힘을 합친 것보다 더 빠른 속도로 해치우시니

정말이지 초능력자가 따로 없다는 생각이 절로 들었다.

"엄마, 올라와서 우리랑 함께 살면 안 돼?"

엄마가 영 걱정스러운지 할머니의 눈치를 살피며 조심스레 물었다.

"난 숨이 맥히서 거서 하루도 못 산다. 도시가 어데 사람 살 데가?"

"그럼 농사를 그만 짓든가."

"죽으면 썩어 없어질 몸뚱어리 놀면 뭐헌다니? 공밥 먹는 것두 다 죄다."

"그러다 또 쓰러지면?"

할머니는 고집스럽게 입을 다물었다. 엄마도 더 이상 뭐라 생기지를 못하고 연방 한숨을 내쉬었다. 해마다 똑같이 되풀이되는 실랑이다. 할머니의 고집은 아무도 못 꺾는다.

어제 우리 가족이 내려왔을 때만 해도 그렇다. 할머니가 밭에서 일하다 쓰러져서 119 구급차에 실려 갔다는 연락을 받고 병원에 도착하니, 할머니는 벌써 환자복을 벗고 퇴원 준비를 하고 계셨다. 의사 선생님과 부모님이 합세해서 말려 보았지만 할머니는 막무가내였다. 잠시 어지럼증이 났을 뿐 아무렇지도 않다면서 기어이 병원을 나서고 말았다. 집으로 돌아오자마자 할머니는 밭으로 나갈 채비를 서둘렀다. 엄마가 결사적으로 막았지만 할머니는 들은 척도 하지 않았다. 결국 아빠가 나서서

"장모님, 내일 아침 일찍 제가 고구마 다 심어 놓을 테니까 걱정하지 말고 쉬세요."

하고 안심을 시키자 그제야 몸을 뉘었다.

미동도 않는 할머니를 붙들고 엄마는 다시 설득을 시작했다.

"엄마, 그러면 며칠만이라도 우리 집에 가서 쉬어, 응? 엄마가 자꾸 이렇게 고집부리면 내가 정말 미쳐 버릴지도 몰라."

"아이고, 염병헌다. 쓸데없는 걱정 작작 하고 어여 올라가."

"엄마, 제발⋯⋯."

엄마는 울먹이는 소리로 애걸했다. 그러자 할머니는 괴춤에서 꼬깃꼬깃 접힌 만 원짜리 두 장을 내 손에 쥐여 주며

"건호야, 공부 열심히 혀라, 잉. 할미 보고 자프면 전화허구."

하면서 딴청을 부렸다.

결국 엄마가 백기를 들고 말았다. 할머니는 고춧가루와 된장과 들기름과 깨소금 등속을 한 보따리 챙겨서 엄마에게 건넸으나 엄마는 일부러 휭하니 돌아서서 자동차에 올라탔다. 할머니는 아빠에게 챙기라는 손짓을 했다. 아빠는 마지못한 태도로 보따리를 트렁크에 실었다.

"어여 가, 어여. 운전 조심허고."

할머니는 유모차를 끌고 집 밖까지 배웅을 나오며 연신 손을 내저었다. 할머니에게 인사를 하고 뒷좌석에 올라타니 엄마는 두 손으로 얼굴을 감싼 채 울고 있었다. 아빠가 액셀을 밟자 우리 가족

을 태운 자동차는 강변도로로 올라섰다. 뒤를 돌아다보니 할머니는 꼬부라진 몸을 유모차에 의지한 채 망부석처럼 서 있었다. 나도 모르게 코끝이 찡해 왔다.

　고속도로에 접어들어서야 엄마는 울음을 멈췄다. 아빠는 분위기를 바꾸기 위해 라디오를 켰다.

　"정신 사나우니까 라디오 좀 꺼!"

　엄마가 버럭 언성을 높이자 아빠는 움찔하면서 라디오를 껐다. 차 안에는 한동안 숨 막힐 듯 무거운 침묵이 흘렀다. 나는 스마트폰을 꺼내서 무음 상태로 만들어 놓은 뒤 게임을 했다. 그때 아빠가 조심스러운 목소리로 말문을 열었다.

　"여보, 우리 내려와서 장모님 모시고 살면 어떨까?"

　이 무슨 해괴한 소리란 말인가. 나는 내 두 귀를 의심했다. 엄마는 아무런 대꾸도 하지 않고 차창 밖만 내다보았다. 묘한 긴장감이 차 안에 감돌았다.

　"장모님이 앞으로 사시면 얼마나 더 사시겠어. 우리가 장모님 모시고 살면서 정착하면 먹고살 방법이야 얼마든지 있지 않겠어? 그러는 편이 건호를 위해서도 좋을 거야."

　나는 어이가 없었다. 하나밖에 없는 아들을 촌뜨기로 만들겠다니, 귀신 씻나락 까먹는 소리가 따로 없다. 나는 조마조마한 마음으로 엄마의 대답을 기다렸다. 내가 촌뜨기가 될지 말지는 엄마의 말 한마디에 달려 있다. 할머니 때문에 마음이 흔들린 엄마가 아빠

말에 동조할지도 모른다는 불길한 예감에 가슴이 두근거렸다. 시골에 처박혀 친구도 없이 촌닭으로 산다는 건 생각만으로도 끔찍했다. 만약에 엄마가 찬성하면 어떡하지? 그렇다면 야단이다. 그러나 역시 엄마는 내 편이었다.

"여보세요, 아저씨. 정신 차리세요."

엄마는 아빠를 향해 차갑게 쏘아붙였다. 아빠는 뭔가 할 말이 잔뜩 있는 눈치였으나 더 이상 토를 달지 못했다. 나는 속으로 아싸, 하고 쾌재를 불렀다. 본전도 못 찾고 머리만 긁적이는 아빠를 보니 아주 깨소금 맛이다.

*

2교시는 국어 시간이다. 애들은 하나같이 국어 선생님을 좋아했는데 특히 남학생들이 더했다. 국어 선생님은 누구라도 첫눈에 호감을 보일 정도로 미인이었다. 선생님은 얼굴만 예쁜 게 아니라 수업도 정말 열심히 했다. 그러나 아이들이 국어 선생님을 좋아하는 진짜 이유는 선생님이 아이들의 마음을 알아주기 때문이다. 성적으로 사람을 차별하지도 않고 다그치거나 구박을 하는 법도 없다. 가끔은 독특한 방식으로 수업을 진행하기도 하는데 나는 그 방식이 정말 마음에 들었다.

한번은 수업 시간에 교실에 들어오자마자 아이들을 창가로 불

러 모은 뒤

"애들아, 오늘은 그냥 하늘을 보자. 하늘이 정말로 예쁘지 않니?"

하면서 한 시간 내내 하늘만 쳐다보았는데 그 일은 두고두고 잊히지 않았다. 그런데 그날 수업이 끝나고 난 뒤, 아이들은 지욱이를 턱짓으로 가리키며 왕재수라는 둥 밥맛이라는 둥 귓속말로 수군댔다. 지욱이가 수업 시간 내내 귀에 이어폰을 꽂고 영어 단어를 외웠기 때문이다.

중간고사가 끝난 어느 날인가, 국어 선생님은 봄 내음에 맘껏 취해 보자며 아이들을 운동장으로 데리고 나가서 원을 그리며 앉게 했다. 아이들이 빙 둘러앉자 선생님은 그 자리에 누워서 눈을 감으라고 했다. 아이들은 눈을 감고서 사방에서 키득거렸다. 선생님은 아이들을 조용히 시킨 후에 스마트폰을 스피커에 연결해서 비발디의 「사계」라는 음악을 들려주었다. 그러고는 꿈을 꾸듯 몽롱한 목소리로 윤동주 시인의 「봄」이라는 시를 암송하기 시작했다.

봄이 혈관(血管) 속에 시내처럼 흘러
돌, 돌, 시내 가차운 언덕에
개나리, 진달래, 노오란 배추꽃

삼동(三冬)을 참어 온 나는

풀포기처럼 피어난다.

즐거운 종달새야
어느 이랑에서 즐거웁게 솟쳐라.

푸르른 하늘은
아른아른 높기도 한데……

　무슨 뜻인지는 알 수 없었지만 나는 처음으로 시가 좋다는 생각을 하면서 스르르 잠이 들었다. 쉬는 시간을 알리는 종소리에 깨어 교실로 돌아오니 그날도 아이들은 입을 삐죽거리며 지욱이 흉을 보았다. 몸이 안 좋다는 핑계를 대고 교실에 남았던 지욱이가 멀쩡한 얼굴로 수학 문제를 풀고 있더라는 것이었다.
　2교시 수업 종이 울리기 직전 교실 문이 왈칵 열리면서 정태가 들어왔다. 오늘도 어김없이 지각이다. 정태는 한 번도 제시간에 등교한 적이 없다. 녀석은 자리에 앉자마자 가방을 베개 삼아 잠을 청했다. 몇몇 여학생들이 그런 정태를 힐끔거렸다.
　'쳇, 의리도 없이 여친을 수시로 갈아 치우는 녀석이 뭐가 좋다고 저 난리들이람.'
　나는 은근히 시샘이 나서 속으로 투덜거렸다. 남자는 역시 잘생기고 볼 일이다. 사실 정태는 남자인 내가 봐도 풍기는 분위기가 장난 아니다. 녀석은 힘없는 애들은 절대로 괴롭히지 않는다. 돈을 뺏는 법도 없다. 워낙 과묵한 캐릭터라 누가 말을 걸기 전에는 하루 내내 단 한 마디도 하지 않는다. 누가 시비를 걸지만 않으면 묵묵히 자리를 지키고 앉아 있을 따름이다.

국어 선생님이 들어오자 회장인 지욱이가 일어서서

"차렷! 경례!"

하고 외쳤다.

아이들은 지욱이의 구령에 맞춰 선생님에게 인사를 했다. 그러거나 말거나 정태는 가방을 베고 엎드려 꿈쩍도 하지 않는다. 지욱이는 자리에 앉아서 정태를 한동안 노려보았다.

"오늘은 김춘수 시인의 「꽃」이라는 시를 배울 건데…… 정태야…… 정태야, 잠은 쉬는 시간에 자고 책 펴야지."

선생님은 미소 띤 얼굴로 정태를 깨웠다. 마지못해 상체를 일으켜 세운 정태는 귀찮아 죽겠다는 태도로 책을 꺼내서 아무렇게나 펼쳐 놓았다.

"자, 누가 읽어 볼까? 그래, 이 시는 목소리가 멋진 정태가 읽어 보자."

"싫은데요!"

정태는 못마땅한 표정으로 잘라 말했다. 선생님은 살짝 당황한 눈치였다. 아이들은 이내 긴장했다. 정태는 수업 시간에 선생들이 시키는 것을 죽기보다 싫어한다.

"그러지 말고 어서 읽어 보자."

"싫으니까 다른 애 시키세요."

정태는 두 눈을 동그랗게 치켜뜨고 선생님을 노려보았다. 선생님은 잠시 정태와 눈싸움을 벌였다. 아이들은 술렁거리면서 침을 삼켰다.

정태는 한번 화가 폭발했다 하면 남자 선생님도 감당을 못한다. 1학년 때부터 정태는 선생님들과 마찰이 잦았다. 당연히 선생님들은 정태라면 고개를 절레절레 젓고 아예 없는 애 취급을 했다.

지난달에는 새로 부임해 온 영어 선생님이 멋모르고 정태에게 읽기를 시켰다가 봉변을 당하기도 했다. 정태는 영어 선생님이 교과서를 읽으라고 계속 강요하자 교실 문을 부술 듯이 박차고 나가 버렸다. 그 일로 선도 위원회가 열렸고 정태는 일주일간 교장의 텃밭에서 봉사를 해야만 했다.

나는 보나 마나 국어 선생님이 금방 포기하고 다른 애한테 시킬 거라고 생각했다. 그러나 선생님은 작정한 듯 고집스러운 눈으로 정태를 노려보았다. 정태는 정태대로 대번에 사고를 칠 기세였다. 아이들은 마른침을 삼키며 두 사람의 신경전을 지켜보았다.

"나는 네가 꼭 읽어 줬으면 좋겠는데."

선생님의 목소리는 단호했다. 그 순간 정태의 입꼬리가 올라갔다.

"싫다고오, 이 씨발년아!"

다짜고짜 욕설을 퍼부으며 벌떡 일어난 정태는 게시판을 향해 있는 힘껏 의자를 집어 던졌다. 와장창, 뭔가 부서지는 소리가 요란하게 울려 퍼졌다. 여자애들이 꺄악, 하고 비명을 질러 댔다. 정태 주변에 앉았던 아이들은 허둥지둥 몸을 피했다. 정태가 선생님들한테 반항을 한 적은 더러 있었지만 지금처럼 대놓고 노골적으로 욕한 것은 처음이었다. 선생님의 얼굴에서 싸늘하게 핏기가 가셨다. 아이들은 겁에 질린 채 서로 눈치만 살필 뿐, 누구 하나 정태를 말릴 엄두를 내지 못했다.

그때였다. 지욱이가 벌떡 일어나더니 험상궂은 얼굴로

"야, 이 새끼야! 너 지금 선생님한테 뭐라고 했어?"

하고 고함을 지르며 앞으로 썩 나섰다.

모두들 어안이 벙벙해졌다. 나 또한 두 눈이 동그래졌다. 세상에, 지욱이가 정태에게 맞서다니. 눈앞에서 보고도 믿기지가 않았다. 잔뜩 겁을 먹었는지 지욱이의 눈동자는 불안하게 흔들렸다. 불끈 움켜쥔 주먹도 가볍게 떨리고 있었다. 그러나 무슨 배짱인지 지욱이는 꼿꼿하게 서서 정태를 노려보았다.

"이 새끼가 쥐약을 처먹었나, 뒈질래?"

예기치 못한 상황에 잠시 어리둥절해하던 정태는 지욱이에게 달려들어 멱살을 낚아챘다. 지욱이의 눈동자는 이제 눈에 띄게 흔들렸고 두 주먹도 아까보다 심하게 떨었다. 하지만 여전히 물러서지 않았다.

"찌질한 새끼, 용기 있으면 죽여 봐!"

지욱이는 이를 악물고 나지막이 읊조렸다. 그 순간 퍽 하는 소리
와 함께 지욱이는 나동그라지고 말았다. 정태는 지욱이에게 달려
들어 닥치는 대로 걷어차고 짓밟았다. 지욱이는 아무런 저항도 하
지 못한 채 몸을 최대한 동그랗게 말고서 정태의 발길질을 견뎠다.
정태는 정말로 지욱이를 죽일 생각인지 발길질을 멈추지 않았다.
여자애들은 계속해서 비명을 질러 댔다. 나는 어떻게 해서든 말려
야 한다고 생각했지만 몸이 움직여지지 않았다. 그렇다고 지욱이
가 맞는 걸 무작정 보고만 있을 수도 없는 노릇이었다. 나는 마른
침을 꿀꺽 삼킨 뒤 정태에게 다가가서 녀석의 팔을 잡았다.

"그만해!"

정태가 홱 고개를 돌려 나를 째려보았다.

"나대지 마라, 뒈진다!"

그 소리에 겁이 더럭 나면서 두 다리가 후들거렸다. 괜히 나섰다
는 후회가 엄습해 왔다. 그러나 이미 엎질러진 물이었다.

"그만하라고, 인마. 피 나잖아."

나는 용기를 내어 정태를 밀쳐 내고 지욱이를 끌어안았다. 때마
침 선생님들이 교실로 들이닥쳤고 그 속에는 담임과 홍두깨도 있
었다. 선생님 한 분이 그때까지도 하얗게 질린 채 오들오들 떨고
있는 국어 선생님을 밖으로 데리고 나갔다.

"박정태, 따라와!"

담임이 명령조로 정태를 불러냈다. 정태는 조금도 겁먹지 않은 얼굴로 따라나섰다. 담임이 정태를 데리고 나가자 홍두깨가 지욱이를 살펴보았다. 입술이 터져 피가 나고 얼굴이 벌겋게 부어오르긴 했으나 다행히 크게 다친 것 같지는 않았다. 홍두깨는 아이들을 진정시킨 뒤 지욱이를 부축해서 보건실로 향했다. 나도 그 뒤를 쫓았다. 보건 선생님은 지욱이의 겉옷을 벗긴 뒤 진찰을 시작했다. 몸 곳곳에 피멍이 져 있었다.

"괜찮아 보이기는 하는데 혹시 모르니 병원에 가 보는 게 좋겠다."

진찰을 끝낸 양호 선생님이 말했다. 옷을 입으면서 지욱이는 얼굴을 찡그렸다. 홍두깨가 지욱이를 부축해서 양호실 밖으로 데리고 나왔다.

"병원에 다녀올 테니 건호 너는 그만 교실로 돌아가거라."

지욱이를 승용차에 태우며 홍두깨가 말했다.

"선생님, 저도 따라가면 안 돼요?"

"걱정하지 말고 교실에 가 있어."

말을 마치자마자 선생님은 차를 몰았다. 나는 교문 밖으로 미끄러지듯 사라지는 승용차를 물끄러미 바라보았다. 나도 모르게 한숨이 나왔다. 나를 노려보던 정태의 성난 눈이 떠올랐다. 녀석에게 찍혔을지도 모른다는 생각에 은근히 걱정이 되었다.

"새끼, 고맙다고 해 주면 어디가 덧나나?"

나는 공연히 지욱이에게 부질없는 화풀이를 했다. 아닌 게 아니라 조금 섭섭하기도 했다. 언어맞을 각오를 하고 도와줬으면 뭐라고 한마디쯤 말이 있어야 할 거 아닌가. 하지만 나는 이내 고개를 가로저었다. 나라도 그 상황에서는 정신이 하나도 없었을 것이다.

교실로 향하던 나는 상담실 앞에서 우뚝 발걸음을 멈춰 세웠다. 담임과 정태의 말소리가 들릴 듯 말 듯 들려왔다. 호기심이 발동한 나는 주변을 살핀 뒤 조심스럽게 상담실 문에 귀를 갖다 댔다.

"너 국어 선생님한테 욕했지?"

"예."

"왜?"

"열받아서요."

"선생님이 어쨌다고 열이 받는데?"

"싫다는데 계속 시키잖아요! 재수 없게."

"너 있잖아…… 솔직하게 말해 봐."

갑자기 담임이 목소리를 낮추었다. 나는 바짝 귀를 곤두세웠다. 잠시 후 나는 두 손으로 입을 틀어막았다. 진짜 대박이다. 나는 서둘러 상담실 앞을 떠났다. 교실로 향하는 내내 흥분이 가라앉지 않았다.

교실에 들어서자 아이들은 삼삼오오 모여서 앞으로 정태가 어떻게 될지 입방아가 한창이었다. 출석 정지를 당할 거라느니 전학을 가게 될 거라느니 퇴학을 당할 거라느니 의견이 분분했다. 그중

에는 학교 폭력으로 체포를 당해서 소년원에 가게 될 거라는 의견
도 있었다.

"야, 그나저나 회장 말이야. 다시 보이더라."

"그렇지? 완전 대박!"

"난 왕재수가 공부를 너무 많이 해서 살짝 맛이 간 줄 알았다니
까."

"어쨌건 정말 깜놀이야."

다른 때 같았으면 나도 대화에 끼어들었을 테지만 머릿속이 복
잡해서 화장실로 향했다. 차가운 물에 세수를 하고 싶었다. 수도꼭
지를 틀어 놓고 세수를 하는데 괜히 엿들었다는 후회가 스멀스멀
밀려오기 시작했다.

*

"제기랄!"

나는 돌멩이를 걷어차며 나직이 말했다. 완전히 똥 밟은 기분이
다. 하필이면 그때 교장이 나타날 건 뭐람.

점심시간에 나는 풍선 아트 동아리를 하는 애가 나눠 준 풍선으
로 친구들 몇 명과 물풍선 받기 놀이를 했다. 멜론 크기의 물풍선
을 받아 낼 때마다 짜릿한 쾌감이 일었다. 까딱 잘못 받으면 물벼
락을 뒤집어쓰게 된다. 점점 신이 난 우리는 조금씩 멀리 던지기

시작했는데, 그러다 한 아이가 나한테 물풍선을 엄청 세게 던졌다. 받는다고 받았는데 고만 물풍선이 터져 버렸다. 내가 물벼락을 뒤집어쓰자 아이들은 깔깔대며 좋아했다. 나를 물에 빠진 생쥐 꼴로 만든 녀석은 혀를 날름 내밀며 달아났다. 바짝 약이 오른 나는 물풍선을 새로 만들어서 뒤쫓다가 학교 건물 모퉁이를 도는 그 애를 향해 힘껏 던졌다. 빗나간 물풍선이 벽에 부딪혀 펑, 소리를 내며 터졌고 때마침 건물을 끼고 돌아 나오던 교장이 물벼락을 맞고 말았다. 그 순간 가슴이 철렁 내려앉았지만 이미 엎질러진 물이었다. 화가 머리끝까지 난 교장은 험악한 얼굴로 내게 손가락을 까딱까딱해 보였다. 나는 쭈뼛거리며 교장에게 다가갔다.

"공부도 못하는 새끼들이 꼭 말썽을 부려요, 말썽을!"

교장은 구시렁거려 가며 내 귓불을 낚아채서 교무실 쪽으로 질질 잡아끌었다. 어찌나 세게 잡아당기던지 나도 모르게 눈물이 찔끔 나왔다. 교무실로 나를 끌고 간 교장은 선생님들을 향해서 대체 애들 교육을 어떻게 하는 거냐고 언성을 높인 뒤 일장 연설을 퍼부어 댔다.

생각하면 할수록 화가 치민다. 차라리 교장이 내 따귀를 때렸다면 나았을 것이다. 벌점을 받고 사흘간 텃밭에서 봉사 활동을 하는 것에도 아무 불만이 없다. 그렇지만 왜 애먼 선생님들한테 분풀이를 해 대느냔 말이다, 사람 격 떨어지게. 그 덕분에 나는 오후 수업 내내 선생님들의 얼굴을 똑바로 쳐다보지 못했다.

별다른 이상은 없다는데 지욱이는 오늘 결석을 했다. 그 대신 아침부터 지욱이네 엄마가 씨근벌떡거리며 학교에 나타나서 무슨 놈의 학교가 깡패 양성소냐는 둥 깡패 새끼를 당장 자르지 않으면 가만두지 않겠다는 둥 한바탕 학교를 뒤집어 놓았던 터이다. 그런 판국에 그 소동을 벌였으니 선생님들이 도대체 나를 어떻게 생각하겠는가. 보나 마나 나는 미운털이 단단히 박혔을 것이다.

그리고 나도 내가 공부에 소질이 없다는 건 인정한다. 그렇지만 공부 못하는 애들을 싸잡아서 버려지 취급하는 건 또 뭐냐 말이다. 원래 오늘은 학교가 끝나는 대로 지욱이에게 문병을 갈 계획이었는데 도무지 그럴 기분이 나질 않는다.

팡팡 떡볶이 앞을 지나면서 안을 들여다보니 대풍이가 주인과 아는 척을 하고 있다. 문턱이 닳도록 드나들더니 꽤나 친해진 모양이다.

대풍이를 볼 때마다 「개그 콘서트」의 '아빠와 나'라는 코너가 생각난다. 뚱뚱한데도 먹을 거라면 사족을 못 쓰는 꼴이 영락없이 판박이다. 대풍이가 저렇게 뒤룩뒤룩 살이 찐 것은 부모님 잘못도 크다. 나 같으면 아무리 돈이 많아도 애가 저 정도로 뚱뚱하면 군 것질을 못 하게 용돈을 한 푼도 안 줄 것이다.

매운 떡볶이가 먹고 싶었지만 나는 그냥 지나쳤다. 오늘같이 기분이 꿀꿀한 날에는 수다스러운 대풍이와 엮이고 싶지가 않다.

횡단보도 앞에서 신호를 기다리는데 양손에 들린 두 개의 수납 상자가 영 성가시다. 두 주 전 목공실에서 수납 상자를 설계하고 만들 때만 해도 나는 한껏 기대에 부풀어 있었다. 홍두깨가 목공으로 소품을 만들라는 과제를 내 주었을 때부터 나는 수납 상자를 만들어서 아빠에게 팔 계획을 세워 두었다.

아빠는 자동차 트렁크를 열 때마다 항상 엄마의 잔소리에 시달렸다. 아빠의 트렁크는 농사를 짓는 데 필요한 온갖 짐들로 늘 엉망이었다. 나는 거기에 착안해서 수납 상자를 만들 아이디어를 떠올렸다. 수납 상자에 짐을 정리해서 넣어 둔다면 아빠가 지저분한 트렁크 때문에 엄마에게 욕먹을 일도 없을 것이다. 내가 설계도를 보여 주자 아빠도 흔쾌히 사들일 의사를 밝혔다.

그런데 일주일 전인가, 아빠는 술을 마시고 차를 잃어버렸다. 차를 어디다 주차해 두었는지 도무지 기억이 나지 않는다는 것이다. 엄마는 그런 아빠에게 잔소리를 엄청 퍼부어 댔다. 처음엔 차를 잃어버린 것 때문에 그랬지만 아빠가 음주 운전을 한 사실을 알고 나서는 입에 거품을 물 정도로 화를 냈다. 스스로 생각해도 창피한지 아빠는 찍소리도 하지 못했다. 하긴 내가 봐도 정말 황당하고 한심스러웠다. 엄마는 만약에 차를 찾지 못한다면 두 번 다시 자가용 따위는 꿈도 꾸지 말라며 아빠를 닦아세웠다. 아빠는 일주일 내내 시간이 나는 족족 차를 찾아다녔지만 그놈의 차는 어디에 처박혔는지 나타나질 않았다. 결국 아빠는 경찰서에 자동차 도난 신고를 하고 말았다.

만약에 내가 술을 먹고 그런 사고를 친다면 난 단박에 술을 끊을 것이다. 그런데 아빠는 가족들 보기가 부끄럽지도 않은지 사흘이 멀다 하고 술을 마시고 돌아다녔다. 어제는 부모님이 대판 부부 싸움을 벌이기까지 했다. 그 탓에 애꿎은 나만 아침을 굶고 학교에 가야 했다.

현관문을 열고 집 안에 들어서니 주방 쪽에서 인기척이 났다. 아빠인 줄 알았는데 뜻밖에도 엄마였다.

"어? 엄마 일 안 나갔어?"

"……."

"아빠는?"

"……."

엄마는 아무런 대꾸 없이 설거지를 했다. 그런 엄마의 얼굴이 심상치 않다. 이렇게 분위기가 싸할 때는 피하는 게 상책이다. 괜히 눈앞에서 얼쩡거리다가 잘못 걸리면 뼈도 못 추린다. 나는 엄마가 아빠하고 대판 싸운 걸로 기분이 안 좋아서 결근을 한 모양이라고 지레짐작하고는 돌아섰다. 내 방 한구석에 수납 상자를 내려놓은 다음, 옷을 갈아입고 책상에 다소곳이 앉아 공부하는 시늉을 했다. 오늘 같은 날에는 꼬투리를 잡히지 않는 게 신상에 이롭다.

그나저나 학원에 출근하는 날도 아닌데 아빠는 어디에 갔을까. 농장에 나갔을까. 아니다, 또 술을 마시러 나간 것이 분명하다. 요 사이 아빠는 술 먹는 횟수가 부쩍 잦다. 그뿐만 아니라 인사불성이 되어 새벽에 들어오기 일쑤다. 그저께 새벽에는 현관문 소리가 나더니 조금 뒤에 내 방문이 스르르 열렸다. 얼핏 잠이 깬 나는 슬며시 눈을 뜨다 말고 내처 잠든 척을 했다. 어둠 속에서 아빠가 나를 물끄러미 내려다보고 있었던 것이다. 술 냄새를 풀풀 풍겨 가며 한동안 내 얼굴을 들여다보던 아빠는 깊게 한숨을 내쉰 뒤 돌아서서 등 뒤로 방문을 닫고 나갔다. 어쩐지 묘한 기분이 들면서 아빠의 한숨 소리가 귓가에 맴돌았다.

분명히 무슨 걱정거리가 있는 모양인데 도무지 짐작이 가질 않는다. 나는 방 한쪽에 놓인 수납 상자를 쳐다보았다. 쪼끔 아깝긴 하지만 아빠가 차를 찾으면 선물로 주고 싶다는 생각이 든다.

물을 마시기 위해 거실로 나오니 엄마는 베란다에 널어 두었던 빨래를 한 보따리 안고 들어와서 바닥에 내려놓았다. 빨래 개는 걸 도우려고 엄마에게 다가가는데 발목부터 발등까지 붕대에 칭칭 감긴 엄마의 발이 눈에 들어왔다.

"어? 엄마, 발이 왜 그래?"

"별거 아니니까 넌 들어가서 공부나 해."

"화상 입은 거야?"

"들어가서 공부하라고 했다!"

나는 더 이상 셍기지 못하고 슬그머니 내 방으로 물러났다. 어쩌다가 다쳤는지, 얼마나 다친 건지 내심 걱정이 된다. 그때 수납 상자가 눈에 들어오면서 와락 짜증이 치민다. 엄마가 저 지경인데 아빠는 어디서 뭘 하고 있는지 한심하기 짝이 없다. 마음 같아서는 수납 상자도 확 내다 버리고 싶다. 나는 아빠에게 수납 상자를 선물하려던 결심을 단박에 취소해 버렸다.

*

기지개를 켜며 거실로 나오는데 배낭을 멘 아빠가 등산화 끈을 조이고 있다.

"아빠, 등산하러 가?"

아빠는 대답 대신 윙크를 해 보인 뒤 늦었다는 듯이 서둘러 현관문을 나섰다.

"엄마, 아빠 어디 가는 거야?"

"글쎄, 나도 모르겠다. 목수 일을 본격적으로 배우겠다나 어쩌겠다나. 그 꿍꿍이를 누가 알겠니. 어제 새벽에 잔뜩 술에 취해 들어와서는 오늘부터 목수 일을 배워 보겠다고 횡설수설하더니 눈을 뜨자마자 저렇게 횡하니 나가 버리는구나."

"그럼 학원을 그만뒀단 말이야?"

"그건 아니고 학원 수업 없는 날만 골라서 다녀 보겠다는데, 도대체 무슨 속셈인지 알다가도 모르겠다. 아유, 엄마는 머리 아프니까 정 궁금하면 직접 물어보고 어서 밥이나 먹어."

엉뚱한 것도 이 정도면 기네스북감이다. 학원 선생이 난데없이 목수가 되겠다니, 자다가 남의 다리 긁는 것도 아니고 아빠의 엉뚱함은 정말 종잡을 수가 없다. 내가 보기에 학원 선생이라는 직업은 썩 괜찮다. 편하고, 돈도 많이 벌고, 제법 폼도 난다. 사람들이 아빠 직업을 물어볼 때 학원 선생이라고 대답하면 다들 고개를 주억거리며 똑똑한 분을 아빠로 두었다고 추어올린다. 그런 멀쩡한 직업을 버리지 못해서 안달하더니 기껏 목수라니. 말이 좋아 목수지 결국은 막노동 아닌가? 그럼 나는 앞으로 가정 환경 조사서의 아빠 직업란에 뭐라고 써야 하나. 상상만 해도 스타일 구긴다.

"엄마, 다리는 괜찮아?"

나는 일부러 화제를 돌렸다.

"뭐, 그럭저럭. 그나저나 서둘러라, 학교 늦겠다."

힐끗 시계를 보니 아직 여유는 있다. 그러나 오늘따라 입맛이 없다. 나는 밥을 먹는 둥 마는 둥 하고 집을 나섰다. 아빠도 아빠지만 그런 아빠의 곁을 묵묵히 지키는 엄마가 새삼 대단해 보인다. 도대체 엄마는 아빠의 어디가 좋아서 결혼했을까. 아무리 생각해 보아도 불가사의다. 조만간 진짜 이유를 한번 물어봐야겠다.

교문 앞에 도착하니 선생님들 사이로 아이들이 개미 떼처럼 와글와글 통과한다. 담임과 홍두깨와 국어 선생님이 아이들과 눈을 맞추며 인사를 나눈다. 다른 학교와 달리 우리 학교 선생님들은 단속을 위해서가 아니라 아이들을 맞이하기 위해 이른 시간부터 교문 앞을 지킨다. 선배들 말에 따르면 내가 입학하기 전만 하더라도 등교 시간 교문 앞 풍경은 살벌했다고 한다. 그러던 것이 지금 교문 앞에 나와 있는 선생님들이 부임하고부터 분위기가 조금씩 달라졌다는 것이다. 선생님들은 아이들을 맞는 틈틈이 쓰레기를 줍는다. 언제나 그렇듯 그런 선생님들 사이를 멀뚱멀뚱 통과할 생각을 하면 영 꺼림칙하다. 나는 고개를 푹 숙이고 교문을 통과했다. 그런데 뒤에서 누가 내 등을 툭 친다. 돌아보니 담임이다.

"어이, 김건호. 어깨 좀 쭉 펴고 걸어라."

무심한 어조로 한마디 건넨 담임은 주먹을 살짝 들어 보이며 입속말로 파이팅을 외쳤다. 그러면서 윙크도 한 방 날려 줬다. 덕분에 꺼림칙했던 기분이 조금 나아졌다. 역시 담임이다.

사회를 가르치는 담임은 국어 선생님 못지않게 아이들 사이에서 인기가 많다. 힘센 아이들도 담임을 잘 따른다. 정태도 담임에게는 대들지 않는다. 담임은 강호동을 닮았다 해서 '호돌이'라는 별명이 붙을 정도로 체격이 건장하지만, 아이들을 힘으로 다스리는 법이 없다. 아이들이 사고를 쳐도 담임은 그 애들을 끌어안으려고 무진 애를 쓴다. 담임은 이번에도 정태를 구제하기 위해 갖은 애를 다 쓰고 다니는 눈치다.

나는 저만치 앞서 가는 지욱이를 발견하고서 발걸음을 재우쳐 녀석의 옆구리를 쿡 찔렀다. 화들짝 놀라서 뒤를 돌아보는 지욱이의 뺨이 퍼렇게 멍이 든 채로 부어 있다.

"살아 있네!"

"야, 건들지 마라. 아직도 온몸이 욱신욱신하다."

대꾸를 하는 와중에도 지욱이는 가볍게 얼굴을 찡그렸다.

"야, 근데 너 무슨 배짱으로 정태한테 덤볐냐?"

궁금증을 이기지 못한 나는 에두르지 않고 곧장 물었다. 사흘간 결석을 한 지욱이는 스마트폰 전원을 줄곧 꺼 놓았다. 그 때문에 나는 지욱이가 왜 그런 미친 짓을 했는지 궁금해서 돌 지경이었다.

"나는 그날 네가 회까닥 맛이 간 줄 알았다. 너 그날 완전히 쫄아 놓고서도 미친놈처럼 나댔잖아. 야, 궁금해 죽겠다. 빨랑 털어놔 봐. 대체 뭐야?"

나는 지욱이의 팔을 잡고 대답을 재촉했다. 잠시 멈춰 서서 운동화 끝으로 흙을 파헤치던 지욱이는 마지못해 입을 열었다.

"그냥…… 쉬고 싶었어."

"무슨 말이야?"

"왜, 전에 얘기했잖아. 하루만 제대로 쉬어 봤으면 원이 없겠다고."

"헐, 대박! 그럼 정말로 쉴 핑계가 필요해서 정태한테 시비를 건 거라고?"

"그래. 맞은 데가 아프긴 했지만 그래도 며칠 쉬니까 좋더라. 과외도 안 하고, 공부도 안 하고, 병원에 가만히 누워서 원 없이 텔레비전도 보고."

지욱이는 피식 웃으며 발걸음을 떼어 놓았는데 그 표정은 진심이었다. 너무 어이가 없어서 할 말을 잃은 나는 녀석의 뒷모습만 멍하니 쳐다보았다. 왠지 뒤통수를 얻어맞은 느낌이다.

지욱이가 아파트에서 뛰어내리는 상상을 하며 안절부절못했던 걸 생각하니 고만 떡심이 풀린다. 내가 안절부절못하는 동안 녀석은 정태에게 시비를 걸 결정적인 기회만 노리고 있었다는 얘기 아닌가. 먼저 빌미를 제공한 건 정태이니 두고두고 찍힐 일도 아니고, 엄마에게 이러쿵저러쿵 추궁당할 일도 없고, 선생님이나 아이들 앞에서 폼도 나는 일석삼조의 기회를 교묘히 노리고 있었다니. 문득 지욱이가 낯설게 느껴졌다. 두려움에 벌벌 떨면서도 정태를 도발하던 무모함이 오로지 쉬기 위한 것이었다는 게 내 머리로는 좀체 납득하기 어려웠다. 지욱이의 처지를 생각하면 까짓 이해 못할 것도 없겠지만, 그래도 뭔가 찜찜했다. 단순 무식 과격파인 정태가 얼떨결에 지욱이에게 말려들었다는 인상을 지울 수가 없다.

"야, 그건 그렇고 너 나한테 고맙다고 해야 하는 거 아니냐? 그날 정태 말리다가 하마터면 오줌 쌀 뻔했다. 날 째리는 눈빛이 장난 아니었거든."

"그랬냐."

지욱이는 건성으로 대꾸하고는 더 말이 없다. 생색 좀 내 보려다가 졸지에 무안해진 나는 쩝, 하고 입맛만 다셨다.

지욱이가 교실로 들어서자 아이들은 일제히 입을 모아 오오, 하고 낮게 함성을 질렀다. 그러거나 말거나 지욱이는 예의 그 무표정한 얼굴로 자기 자리로 가서 책을 꺼내 들었다. 뻘쭘해진 아이들은 서로 어깨를 으쓱해 보이며 재수 없어 하는 눈빛을 교환했다. 아이들이 쑥덕거리건 말건 지욱이는 책만 들여다보고 있다. 나는 가볍게 한숨을 내쉬었다. 이유는 알 수 없지만 왠지 지욱이가 무섭게 느껴진다.

*

담임의 종례가 끝나자 아이들은 환호성을 지르며 우당탕 교실을 뛰쳐나간다. 그런 애들을 보니 맥이 빠진다.

지난번 물풍선 사건 때문에 나는 오늘부터 사흘간 교장 텃밭에서 봉사를 해야 한다. 무슨 교장이 완전히 좀팽이다. 물론 물벼락을 맞힌 건 지금도 미안하게 생각한다. 하지만 그건 어디까지나 실수였다. 학생이 장난을 치다가 실수를 했으면 따끔하게 혼을 내고 지나가든가 아니면 화끈하게 한 대 쥐어박고 끝낼 일이지, 좀생원이 따로 없다.

학교 건물을 빠져나오니 뛰노는 아이들로 운동장이 바글거린다. 여러 팀이 뒤섞여 축구공을 쫓아다니는가 하면 한쪽에선 농구공이 날아다닌다. 신 나게 뛰노는 애들을 보자 내 처지가 새삼 한심스럽다.

나는 뒷동산과 인접한 텃밭으로 향했다. 학교 건물을 끼고 돌면

재활용품 분리수거장이 설치된 울타리 안쪽으로 백 평짜리 텃밭이 펼쳐져 있다. 텃밭을 향해 발걸음을 옮기던 나는 텃밭 앞 벤치에 앉아 두런두런 얘기를 나누고 있는 국어 선생님과 정태를 보고는 멈칫했다. 무슨 얘기를 나누는지 분위기가 꽤나 진지하다. 난처해진 내가 머뭇거리고 있자니 때마침 교장이 뒷짐을 진 채 나타났다. 교장을 본 국어 선생님은 서둘러 대화를 끝낸 뒤 정태의 등을 토닥여 주며 일어섰다. 국어 선생님은 교장에게 인사를 하고는 학교 건물 안으로 사라졌다.

정태와 나를 나란히 세운 교장은 다짜고짜 꿀밤부터 한 대씩 먹였다.

"너희는 도대체 뭐가 되려고 이러냐. 대가리가 폼으로 달린 것도 아니고 제발 생각 좀 하고 살자."

교장은 입에서 나오는 대로 비아냥거린다. 와락 짜증이 치민다. 가뜩이나 머리 복잡해 죽겠는데 생각 없는 놈 취급을 당하고 보니 기분 더럽다. 왜 어른들은 걸핏하면 애들은 생각이 없다고 단정 짓는 것일까. 애들이 얼마나 생각이 많은지 알면 어른들은 까무러칠지도 모른다. 차라리 아무 생각 없이 살 수 있다면 정말 좋겠다. 하지만 세상은 우리에게 잠시도 생각을 멈출 틈을 주지 않는다. 오죽하면 내가 '생각이란 생각하면 생각할수록 생각하게 되므로 생각은 아예 생각하지 않는 것이 좋은 생각이라고 나는 생각한다.'라는 농담을 다 하겠는가. 내가 보기에 생각이 없는 건 어른들이다.

그러면서 맨날 애들만 못살게 군다.

"그리고 정태 너, 지욱이 부모님이 더 이상 문제 삼지 않아서 이번에는 그냥 지나간다만 다음에 또 이런 일이 생기면 단단히 각오하는 게 좋을 거다. 세상이 어떻게 되려고 애새끼들이 하나같이 이모양인지, 원. 입 아프니까 긴말할 것 없고 너희 둘, 이 낫 가지고 가서 오늘 안에 밭 주변의 풀 싹 정리해. 다 끝나면 담임한테 검사 맡고. 알았어?"

교장은 눈꼬리를 사납게 치키며 으르딱딱거렸다. 우리가 기어들어 가는 목소리로 예, 하고 대답하자 교장은 다시 한 번 꿀밤을 먹이며

"애새끼들 꼬락서니 하고는, 쯧쯧. 어이구, 이러다가 내가 제명에 못 죽지."

하고 혀를 차며 돌아섰다. 제발 그렇게 되었으면 좋겠다고 생각하며 나는 멀어져 가는 교장의 등 뒤에 대고 가운뎃손가락을 세워 보였다.

정태하고 둘이 남게 되자 뭔가 어색했다. 나는 힐끗 정태의 눈치를 살폈다. 그러나 정태는 나 따위는 안중에도 없다는 듯 낫을 들고 성큼성큼 밭으로 향했다. 문득 상담실에서 엿들은 얘기가 떠올랐다. 그냥 지나칠 걸 쓸데없이 엿들었다는 후회가 다시금 밀려온다. 남자는 항상 세 끝을 조심해야 한다는 아빠의 얘기가 퍼뜩 가슴에 와 닿는다. 나는 정말로 입조심을 해야 한다고 스스로에게 다

짐을 주었다. 만약에 내가 엿들었다는 사실을 정태가 눈치챘다면 그날로 나는 죽은 목숨이다. 상상만 해도 끔찍하다. 그런데도 자꾸만 입이 근질근질하다. 사실 오늘도 몇 번이고 지욱이에게 털어놓을 뻔했다. 그때마다 나는 정태를 쳐다보며 내 입을 가볍게 때렸다. 그런 내 처지가 임금님 귀는 당나귀 귀라고 외쳤던 옛이야기 속 인물과 똑같다.

나는 정태의 반대편에서 익숙한 손놀림으로 낫질을 해 나갔다. 생태 유기 순환 농법인가 뭔가를 고집하는 아빠 덕분에 지난 일년, 낫질이 제법 몸에 배었다. 두둑을 검정 비닐로 뒤집어씌운 교장과 달리 아빠는 비닐 사용 자체를 완강히 거부했다. 비닐을 씌우면 좀 더 편하게 농사지을 수 있을 텐데도 그건 땅을 죽이는 범죄 행위라며 숫제 말도 못 꺼내게 했다. 그 덕분에 나는 땀을 뻘뻘 흘려 가며 여름 내내 낫질을 해야만 했다. 그런데 이상하게도 낫질에 익숙해지면서 그 일이 싫지만은 않았다. 사각사각, 풀 잘리는 소리가 조금씩 경쾌하게 들리기 시작했고, 풀을 다 베고 나면 뭐라 말할 수 없는 뿌듯함이 가슴 가득 차올랐다. 말끔하게 정리된 밭을 돌아보면 마음이 절로 시원해졌다.

"농사를 짓는 데 있어서 햇빛과 물만큼 중요한 게 공기다. 그런데 비닐로 밭을 뒤집어씌우면 어떻게 되겠니? 당연히 공기가 차단되겠지. 그러면 땅속의 미생물들이 제대로 활동하지 못하게 돼서 땅은 서서히 죽어 가는 거야. 게다가 비닐을 씌워 놓으면 그 속은 얼마나 뜨겁겠냐. 그 온도는 식물들이 일찍이 겪어 보지 못한 고온인 거지. 그뿐만이 아니다. 밤에 기온이 떨어지면 일교차도 그만큼 커지는데 이것도 식물들에게는 처음 겪어 보는 환경이야. 자연히 식물들은 극도의 스트레스를 받아서 서서히 미친 식물이 된단다. 문제는 여기서 끝나지 않아. 비닐로 차단해 놓은 안쪽은 습도가 일정하게 유지되기 때문에 식물들이 뿌리를 깊이 내리지 않거든. 모든 식물은 물을 찾아서 뿌리를 깊게 내리기 마련인데 비닐을 씌우면 그럴 필요가 전혀 없는 거지. 그러니 전부 온실 속의 화초처럼 연약해져서 맛도 향도 저절로 떨어지는 거야. 물론 영양 성분도 형편없어지지.”

아빠는 낫질을 하는 내 곁에서 막힘없는 말로 세뇌를 해 댔다. 밭에만 나오면 아빠는 그야말로 만능 일꾼이고, 농사 전문가고, 철학자고, 환경 지킴이가 된다. 잔소리는 듣기 싫지만 그럴 때면 아빠의 말도 조금은 일리 있어 보인다. 특히 아빠가 가르쳐 준 대로 베어 낸 풀들을 두둑에 덮으면 자연을 보호하고 있다는 생각에 나 자신이 기특하게 여겨지고는 했다. 아빠의 주장에 따르면 검정 비닐 대신 베어 낸 풀들로 두둑을 덮어 주면 새로운 풀이 자라는 것을 어느 정도 방제하면서 그 자체로 거름도 된다는 것이다.

낫질을 하는 중간에 슬쩍 정태 쪽을 살피니 녀석은 내 반의반도 쫓아오지 못한다. 그런데도 녀석은 경주를 끝낸 경주마처럼 숨소리가 거칠다. 은근히 어깨가 으쓱해진다. 싸움은 정태가 짱이지만 낫질은 내가 짱이다. 나는 다시금 낫질을 해 나가기 시작했다.

용돈을 벌기 위해 마지못해 밭에 나가는 것이기는 하지만, 이상하게도 밭에서 일하다 보면 마음이 편해진다. 일 자체는 엄청 힘들지만 용돈을 생각하면서 꾹 참고 하다 보면 잡념이 없어진다. 공부에 대한 스트레스와 나에 대한 한심한 생각들과 지질하게 살게 될지도 모른다는 두려움 따위가 일을 해 나가는 도중에 하나둘 사라지면서 나중에는 아무런 생각도 나지 않게 된다. 어쩌면 아빠도 그래서 농사를 짓는 것인지 모른다. 아빠도 머리가 엄청나게 복잡할 테니까. 술을 자주 먹는 것도 그래서일까.

한번은 내가 술 좀 그만 마시라고 아빠에게 잔소리를 한 적이 있다. 그러자 아빠는

"너 현진건의 「술 권하는 사회」라는 소설 읽어 봤지? 아빠도 먹고 싶어서 먹는 게 아니다. 세상이 아빠에게 자꾸만 술을 먹이는 거야, 짜샤. 너도 어른이 되면 세상이 먹이는 술이 어떤 건지 알게 될 거다. 그때 가서는 아, 아빠가 그래서 술을 먹었구나 하고 이해하겠지."

라며 말도 안 되는 변명을 늘어놓았다. 그래서 나도 아빠에게 술을 조금만 달라고 해서 마셔 보았다. 그런데 그 맛은 언젠가 호기심에 몰래 피워 본 담배처럼 완전히 웩, 이었다.

"이야, 굉장한데! 건호 너, 낫질이 진짜 예술이구나."

느닷없는 감탄에 고개를 드니 담임이다.

"이거 완전히 건호의 재발견인데. 어디 가서 전업 농부라고 해도 믿겠다."

담임은 정말로 감탄한 표정으로 칭찬하며 엄지손가락을 추켜세웠다. 별것도 아닌 일에 칭찬을 받고 보니 쑥스럽긴 하지만 은근히 기분이 좋다. 사실 내 낫질은 진짜 농부들에 비하면 아무것도 아니다. 그런데도 담임에게 이런 칭찬을 듣다니 횡재한 기분이다.

사실 나는 선생님들에게 칭찬받을 일이 없다. 공부를 잘하는 것도 아니고 운동 실력도 어중간한 편이다. 그렇다고 노래를 잘 부르거나 그림을 잘 그리는 것도 아니다. 뭐 하나 눈에 띄게 잘하는 게 없다 보니 선생님들 눈에는 내가 그저 그런 애로 보일 것이다. 내 이름을 모르는 선생님들도 있는데 그게 바로 내가 별 볼 일 없는 애라는 증거다. 정태처럼 사고라도 치면 존재감이 부각되겠지만 나는 욕먹을 일도 혼날 일도 없다. 내가 혼나는 일이 있다면 그건 이번처럼 재수가 없을 때뿐이다.

담임은 정태와 나를 벤치에 나란히 앉게 한 뒤 떡볶이와 튀김을 내밀었다. 정태와 나는 잠시 어리둥절해서 담임의 얼굴을 빤히 쳐다보았다.

"뭐 해? 어서 먹지 않고. 날도 더운데 아이스크림을 사 올 걸 그랬나?"

"아니에요. 잘 먹겠습니다."

나는 손사래를 치고는 떡볶이를 먹기 시작했다. 정태도 말없이 먹는다. 자기 반 애 둘이 사고를 쳤는데도 화를 내기는커녕 이렇게 배려를 해 주다니, 나는 약간 감동을 먹었다.

"근데 건호 너, 낫질은 어디서 배운 거니? 예사 솜씨가 아니던데."

담임은 정말로 궁금한지 내 얼굴을 빤히 들여다보았다. 까짓 낫질 좀 한 걸 가지고 뭐가 그렇게 유난인지 담임도 참 별나다. 나는 아빠에게 끌려다니다시피 하면서 농사를 지어 온 얘기를 간략하게 들려주었다. 내 얘기를 들으면서 담임은 뭔가 골똘히 생각하는 눈치였다. 무심코 아빠의 농법 얘기를 꺼내자 담임은 눈을 빛내며 꼬치꼬치 캐묻기 시작했다. 아빠의 농법에 관해서라면 귀에 딱지가 앉도록 하도 세뇌를 당해 왔기 때문에 설명하는 것도 어려울 게 없었다.

"듣다 보니까 건호 너, 완전히 전문가구나."

담임은 고개를 끄덕여 가며 경청하더니 놀랍다는 투로 말했다. 나는 조금 당황스러웠다. 하긴 서당 개 삼 년이면 풍월을 읊는다고, 내가 주워들은 게 많기는 하다. 어쩌면 시골에서 학교 다니는 애들보다 농사에 관해서는 내가 더 잘 알지도 모른다.

"마지막으로 하나만 더 묻자. 이맘때 농사지을 수 있는 게 뭐든 있을까?"

"왜요? 선생님도 농사짓게요?"

"글쎄, 그럴지도 모르지."

"조금 늦긴 했지만 고구마 심으면 돼요."

"고구마 심는 거 어렵니?"

"많이 심는 건 어렵지만 쪼끔 심는 건 되게 쉬워요."

"이야, 오늘 네 덕분에 뜻밖의 수확을 얻었다. 이거 횡재했네. 앞으로도 궁금한 거 있으면 종종 물어볼 테니까 열심히 가르쳐 다오. 그럼 고생해라."

담임은 정태와 내 머리를 번갈아 쓰다듬은 뒤 돌아섰다. 그러다 문득 걸음을 멈추더니

"아 참, 건호야, 나중에 너네 밭에 놀러 가도 될까?"

하고 묻는다.

"아빠한테 물어볼게요."

"그래, 잊어버리지 말고 꼭 여쭤 봐라."

담임은 휘파람을 불며 학교 건물을 향해 걸어갔다. 성큼성큼 걷는 발걸음이 경쾌해 보인다.

담임까지 농사에 관심을 보이다니, 주말농장을 하는 게 유행은 유행인 모양이다. 하긴 우리 아빠처럼 농사에 너무 깊이 빠져서 이상해지지만 않는다면 나쁠 건 없다. 사 먹는 것보단 직접 가꾼 밭에서 나는 게 훨씬 맛있으니까.

정태와 나는 다시 낫을 들고 풀을 베기 시작했다. 배를 채우고 났더니 한결 힘이 난다. 나는 부지런히 낫을 놀렸다. 풀을 싹 정리하자 밭이 다 환하다. 비록 벌점을 받고 일한 거지만 말끔히 정리

된 밭을 보니 기분이 참 상쾌하다. 그런데 정태 쪽을 돌아보니 나도 모르게 픽 웃음이 나온다. 꼴을 보아하니 오늘 중에 끝내기는 글렀다. 나는 낫을 들고 정태 쪽으로 자리를 옮겼다. 어차피 검사를 맡아야 집에 갈 수 있다. 나는 일부러 정태가 잘 보이는 곳에 앉아서 사사삭, 풀을 베어 나갔다. 아니나 다를까, 내 모습을 훔쳐보던 정태의 두 눈이 동그래진다.

"야, 너 완전 쩐다."

신기했는지 가까이 다가온 정태가 던지듯이 툭 말을 건넨다. 나는 씩 웃어 보였다. 정태가 내게 먼저 말을 걸어오기는 처음이다. 그러잖아도 지욱이 사건 이후로 영 찜찜했는데 잘됐다. 더욱이 정태의 비밀을 알게 된 뒤로는 녀석이 위압적으로 느껴지기는커녕 귀엽다는 생각마저 든다. 내가 정태였어도 선생님에게 화를 냈을 것 같다. 어쩌면 정태는 보기와 달리 굉장히 착한 애일지도 모른다. 나는 선심이라도 쓰듯 정태에게 낫질하는 요령을 알려주었다. 운동 신경이 좋은 정태는 금방 요령을 익힌다.

"고맙다."

방법을 터득한 정태가 짧게 한마디 한 뒤 자기 자리를 향해 돌아섰다.

"야, 너 이거 끝나고 뭐 해?"

나는 돌아서는 정태를 붙잡았다. 정태와 친구가 될 수 있는 절호의 기회다. 이 기회를 놓친다면 어쩐지 두고두고 후회할 것만 같다.

"왜?"

"그냥. 일 끝난 다음에 밭에서 짜장면 먹으면 죽음이거든."

"나중에."

"어, 그래······."

나는 돌아서는 정태의 뒷모습을 보며 쩝쩝 입맛을 다셨다. 못내 아쉬웠다.

"할머니가 아프셔서 오늘은 일찍 들어가야 돼."

내 눈치가 이상하다고 느꼈는지 정태는 나를 향해 돌아서서 말을 보탰다. 그 말이 꼭 앞으로 친구로 지내자는 뜻처럼 들렸다. 나는 나도 모르게 속으로 아싸, 하고 외쳤다. 그동안 내색은 안 했지만 나는 정태와 붙어 다니는 대풍이가 은근히 눈꼴시면서도 부러웠다. 문득 국어 시간에 배운 '전화위복'이라는 말이 생각난다. 한 시간 전만 하더라도 기분이 완전히 꽝이었는데 지금은 그야말로 짱이다.

*

내 방에서 리니지 게임을 하고 있는데 엄마한테서 전화가 왔다. 시계를 보니 6시, 엄마가 분식집에서 퇴근할 시간이다.

"뭐 하고 있니?"

"게임하는데."

"버스 정류장 앞으로 잠깐 나올래?"

"왜?"

"같이 아빠 차 찾으러 가자."

나는 서둘러 전화를 끊고 부리나케 운동화를 꿰신었다. 횡단보도 앞에서 신호를 기다리는데 엄마가 맞은편에서 손을 흔들어 보인다.

"차 어떻게 찾았어?"

"아빠한테 전화가 왔대. 누군데 남의 집 대문 앞에 차를 세워 두고 찾아가지를 않느냐고."

엄마는 어처구니가 없다는 듯이 피식 웃으면서도 차를 찾게 되어 안도하는 눈치였다. 엄마와 나는 버스를 타고 집에서 두 정거장 떨어진 주택가로 향했다. 이렇게 가까운 곳에 차를 세워 놓고 그 난리를 피웠다니 어이가 없다. 엄마는 아빠에게서 전달받은 전화번호로 전화를 걸었다. 오 분쯤 지나자 어떤 할머니가 다가와서

"혹시 차 찾으러 오셨수?"

하고 말을 걸어왔다.

"아니, 어떻게 된 사람이 자기 차를 어디다 뒀는지 기억도 못 한대요? 보나 마나 코가 삐뚤어지도록 술을 마셨겠지. 그러다가 사고라도 나면 어쩌려고 운전대를 잡았나 몰라. 난 도대체 누가 남의 집 앞에 차를 대 놓고도 몇 날 며칠이 지나도록 찾아가지를 않나 해서 견인을 시키려고 했다우. 암만 찾아봐도 차에 전화번호가 있

어야지. 전화번호 있는 자리에 누가 전단을 꽂아 놓은 통에 늙은이가 알아볼 수가 있나. 그래서 오늘 낮에 이상하다 이상하다 하면서 그놈의 전단을 치웠더니 번호가 있지 뭐요. 아이고, 애 아빠한테 가거들랑 음주 운전 하면 절대 안 된다고 혼찌검을 내 줘요."

처음 보는 사이인데도 할머니는 큰 목소리로 주저리주저리 끝없이 잔소리를 늘어놓는다. 엄마는 주변의 눈치를 살펴 가며 예, 예, 잘 알겠습니다, 그렇게 할게요, 하고 할머니의 말을 끊으려고 애썼다. 지나가는 사람들이 그런 우리를 힐끔거린다. 창피해서 죽을 것만 같다. 괜히 따라왔다는 후회가 밀려온다.

"아이고, 그나저나 이 늙은이가 전화를 걸고 받고 하느라고 머리가 아파 죽겠는데 전화 요금 조로다 다문 얼마라도 줬으면 좋겠는데……."

할머니는 말꼬리를 길게 늘여 가며 딴청을 피웠다. 나는 그런 할머니를 가볍게 째려보았다. 남의 불행을 이용해 돈을 뜯어내려고 하다니 정말 추잡하다. 엄마는 얼른 지갑을 꺼내 만 원을 건넸다.

"아이고, 다리 아픈 늙은이가 왔다 갔다 이 고생을 하는데……."

할머니는 먼 하늘을 쳐다보며 계속 딴청을 피운다. 아빠 차가 정확히 어디에 있는지를 모르니 엄마는 울며 겨자 먹기로 만 원짜리 한 장을 더 건넨다. 엄청 아깝다. 할머니는 그제야 헤헤거리며 앞장선다. 할머니는 아프다는 다리로 성큼성큼 잘만 걷는다. 오 분 남짓 걸어서 주택가 골목으로 접어들자 남의 집 대문 앞에 주차된

아빠의 차가 보였다. 얼마나 먼지를 뒤집어썼는지 차가 뿌옇다. 엄마는 차에 올라타 시동을 걸며

"이제 차도 찾았겠다, 마트에 가서 장 좀 봐야지."

하고 혼잣말처럼 중얼거렸다.

화가 난 나는 아무런 대꾸도 하지 않았다. 창피는 창피대로 당하고 돈은 돈대로 나가고, 왜 이 고생을 해야 하는지 모르겠다. 생각할수록 엄마와 내 꼴이 한심스럽다. 아빠는 이런 사정을 알기나 할까. 알기는 개뿔, 오늘도 아빠는 얼큰하게 술에 취해서 들어올 것이다.

그깟 막일이 뭐가 좋다고 아빠는 요즘 아주 신이 났다. 학원에 나가는 날은 축 처져서 말수도 별로 없는데 목수 일을 쫓아다니는 날은 아주 쌩쌩하다. 불콰한 얼굴에 웃음기가 묻어 있으면 백 퍼센트 목수 일을 했다고 보면 된다. 집에 돌아온 아빠는 술 냄새를 풀풀 풍기며 뭐 대단한 자랑거리라도 되는 양 그날 있었던 작업을 시시콜콜 떠벌린다. 그럴 때 엄마의 표정을 보면 눈동자에서 금방이라도 불꽃이 튈 것만 같다.

그저께는 집 안에 들어서자마자 내 방에 들어와서

"어이, 아들. 너 목공 동아리 그거 열심히 해라. 어차피 공부로 나갈 거 아니면 목공도 괜찮다. 대학? 안 가도 괜찮아. 농사도 지을 줄 알겠다, 목공도 할 줄 알겠다, 너희 때는 굉장히 전망 있는 거야. 내가 보기엔 너 그쪽으로 꽤나 소질이 있거든. 그러니까 학원

이니 뭐니 하며 스트레스받지 말고 맘 편하게 살아. 세상 시선 따위는 무시하고 자급자족하면서 살 수 있으면 그게 장땡이다. 아빠 얘기 뭔 말인지 알지?"

하고 혀 꼬부라진 소리로 두서없는 말을 횡설수설 늘어놓았다.

엄마가 아빠의 등짝을 손바닥으로 찰싹 때리며 내 방에서 데리고 나가지 않더라면 아빠에게 제대로 짜증을 냈을 것이다. 하나밖에 없는 아들한테 대학에 가지 말고 막일이나 하면서 살라니, 막말도 이 정도면 수준급이다.

엄마는 요즘 그런 아빠를 묵묵히 지켜보고만 있는 중인데 그 분위기가 자못 심상치 않다. 아무래도 조만간 사달이 나도 단단히 날 것 같다. 고래 싸움에 새우 등 터진다고 결국 그 불똥은 애먼 내게 튀게 될 텐데, 도무지 아빠를 자제하게 할 방법이 없다.

*

"아이, 짜증 나!"

교실로 들어선 숙인이가 가방을 책상 위에 패대기치며 투덜거렸다. 선머슴 같은 숙인이는 남자애들과 장난도 잘 친다. 아이들이 뭔 일인가 싶어서 숙인이를 쳐다봤다.

"왜, 무슨 일 있어?"

짝꿍이 조심스레 눈치를 살피며 물었다.

"우리 엄마 열라 웃기지 않니?"

"왜 그러는데?"

"어젯밤에 내가 컴퓨터 켜 놓고 춤 연습 좀 했거든. 그런데 엄마가 내 방에 들어오더니 다짜고짜 머리를 쥐어박는 거야. 정신 나간 년이 공부는 안 하고 맨날 춤 지랄만 한다고 욕하면서. 그러고는 자판하고 마우스까지 뽑아 버리는 거 있지. 오늘 아침에 보니까 아예 모뎀을 가방에 넣어서 출근하더라니까. 자기는 맨날 인터넷으로 고스톱이나 치면서 내가 컴퓨터만 켰다 하면 도끼눈을 뜨고 생난리야. 그럴 거면 댄스 학원에라도 보내 주든지. 졸라 웃겨."

숙인이는 씩씩대면서 목소리를 높인다. 짝꿍이 그런 숙인이를 위로했다. 그러나 숙인이는 도무지 분이 풀리지 않는다는 표정으로 책상 위에 와락 엎드려 버린다.

얘기를 들어 보니 안 봐도 비디오다. 어른들은 하나같이 애들이 쉬지 않고 공부만 하기를 바란다. 소파에 십 분만 누워 있어도 쓸데없이 빈둥거린다고 들들 볶는다. 삼십 분을 누워 있으면 인생 포기했느냐고 등짝을 때려 댄다. 자기들은 뒹굴뒹굴 텔레비전도 보고 컴퓨터 앞에서 몇 시간이고 게임도 하고 소파에서 낮잠을 자기도 하면서 애들한테는 자기 전까지 공부만 하라고 닦달하며 몰아댄다. 우리가 공부하는 기계도 아닌데 정말 웃기지도 않는다. 그럼 어른들도 자기 전까지 일만 해야 하는 거 아닌가? 아마 어른들이 우리 공부하는 만큼 일 년 열두 달 일한다면 쌍코피 터뜨리면서 죽을 거다. 그런데도 어른들은 요즘 애들은 약해 빠져서 큰일이라고 혀를 찬다. 아마도 어른들은 애들 잡는 일로 스트레스를 푸는 모양이다. 그런 면에서 보면 나는 차라리 복받은 축에 든다.

조회를 하기 위해 담임이 교실로 들어왔다. 무슨 좋은 일이라도 있는지 싱글벙글한다. 가만히 보니 손에 신문이 들려 있다. 신문을 보자 무슨 일인지 짐작이 간다. 지난주 토요일에 지역 신문 기자가 목공 동아리를 취재해 갔는데 그 기사가 벌써 나온 모양이다.

우리 목공 동아리는 매달 한 번씩 시에서 주관하는 벼룩시장에 참가하기로 하고 지난 일주일 내내 학교에 남아 각자 팔 물건들을 만들었다. 독서대를 비롯해서 보석함, 나무 쟁반, 커피 잔 진열대, 액자, 시디 꽂이까지 다양한 작품이 만들어졌다. 나는 연필꽂이 네 개를 만들었다. 홍두깨는 '목공 동아리 꿈터 작품 전시회'라는 플래카드까지 준비해서 우리를 인솔했다. 반응은 기대 이상이었다. 어른들은 정말로 우리가 만들었느냐면서 놀라워했는데 그중에는 지역 신문 기자도 있었다. 장터가 파한 뒤 우리는 기자의 부탁에 따라 목공실로 되돌아와서 사진을 몇 장 찍었다.

보나 마나 담임의 손에 들린 신문에는 목공 동아리를 소개하는 기사가 실려 있을 것이다. 담임은 인사를 하기 위해 일어선 지욱이를 그냥 앉게 했다.

"오늘은 아주 좋은 소식이 있다. 지역 신문에 우리 학교 목공 동아리 기사가 났다."

역시 그거였다. 아이들은 일제히 나를 쳐다보며 와하고 가볍게 함성을 질렀다. 나는 양손으로 브이를 그려 보였다.

"자아, 조용. 신문은 여기 놓고 갈 테니까 다 같이 돌려 봐라. 별다른 전달 사항은 없으니까 수업 준비 잘하고 알찬 하루를 보내도록, 이상."

담임이 교실을 빠져나가자마자 아이들은 신문을 들고 내 주위로 우르르 몰려들었다. 목공 동아리 소개 기사는 신문 두 면을 몽땅 차지하고 있었다. 어느새 다가온 숙인이가 신문을 펼쳐 들고 큰 소리로 기사문을 읽기 시작했다. 조회 시간 전만 하더라도 볼이 잔뜩 부어 있더니 그새 기분이 풀린 모양이다. 매번 느끼는 거지만 성격 한번 끝내준다. 여느 여자애들과 달리 씨억씨억한 것이 꼭 남자애 같다. 아이들은 기사문을 읽어 내려가는 숙인이의 목소리에 한껏 귀를 기울였다. 숙인이가 기사문을 다 읽은 뒤 신문을 내려놓자 저마다 한마디씩 하느라 교실이 소란스러워졌다.

"와, 졸라 좋겠다."

"야, 김건호! 오늘 같은 날 한턱 쏴야 되는 거 아니냐?"

"에이씨, 나도 목공 동아리 할걸."

칭찬이 계속되자 나는 어쩐지 쑥스러워져서 뒷머리를 긁적거렸다. 아이들에게 이런 관심을 받아 본 건 머리털 나고 처음이다. 나도 모르게 자꾸만 입꼬리가 귀에 걸린다. 정말 기분 최고다. 숙인이가 그런 내 옆구리를 툭 쳤다.

"이따가 팡팡에서 떡볶이, 오케이?"

"좋아, 오케이!"

나는 흔쾌히 응했다. 까짓, 용돈은 이럴 때 쓰라고 있는 것이다. 그런데 애들이 너무 많이 먹을까 봐 머리가 조금 복잡하다. 친한 애들만 데려가더라도 돈이 꽤 들 텐데, 은근히 걱정이 된다. 이럴 땐 '재벌 2세'라는 별명의 대풍이가 정말 부럽다. 하긴 뭐, 나도 힘이 들어서 그렇지 밭에서 일을 더 하면 되니까. 그런데 요즘 들어 아빠 주머니 사정이 퍽 궁해 보이던데 나한테 줄 돈이 더 있을지 모르겠다. 아니다, 목수 일을 따라다니면서 신바람을 내는 걸 보면 그 정도의 여유는 있을 것 같다.

나는 고개를 가로저었다. 태어나서 처음으로 주인공이 된 오늘 같은 날 괜한 걱정으로 기분을 망치고 싶지는 않다. 이런 순간에는 아빠가 입버릇처럼 중얼거리는 말이 제격이다.

"인마, 내일 걱정은 내일 하는 거야. 왜냐, 내일은 내일의 태양이 뜨는 법이거든."

그래, 오늘만큼은 그 말이 맞는 것 같다.

팡팡 떡볶이는 언제나처럼 학생들로 바글바글하다. 학원이다 뭐다 해서 나를 따라온 애들은 숙인이까지 포함해서 다섯 명밖에 되지 않는다. 우리는 문밖에서 빈자리가 나기를 기다렸다.

그런데 안을 들여다보니 대풍이가 민석이와 떡볶이를 먹고 있다. 나는 고개를 갸우뚱거렸다. 민석이와는 1학년 때 같은 반이었다. 녀석은 1학년 내내 전교에서 알아주는 '은따'였다. 아마 지금도 녀석을 상대해 주는 아이가 아무도 없을 것이다. 그런 민석이가 대풍이와 어울리다니 선뜻 이해가 되지 않는다. 쾌활한 표정으로 게걸스레 떡볶이를 먹어 치우는 대풍이와 달리 민석이는 고개를 푹 떨구고서 떡볶이를 깨작거리고 있다. 떡볶이를 다 먹은 대풍이는 계산대로 가서 값을 치른 뒤 주인과 무슨 말인가를 주고받는다. 주인이 대풍이의 머리를 쓰다듬기까지 하는 것을 보니 어지간히 친한 모양이다. 녀석은 주인과 주먹을 가볍게 맞부딪치고는 우리에게 다가왔다.

"어! 건호가 정말로 쏘는 거야? 에이, 이럴 줄 알았으면 기다리는 건데. 어쩔 수 없지, 뭐. 그럼 내일 보자."

대풍이는 민석이의 어깨에 손을 올린 뒤 가게를 나섰다. 민석이는 고개를 숙인 채 우리와 눈길도 맞추지 않았다. 나도 굳이 아는 척을 하지 않았다.

"쟤들 뭐야?"

숙인이가 자리에 앉으며 어이없다는 투로 중얼거렸다. 다들 어깨를 으쓱해 보였다. 모두 나처럼 의아한 눈치다.

"야, 근데 민석이 쟤도 열라 불쌍하더라."

주문한 떡볶이를 기다리는 동안 옆자리에 앉은 애가 불쑥 말을 꺼냈다.

"내가 재랑 같은 학원 다니잖아. 근데 지난주에 재가 삼십 분인가 지각을 해서 학원 선생이 야단을 쳤거든. 그러니까 밥을 못 먹어서 엄마를 기다리느라 늦은 거라고 막 울먹울먹하는 거야. 그래서 학원 선생이 더 뭐라고 했지. 네가 차려서 먹고 오면 되지 엄마가 무슨 상관이냐고. 근데 그랬다간 엄마한테 죽는다는 거야, 위험하다면서. 야, 골 때리지 않냐? 밥 차려 먹는 게 위험하다니 무슨 그런 엄마가 다 있냐."

"에이, 설마."

"진짜로. 재, 우리 학원에서 완전히 소문난 마마보이라니까. 애들이 그러는데 자전거나 인라인도 못 탄대."

"헐, 쩐다!"

모두 황당하다는 표정을 지었다. 듣고 보니 좀 불쌍하다는 생각이 든다. 문득 나는 지욱이도 마찬가지라는 데 생각이 미쳤다. 사실 지욱이도 공부 빼고는 할 줄 아는 게 아무것도 없다. 그런데 공부만 잘하면 다른 걸 못해도 그만이다. 공부만 잘하면 어딜 가든 칭찬을 달고 산다. 아무리 재수 없이 굴어도 늘 대접받는다. 정말 짜증 나는 일이지만 그건 어쩔 수 없는 사실이다. 애들에게 왕재수로 낙인찍혀도 지욱이는 학교생활 하는 데 아무런 지장이 없다.

그사이에 떡볶이가 나와서 대화가 끊겼다. 숙인이는 떡볶이를 내려놓고 돌아서는 주인의 뒷모습을 힐끔거리더니 들릴락 말락 한 목소리로

"완전 멋있다."
하고 중얼거렸다.

떡볶이를 쏘라고 나를 꾄 목적이 따로 있었다는 생각에 약간 입맛이 썼다. 그렇지만 숙인이를 탓할 일은 아니다. 지금도 자리를 꿰차고 앉은 여학생들 상당수가 떡볶잇집 주인을 힐끔거리기 바쁘다. 삼삼오오 둘러앉은 고등학생 누나들도 연방 주인을 쳐다보며 자기들끼리 뭐라고 속닥거린다. 하긴 내가 봐도 주인 형은 얼짱 클럽에 가입해도 될 만큼 잘생겼다. 키도 백팔십이 넘고 몸에 착 붙는 티셔츠 밖으로 드러난 근육도 멋있다. 주인 형은 여학생들뿐만 아니라 남학생들에게도 인기가 많은데, 특히 좀 논다 하는 애들이 잘 따른다. 그 가운데 몇 명은 가끔씩 공짜로 떡볶이를 먹기도 한다. 대풍이도 그중 하나다.

계산을 마친 뒤 나는 아이들과 헤어져 집으로 향했다. 건널목에서 신호를 기다리는데 정태가 막 교문을 나서고 있다. 나는 정태의 이름을 부르려다가 녀석의 표정이 자못 심각해 보여서 그만두었다. 정태는 낡은 연립 주택들이 몰려 있는 구시가지 방면의 고갯길로 터덜터덜 멀어져 갔다.

무슨 일인지 요즘 정태는 수업이 끝나자마자 상담실로 불려 간다. 정태가 상담실에 들락거리는 거야 이상할 게 하나도 없지만 일주일 내내 그러는 걸 보면 아무래도 심상치 않다. 뭔가 굉장한 사고를 친 것일 텐데 최근에 그런 소문은 없었다. 어쩌면 학교 밖에서 말썽을 일으켰을 수도 있다. 그래서 선생님들이 쉬쉬해 가며 정태를 상담실로 불러들이는지도 모를 일이다.

때마침 신호등에 파란불이 들어왔다. 집에 가서 신문을 펼쳐 들고 자랑할 생각에 마음이 바빠진 나는 후다닥 뛰기 시작했다.

*

정오가 되려면 아직 멀었는데도 땀이 줄줄 흐른다. 유월 하순에 접어들면서 햇볕이 한여름처럼 뜨겁다. 나는 목에 두른 수건으로 연신 땀을 훔치며 압축 분무기의 손잡이를 부지런히 놀려 댔다. 손잡이를 움직일 때마다 이백 배로 희석한 아미노산 액비가 부슬비처럼 뿜어져 나온다. 한 시간 가까이 20리터들이 배낭식 압축 분무기를 메고 있었더니 어깨가 끊어질 것만 같다. 슬슬 짜증이 난다. 쉬지 않고 액비를 뿌렸는데도 고추와 파프리카와 토마토와 가지 밭을 끝냈을 뿐이다. 오이와 애호박과 참외를 비롯해서 액비를 줘야 할 작물이 지천으로 널려 있다.

나는 가쁜 숨을 몰아쉬며 지붕이 처진 평상 쪽을 쳐다보았다. 시원한 그늘 밑에서 아빠는 담임과 마주 앉아 막걸리를 마시고 있다. 부아가 치민다. 애한테는 죽도록 일을 시켜 놓고 자기들은 탱자탱자 수다나 떨고 있다니 청소년 학대가 따로 없다. 양심이라는 게 있다면 지금쯤 쉬라는 소리 한마디는 나와야 한다. 이럴 때 아이스크림이라도 사 주면 좀 좋으냐 말이다. 그런데 아빠와 담임은 내 쪽은 아예 안중에도 없이 자기들끼리 껄껄 웃어 가며 아주 신이 났다. 약이 바짝 오른다. 지친 나는 될 대로 되라지 하는 마음으로 압축 분무기를 팽개치듯 내려놓았다. 그때 아빠가 날 불렀다.

"야, 건호야, 안줏거리 좀 따 와라."

먹고 싶은 사람이 따다 먹으라고 팩 쏘아붙이고 싶지만 담임 앞이니 차마 그럴 수가 없다. 나는 입을 삐죽거리며 오이와 토마토와 고추를 따서 쓰고 있던 밀짚모자에 담았다. 평상에 가져다 놓으면서 보니 아빠와 담임 모두 술기운이 오르는지 얼굴이 불콰하다. 나는 관정에 연결된 수도를 틀어서 세수를 했다. 얼음장 같은 지하수에 머리를 흠뻑 적시니까 정신이 번쩍 나면서 좀 살 것 같다.

"건호야, 갈증 날 텐데 막걸리 한잔 마실래?"

평상에 걸터앉는데 담임이 술을 권했다.

"저 술 못 먹어요."

"인마, 선생님이 주시면 감사합니다 하고 받는 거야. 뭐 해, 얼른 안 받고?"

아빠는 턱짓을 해 가며 은근히 압력을 준다. 나는 마지못해 종이컵에 술을 받았다. 아이에게 술을 권하는 선생이나 그걸 받아 마시게 하는 아빠나 어째 불길한 느낌이 살짝 든다. 담임이 농장에 놀러 오겠다고 할 때만 해도 아빠하고 이렇게 죽이 맞으리라고는 상상도 못 했다. 그런데 만난 지 얼마나 됐다고 둘은 절친한 친구처럼 쿵짝이 잘 맞는다.

담임이 건배를 청하는 바람에 나는 에라, 모르겠다 하는 심정으로 종이컵을 반나마 비웠다. 그런데 어찌 된 일인지 막걸리가 달착지근하니 제법 먹을 만하다. 혀가 바짝바짝 타들어 갈 정도였던 갈증도 싹 가신다. 이래서 어른들은 술을 마시고 싶으면 목 축이러 가자고 하는 모양이다.

"이야, 건호 제법인데. 막걸리 마시는 폼이 완전히 농부구나."

담임은 엄지손가락을 추켜세우며 호기롭게 웃었다. 애한테 술을 잘 마신다고 칭찬하다니, 담임이 아빠한테 그새 물든 모양이다. 아빠는 말없이 우리 두 사람을 흐뭇하게 바라보았다.

"건호야, 좋겠다. 아버님이 이렇게 멋있으시니 넌 그야말로 복받은 거야."

"아이고, 별말씀을 다. 좋은 선생님을 만난 게 건호한테는 더 큰 복이지요."

"아닙니다, 아버님. 말씀을 들으면서 제가 부족한 사람이라는 생각을 많이 했습니다. 아버님께서 자문을 맡아 주신다니 천군만마를 얻은 것처럼 든든합니다."

아빠와 담임은 서로를 추어올리며 죽이 척척 맞는다. 도대체 무슨 얘기들을 주고받았기에 저러는지 어리둥절할 따름이다. 그리고 내가 좋은 선생님을 만난 건 맞는데 아빠가 멋있다는 소리는 듣기에 영 어색하다. 그래도 담임이 아빠를 좋게 얘기해 주니까 내심 싫지는 않다.

"그건 그렇고 건호야, 너한테 부탁이 하나 있는데……."

갑자기 담임은 넌지시 목소리를 깔며 분위기를 잡는다. 나는 고개를 갸웃거렸다. 담임이 나한테 부탁할 게 있다니 무슨 영문인지 모르겠다. 담임의 진지한 표정에 나는 마른침을 삼켰다.

"사실은 작년부터 텃밭 동아리를 꼭 만들어 보고 싶었어. 근데 내가 농사에 대해서 뭘 알아야지. 밭도 없고. 교장 선생님 텃밭이 있긴 하지만 처음엔 반대를 하셨거든. 물론 내가 이래저래 일이 많아서 엄두가 안 나기도 했고. 그런데 얼마 전에 건호 네가 낫질하는 모습을 보니까 해 볼 만하겠다는 생각이 다시 드는 거야. 그래서 선생님들끼리 회의를 해 봤는데 긍정적인 방향으로 결론이 났어. 교장 선생님도 텃밭 쓰는 걸 허락하셨고. 아마 목공 동아리 신문 기사가 자극이 됐던 모양이야."

"그런데요?"

"음, 네가 텃밭 동아리 회장을 맡아 줬으면 해서. 아버님도 자문을 맡아 주시기로 했거든."

"네? 전 목공 동아리인데요."

"그래서 부탁을 하는 거야. 너만 괜찮다면 국사 선생님도 텃밭 동아리로 옮기는 걸 허락해 주실 거야."

나는 대답을 하지 않았다. 썩 내키지가 않는다. 목공 동아리 덕분에 태어나서 처음으로 관심을 받게 됐는데 새로운 동아리로 옮기라니 그야말로 뚱딴지같은 소리다. 무엇보다 목공 동아리 활동은 정말 재밌다. 작품을 하나 완성할 때마다 느껴지는 짜릿한 쾌감은 겪어 보지 않은 사람은 모른다.

"뭐, 지금 당장 결정하라는 건 아니야."

내 반응이 시큰둥하다고 느꼈는지 담임은 잠시 뜸을 들였다.

"그리고 참고삼아 얘기하는 건데, 텃밭 동아리를 하면 봉사 점수를 주기로 했어."

"봉사 점수요?"

그 순간 솔깃해진 나는 두 눈을 동그랗게 뜨고 되물었다.

"응, 그렇다니까. 그리고 작물을 수확할 때마다 한 번씩 텃밭에서 삼겹살 파티를 열 거야. 벼룩시장에도 참가하고, 아동 센터 같은 데 기부도 할 거야. 모르긴 몰라도 굉장히 재미있을걸."

담임의 얘기를 듣다 보니 꽤나 구미가 당긴다. 봉사 점수도 그렇지만 학교에서 삼겹살을 구워 먹는다니, 카톡에 올리면 대박이 날 것 같다. 무엇보다 텃밭 동아리에 가입하면 아무것도 모르는 애들 속에서 내가 돋보일지도 모른다. 그렇지만 아빠와 함께 농사짓는 것만 해도 힘든 마당에 학교에서도 농사를 지으라니 좀 그렇다. 나대는 성격도 아닌 내가 동아리 회장이라는 직책을 맡는 것도 부담스럽다.

"생각해 볼게요."

나는 선뜻 결정할 수가 없어서 뜨뜻미지근한 태도로 대답을 미루었다.

"그럼, 그럼. 당연히 생각을 해 봐야지. 어쨌건 나는 건호 네가 있어서 든든하다. 네가 나서만 준다면 아주 큰 힘이 될 거야. 자, 그럼 초대 텃밭 동아리 회장을 위하여 건배 한번 할까?"

담임은 일이 다 이루어지기라도 한 것처럼 한껏 기분을 냈다. 어쩐지 낚인 느낌이다. 나는 담임과 아빠의 등쌀에 떠밀려 종이컵에 막걸리를 가득 받아 들고 마지못해 건배를 했다.

"어, 건호야. 오늘은 너 먼저 들어가라. 선생님도 오시고 했으니까 시급은 다 쳐 줄게. 엄마한텐 아빠 좀 늦는다고 말씀드리고."

"아빠, 오늘 저녁때 학원 수업 있잖아."

"유붕자원방래하니 불역낙호아라고 했다."

"그게 뭔 소리야?"

"아빠가 다 알아서 할 테니까 넌 그만 집에 가라는 소리다."

도대체 무슨 말인지, 원. 어쨌건 시급을 다 쳐 준다니 아무래도 상관은 없다. 나는 담임에게 인사를 한 뒤 평상에서 내려섰다. 농장을 빠져나오는데 등 뒤에서 선배처럼 모시느니 어쩌느니 하는 담임의 목소리가 들린다. 왠지 앞으로 피곤해질지도 모른다는 예감이 스멀스멀 밀려든다.

나는 자전거에 앉아서 페달을 밟았다. 그런데 이상하게도 핸들이 뜻대로 움직여지질 않는다. 자꾸만 앞바퀴가 이리저리 흔들리면서 금방이라도 넘어갈 것처럼 자전거 몸체가 좌우로 기우뚱거린다. 자전거에서 내려 앞뒤를 살펴보아도 아무런 이상도 없다. 그런데 안장에 올라 페달을 밟으니 또다시 내 의지와 상관없이 비틀거린다. 도대체가 영문을 알 수가 없다. 나는 자전거를 멈춰 세웠다. 갑자기 핑 하니 어지럼증이 돈다. 그러고 보니 몸도 무겁고 나도 모르게 하품까지 나온다. 그 순간 나는 내가 술에 취했음을 깨달았다. 나는 손으로 자전거를 끌면서 걸었다. 킥, 절로 웃음이 터진다. 이유 없이 기분이 좋다. 어른들이 왜 술을 마시는지 조금은 이해할 수 있을 것 같다. 현진건을 들먹이며 세상이 술을 먹인다던 아빠의 말은 순 뻥이다. 그냥 기분 좋으려고 마시는 거다.

발걸음은 점점 무거워지는데 기분은 점점 좋아진다. 나는 콧노래를 흥얼거리며 걷다가 하늘을 보았다.

아, 하늘이 파랗다.

*

6교시 수업을 알리는 종이 울리자 복도에서 놀던 아이들이 우당탕 교실로 뛰어들었다. 아이들이 자리에 채 앉기도 전에 국어 선생님이 교실 안으로 들어섰다. 교탁 앞에 서서 미소 띤 얼굴로 아이들의 얼굴을 찬찬히 둘러보던 선생님은 조용한 목소리로 말문을 열었다.

"얘들아, 시가 어렵니?"

아이들은 서로 눈치를 살폈다. 몇 명이 기어들어 가는 목소리로 예, 하고 대답했다. 그저 그렇다는 대답도 나왔다. 누군가 아니요, 하고 큰 소리로 대답을 했다가 아이들의 눈총을 받았다.

"우리더러 쓰라고 시키지만 않으면 괜찮아요."

대풍이의 천연덕스러운 대꾸에 사방에서 웃음이 터져 나왔다. 대풍이는 그런 아이들을 향해 손을 들어 브이를 그려 보이며 우쭐 댔다.

"너희가 제출한 시 쓰기 과제물을 쭉 훑어보니까 너무 아쉬운 생각이 들었어. 대부분의 사람들이 시가 어렵다거나 고상하고 우아한 것이라는 편견을 갖고 있어. 물론 멋있고 근사하게 써야 한다는 편견도 있지. 자, 그래서 내가 시 두 편을 준비해 왔어. 시험에 관한 시인데, 기말고사도 일주일밖에 안 남았으니까 좀 더 잘 와닿을 거야. 참고로 이 두 편의 시는 너희 같은 학생이 쓴 거야."

얘기를 마친 국어 선생님은 컴퓨터와 연결된 텔레비전 화면에 시를 띄웠다. 잔잔한 음악과 함께 글자들이 화면 밑에서부터 올라왔다.

시험

또 봐?

화면이 정지하자 아이들은 잠시 침묵을 지켰다가 웅성거리기 시작했다. 국어 선생님은 그런 아이들을 지켜보다가 잔잔한 미소와 함께 설명을 덧붙였다.

"그럼 다음 작품을 볼까?"

아이들 사이에서 대박이라느니 천재라느니 하는 탄성이 터져 나왔다. 다음 시가 화면에 올라오자 아이들은 화면을 뚫어져라 응시했다.

인생무상

이번 시험 1등 하는 상상

전교 1등의 위상

하지만 그것은 몽상

'공부해야지'라는 생각을 항상

학습 계획표는 그저 감상

실천하지 않는 게 정상

'지금 자고, 아침 일찍 해야지' 하는 환상

하지만 11시 기상

시험 전날까지 미루는 건 일상

시험 문제는 진상

공부한 것도 기억나지 않는 신기한 현상

찍어 놓고 맞힐 거란 망상

점수는 궁상

성적표 나오는 날 내 몸엔 타박상

내 친구는 장학금과 학과 우수상

내 손에는 개근상

그리고 5,000원짜리 문상

1등만 기억하는 더러운 세상

결론은 인생무상

　화면이 정지하자 우아, 하는 탄성이 아이들 입에서 동시에 새어 나왔다. 우리 또래가 썼다고는 도저히 믿기지 않는다. 아이들은 고개를 절레절레 내둘렀다. 누군가는 브라보, 하면서 박수를 쳤다. 화면을 멈춘 국어 선생님이 다시 교탁 앞에 섰다.

　"정말 대단하지?"

　"완전 천재예요."

　"시는 이러저러해야 한다는 생각 자체가 나는 착각이라고 생각해. 정말 좋은 시는 너희의 마음이야. 「시험」이라는 시를 보면 이 시를 쓴 아이의 마음이 그대로 녹아 있잖아. 「인생무상」이라는 시에서 나는 '실천하지 않는 게 정상'이라는 표현이 가장 좋아. 얼마나 자유롭고 솔직해. 나는 이 시처럼 너희도 세상의 기준에 자기를 맞추려 하지 말고 자유롭고 솔직했으면 좋겠어. 왜 공부를 잘해야 하는데? 왜 뚱뚱하면 안 되지? 까짓 키 좀 작으면 어때? 정말로 돈이 많아야 할까? 왜 애들은 사고를 치면 안 되지? 나는 너희가 그런 질문을 마음껏 할 수 있었으면 좋겠고 그러기 위해서 시가 도움이 될 거라고 생각해. 시는 자유로운 영혼이니까. 그래서 말인데 과제 다시 내 줄게. 다음 시간까지 진짜 시 한 편씩 써서 제출해 주면 고맙겠다. 길이 자유, 주제 자유."

국어 선생님이 이야기를 마치자 교실 분위기가 조용해졌다. 그때 숙인이가 손을 번쩍 들었다.

"선생님, 질문 있는데요."

"응, 얘기해 봐."

"왜 선생님들은 꼭 숙제를 내 줘야 하는 거죠? 그것도 편견 아닌가요?"

여기저기서 킥킥거리는 웃음소리가 들려왔다.

"그건 말이지, 내 자유로운 영혼이 가끔 너희들을 괴롭히고 싶어 하기 때문이야. 오늘은 여기까지."

우우, 하고 장난기 섞인 야유가 사방에서 쏟아졌다. 국어 선생님은 생글생글 웃는 얼굴로 유유히 교실을 빠져나갔다.

아이들은 와자지껄 떠들어 대면서 책가방을 쌌다. 나처럼 학원에 안 다니는 애들은 수업이 다 끝나고 책가방을 쌀 때 얼굴에서 반짝반짝 윤이 난다. 그러나 대다수의 아이들은 학교가 끝나면 얼굴빛이 더 어두워진다.

학원에 다니는 애들은 학교가 끝나 봐야 좋을 게 하나도 없다. 허겁지겁 저녁밥을 먹고는 학원으로 내달아야 하기 때문이다. 학교에서는 애들하고 장난도 치고 잠이라도 잘 수 있지만 학원에서는 어림없다. 어떻게 보면 애들이 맘 편하게 쉴 수 있는 공간은 학교가 유일하다. 서글프지만 우리에겐 집도 휴식의 공간이 될 수 없다. 숙제를 하고 복습을 하고 예습을 하면서 엄마, 아빠의 등쌀을 견뎌야 하는 공간일 뿐이다.

나는 힐끗 지욱이를 쳐다보았다.

요즘 들어서 지욱이는 어딘가 모르게 이상하다. 딱히 뭐라고 꼬집어서 얘기하긴 어렵지만 묘하게 전과 달라 보인다. 더 무표정해졌다고 해야 할까. 그래도 전에는 얼굴을 보면 어느 정도 감정을 짐작할 수 있었는데 요즘엔 감정도 잘 드러나지 않는다. 그런 지욱이의 얼굴을 쳐다보고 있으면 왠지 모르게 살짝 불쾌하면서 섬뜩한 느낌이 든다.

하교 준비를 끝낸 아이들은 잡담을 나누면서 담임을 기다렸다. 이윽고 교실 문이 열리면서 담임이 휴대전화 보관함을 들고 나타났다. 담임은 호명을 해서 아이들에게 휴대전화를 돌려줬다. 다들 금방이라도 교실 밖으로 내달릴 자세로 담임의 얼굴만 쳐다본다. 그때 숙인이가 발을 동동거려 가며 손을 들었다.

"선생님, 저 화장실 급한데요."

"어서 다녀와라."

숙인이는 배를 싸쥐고 화장실로 뛰어갔다.

"자, 오늘 하루 모두 고생 많았다. 다들 잘 알고 있겠지만 기말 고사가 코앞으로 다가왔다. 그렇다고 너무 무리하지는 말고. 어차 피 우리 학교는 수행 평가 점수가 내신의 60퍼센트니까 죽도록 벼 락치기 해 봤자 수행 평가가 안 되면 도로아미타불이다. 그러니까 평소에 꾸준히 하는 게 훨씬 유리하겠지. 어쨌건 시험 때문에 너무 스트레스받지 말기를 바란다. 돌아가는 길에 차 조심하고, 이상."

담임이 말을 마치자마자 남자애들이 우르르 교실 문으로 내달 았다. 대풍이가 그런 애들을 배 치기로 밀어 내며 교실을 빠져나갔 다. 아이들은 교실을 먼저 빠져나가는 게 무슨 대단한 시합이라도 되는 것처럼 웃고 떠들며 한바탕 난리다. 숙인이가 그런 남자애들 을 헤치고 교실 안으로 들어섰다. 숙인이는 문 앞에서 아우성치는 남자애들을 한심하다는 듯이 쳐다보며

"하여간에 수컷들이란."

하고 비웃듯이 중얼거렸다.

나는 교실 문 앞의 소동이 가라앉기를 잠시 기다렸다가 가방을 둘러멨다. 그때 숙인이가

"어, 내 스마트폰! 얘들아, 여기 올려놨던 내 스마트폰 못 봤니?"

하고 다급한 목소리로 부르짖었다.

숙인이는 파랗게 질린 얼굴로 책가방을 뒤집어 쏟고, 책상 주변 을 뒤졌다. 그러나 그 어디에서도 스마트폰은 나타나지 않았다. 숙

인이는 바닥에 털썩 주저앉아 끝내 울음을 터뜨렸다. 교실에 남아 있던 아이들이 숙인이를 에워쌌다. 숙인이와 친한 애들이 혹시나 해서 주변을 다시 한 번 살펴보는 동안 누군가 담임을 불러왔다. 헐레벌떡 달려온 담임은 숙인이를 진정시키려고 애썼으나 숙인이는 좀체 울음을 멈출 줄 몰랐다. 가까스로 상황이 진정되자 담임이 자초지종을 캐물었다.

"아까 스마트폰을 책상에 올려놓고 화장실에 갔었거든요. 근데 와 보니까 없는 거예요. 산 지 한 달도 안 됐는데 이제 저 어떡해요, 선생님."

숙인이는 북받쳐 오르는 감정을 추스르지 못하고 다시 눈물을 쏟았다.

"얘들아, 누구 본 사람 없니?"

담임이 주변 아이들을 향해 물었다. 아이들은 하나같이 고개를 가로저었다. 나 역시 아무것도 보질 못했다. 최신형이라면서 숙인이가 엄청 자랑하고 다녔던 스마트폰이다. 어쩐지 남의 일 같지 않다. 나 같아도 울 것만 같다. 아마도 지금 숙인이는 팔다리가 잘린 듯한 기분일 것이다.

"너희는 그만 집으로 돌아가거라."

담임은 숙인이를 교무실로 데려가면서 뒤에 남은 아이들에게 지시했다. 그러나 우리는 교실에 삼삼오오 둘러앉아서 누가 스마트폰을 가져갔을지 추측을 해 보았다. 범인은 틀림없이 우리 반에 있다. 아이들이 뻔히 모여 있는 가운데 훔쳐 가다니 보통 강심장이 아니다. 그런데 누구인지 도무지 짐작조차 가지 않는다. 결국 우리는 제풀에 지쳐서 추리를 포기했다.

교실에 감시 카메라가 있는 것도 아니고, 셜록 홈스가 온다고 해도 범인을 붙잡는 것은 불가능할 것 같다. 어쨌건 우리 반에 도둑이 있다니 충격적이다.

*

"어이, 아들. 내일부터 시험이라며? 많이 먹고 힘내서 잘 봐라."

"많이 먹어서 잘 보는 시험이면 뚱뚱한 애들은 다 1등이겠네. 시험 잘 보려면 학원에 다녀야 하는 거야."

나는 접시에 닭갈비를 덜면서 아빠를 향해 한마디 했다. 월급날을 맞아 한턱내는 사람은 엄마인데 생색은 아빠가 더 낸다. 나는 큼직한 닭고기를 입 안에 욱여넣었다. 양념도 양념이지만 살이 야들야들한 게 정말 맛있다. 주변을 둘러보니 사람들이 바글바글하고 차례를 기다리는 줄도 가게 밖까지 이어져 있다. 하긴 우리도 삼십 분을 기다려서 자리에 앉았다.

"엄마도 먹는장사 하면 정말 잘될 텐데."

"식당은 아무나 하니? 것도 다 돈이 있어야 하는 거야."

엄마는 아빠를 살짝 흘겨보았다. 아빠는 짐짓 모른 척하며 술잔을 비운다. 이럴 땐 꼭 능구렁이 같다. 나는 홀을 가득 메운 사람들을 보며 정말로 엄마가 식당을 차렸으면 좋겠다고 생각했다. 엄마는 누구라도 반하게 할 만큼 요리를 잘한다. 못하는 요리도 없다. 떡볶이 하나를 만들어도 엄마의 손길을 거치면 특별한 맛이 난다. 우리 집에 놀러 온 친구들도 엄마의 음식을 먹어 보고는 일류 요리사가 따로 없다며 나를 부러워했다. 그러니 엄마가 식당을 차리기만 한다면 우리 집은 금방 부자가 될지도 모른다. 그런데도 돈이 없어서 엄마가 남의 분식집에서 고생을 해야 한다니, 새삼 아빠가 얄밉다.

"짜식, 아빠는 왜 노려보는데?"

"아빠, 제발 돈 좀 벌어."

"술이나 따라, 인마."

그러고 싶은 마음은 눈곱만큼도 없었지만 나는 마지못해 아빠의 잔에 술을 채웠다.

"너도 한잔할래?"

"왜 자꾸 애한테 술을 먹이려고 그래."

엄마가 아빠의 등을 가볍게 때리며 잔소리했다.

"쟤, 술 곧잘 먹어."

"아이고, 그러셔요. 애가 술 잘 먹어서 좋으시겠습니다."

"어, 이 집 에어컨 안 틀었나? 왜 이리 더워."

아빠는 더 이상 군말을 못 하고 딴청을 부렸다. 이럴 땐 엄마가 완전히 갑이다. 나는 엄마한테 꼼짝도 하지 못하는 아빠의 꼴이 우스워서 키득거렸다. 아빠가 그런 나를 쓰윽 노려본다. 나는 고개를 돌려 아빠의 눈길을 피했다.

그때였다. 주방에서 누군가 일어서며 허리를 쭉 펴는데 그 모습이 굉장히 낯익다.

"어, 정태잖아?"

두건을 쓰고 비닐 앞치마를 둘렀지만 고무장갑 낀 손으로 허리를 콩콩 두드리고 있는 건 틀림없이 정태였다. 정태가 닭갈빗집 주방에서 설거지를 하고 있다니.

허리를 돌리던 정태의 두 눈이 나와 딱 마주쳤다. 그 순간 정태는 무춤했다. 나는 자리에서 일어나서 정태에게 다가갔다. 나를 쳐다보는 정태의 표정에 당황한 기색이 역력하다.

"너 여기서 일하는 거야?"

"……응."

정태는 잠시 뜸을 들이다가 마지못해 짧게 대꾸했다.

"언제부터?"

"한 달 됐어. 학교에선 비밀이다."

"알았어."

"나불대고 다니면 재미없을 줄 알아."

정태는 나지막한 목소리로 다짐을 놓았다. 나는 고개를 주억거렸다. 정태는 그런 내게서 눈길을 거둔 뒤 앉은뱅이 의자에 앉아서 다시 설거지를 하기 시작했다. 나는 고만 머쓱해져서 제자리로 돌아왔다.

"아는 애니? 학교 친구?"

자리에 앉자마자 엄마가 물었다.

"응, 우리 학교 짱."

"식당 설거지가 보통 힘든 일이 아닌데……. 무슨 사연이 있나 보구나. 혹시 집안 사정이 어렵니?"

"할머니랑 둘이 산대."

"저런, 어쩌다가? 부모님이 돌아가셨나?"

"나도 잘 몰라. 그런데 할머니가 편찮으신가 봐."

"쯧쯧, 가엾어서 어쩐다니. 그래도 정말 기특하다. 어린 애가 저렇게 살려고 애를 쓰다니."

엄마는 자기 일처럼 안타까워하면서 혀를 찼다. 닭갈비가 얼추 비워지자 아빠는 볶음밥을 시켰다. 다른 때 같았으면 허겁지겁 달려들었겠지만 나는 두어 술 뜨는 둥 마는 둥 하고 숟가락을 내려놓았다. 어쩐지 입맛이 없다. 나는 주방 쪽을 연신 힐끗거렸다. 계속 앉아서 설거지를 하는지 정태의 모습은 보이지 않는다. 자꾸 신경이 쓰인다. 정태가 일하는 곳에서 엄마, 아빠와 함께 외식을 한다는 게 마음이 편치 않다. 괜히 미안하다.

"얘, 건호야. 엄마도 한잔 줘 봐."

정태에게 온통 신경을 빼앗겨 있는데 엄마가 느닷없이 내게 술

을 청했다. 엄마는 술이 두어 잔만 들어가도 온몸이 빨개져서 평상
시에는 술을 잘 마시지 않는다. 엄마가 술을 마시는 건 굉장히 기
분이 좋거나 아니면 엄청 열을 받았거나 그도 아니면 뭔가 할 말이
있다는 신호다. 아니나 다를까, 내가 따라 드린 술잔을 반쯤 비운
엄마는 아빠를 향해 말문을 열었다. 아빠는 살짝 긴장하는 눈치다.

"학원은 어때?"

"좀 그래. 원장도 요즘 들어 꽤나 힘든 모양이야."

엄마는 남아 있던 술을 다 비운 뒤 아빠를 향해 빈 술잔을 흔들
어 보였다. 아빠는 엄마의 눈치를 살펴 가며 술을 따랐다.

"목수 일은 할 만해?"

"재미있어. 다들 나보고 재주가 좋대."

"그래서, 학원 그만두고 그 길로 본격적으로 나서 보려고?"

"그건 아니고…… 그냥 기회 될 때 배워 두는 거지, 뭐. 나중에
써먹을 수도 있잖아. 언제가 될지 모르지만 우리 집을 지을 수도
있고."

엄마는 잠시 뭔가를 생각하는 눈치더니 말을 이었다.

"학원은 계속 다닐 생각이야?"

"어쩌겠어, 다녀야지. 그런데 갈수록 힘드네. 자꾸만 애들한테
죄를 짓는다는 생각이 들어."

"성적 올려서 좋은 대학에 보내면 보람도 있잖아."

"어쨌건 애들 괴롭히는 거잖아. 다른 이유도 아니고 단지 내 밥

벌이를 위해 애들을 괴롭혀 가면서 세상에 빌붙는 거, 못할 짓 같아."

"그래서 방법 있어? 방법 없잖아."

엄마는 탁자에 턱을 괸 채 아빠를 쳐다보았다. 그런 엄마의 얼굴이 퍽 지쳐 보인다. 아빠는 잠시 뭔가를 진지하게 고민하는 얼굴이다.

"애도 크는데 제발 남들 사는 대로 좀 살자."

엄마가 한숨을 내쉬며 말하자 아빠는 탕 소리가 나게 술잔을 내려놓으며 입을 열었다.

"방법이 없다는 말, 착각 같아. 인간이 그렇게 무기력한 존재인가? 아니잖아. 세상이 원하는 방식이 아닌 다른 방식으로 삶을 대하면 방법은 얼마든지 있을 거야. 오로지 인간만이 이렇게 아등바등하지, 하찮은 미물도 자기 살 길은 알아서 잘 찾잖아. 살 집을 짓지도 못하고 스스로 먹을거리를 장만하지도 못하는 건 인간밖에 없어. 원래 우리 삶은 자급자족할 수 있어야 정상 아닌가?"

나는 아빠가 무슨 말을 하는 건지 잘 이해되지 않았다. 그런데 자기가 살 집을 짓지 못하는 건 인간밖에 없다는 말은 이상하게도 귀에 쏙 꽂혔다. 하긴 아빠 말이 맞다. 개미나 벌도 집을 짓는다. 새도 집을 짓고 수달도 집을 짓는다. 토끼나 쥐나 여우도 집을 짓고 물속에 사는 생물들도 집을 짓는다. 사자나 코끼리 같은 동물들은 필요가 없기 때문에 짓지 않을 뿐이다. 그런데 사람은 죽을 때까지 자기 집 한 채 갖는 게 소원이다. 나는 아빠의 말이 그럴싸하다고 생각했다.

"그래서 어떡하자는 건데?"

"그냥 그렇다는 얘기야."

"설마 학원 그만둔 건 아니지?"

"……."

"도통 수업 준비도 안 하고 건호 담임 만난다고 수업도 빼먹고 당신 요즘 이상한 거 알아?"

엄마의 추궁에도 아빠는 대답이 없었다. 엄마는 아빠의 얼굴에서 눈을 떼지 않았다. 나 역시 아빠의 얼굴을 빤히 쳐다보았다.

"건호야, 너 먼저 집에 들어가라."

아빠는 내게 눈길도 주지 않고 얘기했다. 엄마는 고개를 외로 튼 채로 허공을 응시했다. 아무래도 분위기가 심상치 않다. 굳게 다물어진 엄마의 입술이 파르르 떨린다.

"뭐 하냐? 먼저 집에 가라니까."

아빠가 낮고 단호한 목소리로 잘라 말했다. 나는 엉거주춤 일어서며 엄마를 힐끗 쳐다보았다. 그러나 엄마는 고개를 외로 꼰 채 미동도 하지 않는다. 이런 날 잘못 깝죽거리다간 죽음이다. 나는 돌아서서 닭갈빗집을 빠져나왔다. 문밖에서 슬쩍 안을 살피니 멀찍이 떨어져서 봐도 분위기가 엄청 심각하다. 보아하니 아빠는 학원을 그만둔 게 분명하다. 갑자기 우리 집의 앞날이 막막해지면서 와락 배신감이 든다.

　나는 천천히 집 쪽으로 발걸음을 옮겼다. 암만 이해하려고 해도 정말 이건 납득이 안 된다. 아무리 학원 일이 싫어도 가족을 생각해서 꾹 참아야지 무턱대고 사고를 치면 어떡하자는 건가? 이러다가 엄마와 아빠가 이혼하게 되는 건 아닌지 더럭 겁이 난다.

　나는 우뚝 멈춰 서서 가로수를 발로 걷어찼다. 짜증 제대로 난다.

*

　드디어 지긋지긋한 시험이 끝났다.

　감독 선생님이 시험지와 답안지를 걷어서 교실을 나가자 성적이 고만고만한 남자애들이 환호성을 지르며 우당탕 뛰어다닌다. 그러나 공부 좀 하는 애들은 서로 답을 맞춰 보며 자못 표정이 심각하다. 그 가운데 가장 심각한 건 지욱이다. 그야말로 똥 씹은 표정이다. 그래 봤자 이번에도 전교 1등일 것이다. 나는 심각하고 자시고 할 것도 없다. 평년 타작을 한 것만으로도 다행이다.

　엄마하고 아빠는 내가 시험을 보는 나흘 내내 각방을 쓰며 서로 한마디도 하지 않았다. 밥도 따로 먹었다. 오늘 아침에도 엄마는 아빠가 나가거나 말거나 신경도 쓰지 않았다. 식탁 위에 내 밥만 덜렁 차려 놓고는 안방 문을 요란스레 닫아 버렸다.

　둘 사이에 흐르는 팽팽한 긴장감에 나는 숨이 막힐 지경이었다.

금방이라도 무슨 일이 터질 것처럼 가슴이 조마조마했다. 자연히 책상에 앉아도 아무것도 눈에 들어오지 않았다. 그래서 나는 시험 기간 내내 공부를 하는 대신 이불을 뒤집어쓴 채 스마트폰으로 게임만 했다. 그런 판국에 중간고사 때의 점수를 유지했으니 그야말로 감지덕지한 일이다.

나는 담임이 올 동안 머리도 식힐 겸 화장실로 향했다. 교실 앞 복도마다 뛰노는 애들로 가득 차서 귀청이 떨어져 나갈 것처럼 소란스럽다. 화장실에서 세수를 한 뒤 휴지로 물기를 닦아 내며 거울을 보는데 나도 모르게 한숨이 나온다. 집에 들어갈 생각을 하니 가슴이 답답하다. 나는 해 질 때까지 애들이랑 공이나 차야겠다고 생각하며 화장실을 나섰다.

교실 문 앞 복도에서는 대풍이가 비실비실한 애들을 상대로 배치기에 여념이 없다. 녀석이 불룩한 배를 내밀며 아이들을 칠 때마다 애들이 펑펑 나가떨어진다. 백 킬로그램이 넘는 녀석의 배 치기는 정말 막강하다.

"하…… 하지 마."

한 아이가 곤혹스러운 얼굴로 손사래를 쳤다. 그러거나 말거나 대풍이는 더욱 신이 나서 공격한다. 몇몇 애들이 그 꼴을 보고 키득거렸다. 대풍이의 공격을 당하는 애들은 도망도 못 가고 울상이다.

"대풍이 너, 이리 와 봐."

복도 끝에 나타난 담임이 대풍이를 손짓해서 불렀다. 애들은 무슨 일인가 싶어서 담임과 대풍이를 갈마보았다.

"너 인마, 왜 애들 괴롭히고 그래?"

"제가요? 언제요?"

"내가 쭉 지켜봤거든. 애들이 싫어하는데도 계속해서 배 치기 하면서 괴롭혔잖아."

"장난인데요?"

"인마, 장난은 서로 재미있어야 장난이지. 애들이 싫어하잖아."

"아니에요. 정말 장난이라니까요. 애들한테 물어보세요."

대풍이는 두 눈을 동그랗게 뜨고서 억울하다는 듯이 항변했다. 대풍이야 장난으로 생각하겠지만 당하는 애들은 아니다. 나는 대풍이에게 배 치기를 당한 애들의 얼굴을 쳐다보았다. 고개를 푹 떨군 그 애들은 담임이 물어 와도 보나 마나 그냥 장난이었다고 대답할 것이다. 나도 초등학교 때 비슷한 일을 몇 번 당해 봐서 이런 때 어떤 기분인지 잘 안다. 이러면 마음이 엄청 복잡하다. 선생님에게 곧이곧대로 털어놓고 싶다가도 뒷일을 생각하면 그러지 못한다. 차라리 선생님이 모른 척해 줬으면 싶다. 애들 사이에 생긴 문제는 어른이 해결해 줄 수 없기 때문이다. 어른들이 끼어들면 괜히 골치만 아파진다. 그런데 어른들은 해결해 주지도 못할 일에 자꾸만 끼어든다.

담임은 대풍이를 잠시 내려다보더니 갑자기 두 팔로 대풍이의 목을 감싸 쥐고 조르기 시작했다. 대풍이는 빠져나오려고 필사적으로 버둥거렸지만 담임은 휘파람까지 불며 여유를 부렸다.

"씨, 이거 놔요. 이거 놓으라고요!"

목이 졸린 대풍이는 새빨개진 얼굴로 새된 소리를 내질렀다. 그제야 담임은 선선히 풀어 주면서 한마디 툭 던졌다.

"장난이었어."

대풍이는 가쁜 숨을 몰아쉬며 담임을 노려보았다.

"이건 장난이 아니죠."

"왜 아닌데?"

"나는 애들하고 친하니까 장난이지만 선생님은 나하고 그 정도로 안 친하거든요."

"그래? 난 너하고 친하다고 생각하는데. 그렇다면 미안. 어쨌건 장난이다. 얘들아, 그만 교실로 들어가자."

담임은 아무 일도 없었다는 듯이 태연한 얼굴로 교실로 앞장섰다. 대풍이는 잔뜩 볼이 부은 채로 씩씩대면서 자리에 앉았다.

"시험 보느라고 고생 많았다. 주말 동안 모든 걸 잊고 다들 푹 쉬어라. 그리고 숙인이 스마트폰 가져간 사람은 이번 주말까지 자수하기 바란다. 문자를 보내도 좋고 다른 방법을 써도 좋다. 자수만한다면 그 용기를 가상히 여겨서 비밀도 보장하고 문제 삼지 않을거야. 그냥 친구끼리 장난친 거다 생각하고 덮겠다는 말이다. 그런데 주말까지 자수를 하지 않는다면 반드시 후회하게 될 거야. 믿고안 믿고는 자유겠지만 숙인이 스마트폰을 누가 가져갔는지 거의 윤곽을 잡아 놓은 상태다. 이것저것 조사를 하다 보니까 대충 그림이 나오더란 얘기지. 사람은 누구나 살다 보면 한 번쯤은 실수를 할 수 있다. 그런데 정말 중요한 것은 그 실수를 바로잡고 똑같이 되풀이하지 않으려는 노력이야. 그러니 이게 마지막 기회라고 생각하고 용기 내서 자수하길 바란다. 정태는 지금 상담실로 오고 회장은 청소 마치면 애들 보내고 나한테 와서 보고해라. 이상."

담임의 말이 끝나자 아이들은 웅성거렸다. 다들 못 믿겠다는 눈치다. 나 역시 마찬가지다. 담임이 무슨 셜록 홈스도 아니고 괜히 겁줘서 자수하게 만들려는 속셈 같다. 정태는 가방을 싸서 교실 밖으로 나가고 우리는 청소를 하기 시작했다. 나는 교실을 나서는 정태의 뒷모습을 눈여겨보았다. 도대체 무슨 사고를 쳤는지 갈수록 궁금하다. 사고를 친 게 아니고서야 날마다 상담실에 불려 갈 리가 없다. 친한 사이라면 넌지시 물어보겠는데 그럴 수가 없으니 답답하다.

아이들은 역할을 나눠서 쓰레기를 줍고, 비질을 하고, 유리창을 닦았다. 나는 물걸레로 칠판의 분필 가루를 깨끗이 닦아 냈다. 이내 교실이 말끔해졌다. 교실을 둘러본 지욱이가 오케이 사인을 주자 아이들이 우르르 밖으로 빠져나갔다.

"시험 잘 봤냐?"

나는 지욱이에게 지나가는 투로 물었다. 딱히 궁금하진 않았으나 어쩐지 요즘 지욱이하고 소원한 느낌이 들어서 말을 붙여 본 것이다. 지욱이는 건조하게 웃어 보일 뿐 대꾸가 없다.

"하긴 너야 뭐, 당연히 잘 봤겠지."

"먼저 간다."

지욱이는 무표정한 얼굴로 돌아섰다. 교실 문을 나서는 녀석의 어깨가 축 늘어져 보인다. 전에는 이따금 속마음을 내비치더니 요즘은 도통 속을 알 수가 없다. 나는 내 자리로 가서 가방을 둘러멨다. 그때 지욱이 책상 위에 가지런히 놓인 시험지가 눈에 들어왔다. 아마 깜빡 잊은 모양이다.

나는 지욱이 자리로 가서 시험지를 들여다보았다. 시험지에는 아무런 표시도 되어 있지 않았다. 막 받아 든 것처럼 깨끗하다. 하기야 지욱이 정도면 문제를 읽는 족족 답이 보일 테니 굳이 시험지에 해답을 표시할 필요도 없을 것이다. 공부 잘하는 애들의 시험지는 대체로 깨끗하다. 정태처럼 아예 공부와 담을 쌓은 애들의 시험지도 깨끗하기는 마찬가지다. 나같이 어중간한 애들의 시험지만 엉망이다. 나는 손끝 하나 대지 않은 것 같은 지욱이의 시험지를 보며 입맛을 다셨다. 답지에 정답을 휘리릭 적어 낼 수 있는 지욱이의 능력이 새삼 부럽다.

창문을 통해 운동장을 내려다보니 와글거리는 아이들 가운데 우리 반 애들이 공을 차고 있는 게 보인다. 나는 애들과 어울려 축구를 할 요량으로 서둘러 교실을 빠져나왔다. 복도에는 개미 새끼 한 마리 없다. 계단을 성큼성큼 뛰어 내려가 1층에 도착했는데 갑자기 복도 안쪽에서 정태의 목소리가 들려왔다.

"야, 거기 서!"

나는 계단 벽에 몸을 숨긴 채 소리 나는 방향으로 고개를 빠끔히 내밀었다. 상담실 앞 복도에 지욱이와 정태가 서 있다. 무슨 일인지 정태는 잔뜩 흥분한 모습이다. 지욱이는 그런 정태를 떨떠름한 표정으로 쳐다보고 있다.

"너 잠깐 밖으로 나와 봐!"

정태는 몸을 홱 돌리더니 후문 쪽으로 앞장섰다. 지욱이가 그런 정태의 뒤를 아무렇지도 않다는 듯이 따라갔다. 나는 발소리를 죽여 상담실 쪽으로 향했다. 상담실 문은 활짝 열려 있다. 복도 끝에서 후문 쪽을 슬그머니 내다보니 분리수거 함 앞에 서 있는 정태와 지욱이의 모습이 보인다. 나는 주위를 살핀 뒤 상담실 안으로 몰래 들어갔다.

상담실 탁자 위에는 정태의 가방이 놓여 있고 그 옆으로 처음 보는 책 한 권과 연습장이 펼쳐져 있다. 연습장에는 똑같은 문장을 반복적으로 써 내려간 글씨가 빼곡한데, 한쪽 면이 축축하게 젖은 채 얼룩져 있다.

비로소 정태가 무엇 때문에 상담실에 날마다 불려 가야 했는지 단박에 이해가 됐다.

"너, 한글 잘 모르지?"

정태가 국어 선생님에게 욕하고 담임한테 끌려갔던 날 엿들었던 말이 생생하게 되살아났다. 그때 정태는 대답을 하지 못했었다. 그 순간 나는 선생님들이 읽기만 시키면 정태가 왜 그렇게 불같이 화를 냈는지 오롯이 이해했다. 아무리 싸움을 잘해도 한글을 모른다는 사실이 알려지면 정태의 학교생활은 그날로 끝장날 것이다. 문득 텃밭 앞 벤치에서 정태와 비밀스레 이야기를 나누던 국어 선생님의 모습도 떠올랐다. 담임과 국어 선생님은 정태를 상담실로 불러들여서 날마다 한글을 가르친 게 틀림없다.

그런데 정태는 왜 지욱이를 붙들고 시비를 벌이는 것일까. 나는 상담실을 빠져나와서 다시 분리수거장 쪽을 엿보았다. 지욱이가 이쪽으로 걸어오고 있다. 정태는 그런 지욱이를 잡아먹을 듯이 쏘아보았다.

"입만 뻥끗했다간 골통을 빠개 버린다!"

정태는 지욱이의 등 뒤에 대고 최후 통보라도 하듯 감사나운 목소리로 못을 박았다. 그러나 정태의 협박 따위는 안중에도 없다는 듯 지욱이의 얼굴에는 차가운 비웃음이 번졌다. 붉으락푸르락한 얼굴로 씩씩대던 정태는 분리수거 함에 담겨 있던 음료수병을 꺼내서 담벼락을 향해 힘껏 집어 던졌다. 요란한 소리와 함께 유리병이 산산조각이 났다. 그래도 지욱이는 돌아보지 않았다.

"병신 새끼, 한글도 모르는 새끼가 어디서 감히 들이대고 지랄이야."

지욱이는 복도로 들어서자마자 잔뜩 인상을 쓰며 뇌까렸다. 지욱이 역시 정태의 비밀을 간파하게 된 것이다. 어떻게 알게 됐는지 그 내막이야 알 수 없어도 나는 마음 한구석이 가벼워지는 느낌이었다. 지욱이도 나처럼 차마 발설하진 못하겠지만 어쨌건 나로서는 동지가 생긴 셈이다.

지욱이는 나를 보고는 멈칫했다. 예기치 못한 상황에서 나와 마주치자 조금 당황한 눈치다.

"왜 그래? 무슨 일이야?"

나는 짐짓 시치미를 떼고 목소리를 낮춰 넌지시 물어보았다. 지욱이는 후문 쪽을 살피며 곤란한 눈치를 보였다. 아마 지욱이도 내가 정태의 비밀을 처음 알게 됐을 때 그랬던 것처럼 입이 엄청 근질근질할 것이다. 내가 속삭이는 목소리로 재차 채근하자 지욱이는

"아…… 아무것도 아니야. 무식한 새끼가 힘자랑하는 거지, 뭐. 그게 무식한 새끼들의 특기잖아."

하고 우물쭈물 얼버무리며 자리를 떴다. 나는 속으로 미소를 지었다. 입을 여는 순간 저나 나나 정태에게 죽은 목숨이다. 그런데 퍼뜩 교실에서 챙긴 지욱이의 시험지가 떠올랐다. 나는 지욱이를 불러 세웠다.

"야, 잠깐만. 너 이거 교실에다 놓고 갔더라."

나는 가방에서 시험지를 꺼내 지욱이에게 건넸다. 그러자 지욱이의 표정이 싸늘하게 돌변했다.

"그거 내 거 아니야."

"네 책상 위에 있던데?"

"내 거 아니라잖아. 에이씨, 오늘따라 무식한 것들이……."

지욱이는 짜증 섞인 목소리로 새된 소리를 지르다 말고 아차 싶었는지 이내 입을 다물어 버렸다. 나는 그런 녀석을 잠시 쏘아보았다. 속이 부글부글 끓는다.

"넌 유식해서 좋겠다, 새끼야."

나는 한 방 먹이고 싶은 마음을 꾹 참고 나직이 뇌까리며 돌아섰다.

*

월요일에 등교를 하자면 짜증이 절로 난다. 월요일까지 쉬고 화요일부터 학교에 나간다면 오죽이나 좋을까. 비록 지금은 투표권이 없지만 나중에라도 그런 공약을 내거는 후보가 있다면 난 무조건 대통령으로 찍어 줄 것이다. 그런데 상대 후보가 아예 시험을 없앤다는 공약을 내건다면? 상상만으로도 즐겁다.

학교 건물로 들어서니 무슨 일인지 게시판 앞에 애들이 웅성거려 가며 잔뜩 몰려 있다. 나는 실내화로 갈아 신고 부리나케 게시판 앞으로 향했다. 신기하다느니 재미있겠다느니 하는 소리가 곳곳에서 들려왔다. 그 소리를 들으니 더욱 호기심이 당긴다. 나는 아이들 틈바구니를 헤치고 게시판 앞에 섰다. 거기에는 텃밭 동아리 모집 공고가 붙어 있었다. 주말농장에서 담임이 내게 귀띔해 줬던 내용이 고스란히 담겨 있다. 모집 공고를 보고 있자니 동아리 회장을 맡아 달라던 담임의 말이 떠오르면서 부담감이 밀려온다.

게시판 앞을 떠나 교실로 향하던 나는 때마침 건물 안으로 들어오던 지욱이와 맞닥뜨렸다. 나는 휭하니 돌아서서 계단을 두세 칸씩 밟았다. 녀석과는 두 번 다시 상대하고 싶지 않다. 진짜 친구라면 아무리 짜증이 나도 그따위 막말은 해선 안 된다.

교실로 들어서니 뜻밖에도 정태가 자리에 앉아 있다. 녀석이 제시간에 등교하다니, 해가 서쪽에서 뜰 일이다. 어쩌면 정태는 지욱이를 의식해서 일찍 등교했을지도 모른다. 나는 자리에 앉아서 슬며시 정태의 얼굴을 살폈다. 그러나 정태의 표정은 여느 때와 다름없다.

"우아, 정태 맘잡았나 보네. 이 시간에 등교를 다 하고."

대풍이는 교실로 들어서자마자 요란한 목소리로 너스레를 떨어댔다. 녀석은 정태 옆자리에 앉아 가방에서 빵을 한 무더기 꺼냈다. 그러고는 한 봉지를 정태에게 건넨 뒤 나머지를 우적우적 먹어 치우기 시작했다. 녀석은 빵 세 개를 마파람에 게 눈 감추듯 해치웠다. 정말 먹성 하나는 끝내준다. 마음만 먹으면 라면 일곱 개에 밥도 말아 먹을 수 있다던 녀석의 말이 아무래도 허풍은 아닌 것 같다.

그때 담임이 교실로 들어와서 교탁 앞에 섰다.

"자, 조용. 다들 텃밭 동아리 모집 공고 봤지? 기존 동아리 선생님들한테는 양해를 구해 두었으니 동아리 옮기는 데엔 아무 문제가 없다. 정원이 이십 명밖에 안 되니까 관심 있는 사람들은 서둘러서 신청하는 게 좋을 거야. 모집 공고에 적힌 대로 텃밭 동아리 활동에는 봉사 점수가 주어진다. 직접 수확한 작물을 기부도 하고, 벼룩시장에 갖고 나가서 팔기도 할 거야. 그뿐만이 아니다. 수확을 할 때마다 한 보따리씩 가져가게 될 테니 집에서도 엄청 사랑받을 걸. 무엇보다 분기별로 삼겹살을 배 터지도록 먹게 될 거다."

삼겹살 얘기가 나오자 아이들 사이에서 우아, 하고 함성이 터지면서 교실이 일시에 술렁거렸다. 특히 대풍이는 군침을 꿀떡꿀떡 삼켜 가며

"선생님, 배 터지게 먹는다는 말 책임질 수 있어요?"
하고 큰 소리로 질문했다.

"당연하지. 아, 그리고 살 빼는 덴 농사만 한 게 없다. 너희, 뚱뚱한 농부 봤어? 못 봤지? 대풍이도 올 한 해 열심히 농사지으면 배가 쏙 들어갈걸."

"아싸, 내가 일빠다."

대풍이는 담임의 대답이 끝나기가 무섭게 신바람을 냈다. 담임은 아이들에게 신청서를 나눠 준 뒤

"텃밭 동아리 모집은 이번 주까지다. 그러니까 신청할 사람들은

서둘러서 신청서를 제출하도록. 그리고 대풍이는 잠깐 교무실로 따라오너라."

하고 조회를 마쳤다.

　대풍이가 담임을 따라 교실 밖으로 나가자마자 아이들은 텃밭 동아리 얘기에 열을 올렸다. 그러다 누군가 문득 생각났다는 듯이 화제를 돌렸다.

　"야, 근데 담임이 숙인이 스마트폰 가져간 범인을 오늘까지 잡는다고 하지 않았냐?"

　"넌 순진하게 그 말을 믿어? 보나 마나 담임이 구라 친 거야. 무슨 수로 범인을 잡냐? 겁주려고 괜히 뻥친 거지."

　"맞아. 범인이 누군지 알면 그런 소릴 했겠냐? 그나저나 우리 반에 도둑이 있다고 생각하니까 졸라 찝찝하다. 좌우지간 어떤 새끼인지 잡히면 감옥에 보내야 해. 치사하게 같은 반 애 걸 훔치냐."

　다들 수긍의 뜻으로 고개를 주억거렸다. 그 가운데 몇몇은 엄마가 아예 스마트폰 보험에 가입했다고 했다. 분실 사건 이후로 아이들은 소지품 간수에 부쩍 신경을 쓰는 눈치다. 범인이 잡히지 않으면 두고두고 찜찜할 것 같다. 어쩌면 내내 서로 의심하게 될지도 모른다. 친구를 믿을 수 없다면 그건 정말 피곤한 노릇일 것이다.

　무심코 고개를 돌리니 멍 때리고 있는 지욱이의 얼굴이 눈에 들어온다. 틈만 나면 단어장이나 수학 문제집을 붙들고 내려놓지 않던 녀석이 창밖에 시선을 뺏긴 채 넋을 놓고 있다니 별일이다.

수업 시작을 알리는 종이 울리자 아이들이 여기저기서 한숨을 내쉰다. 월요일 첫 수업이 하필이면 수학이다. 정말이지 수학 따위를 왜 배워야 하는지 알다가도 모를 일이다. 더하기, 빼기, 곱하기, 나누기만 할 줄 알면 됐지 방정식과 함수 같은 걸 뭐에 써먹자고 배우는지 정말 이해가 안 된다.

나는 수학 시간 내내 꾸벅꾸벅 졸았다. 세상에서 가장 무거운 게 눈꺼풀이라더니 그 말이 딱 맞는다. 졸지 않으려고 무진 애를 썼지만 눈꺼풀이 절로 내려앉는다. 까무룩 졸다가 종소리에 놀라서 퍼뜩 눈을 뜨니 수학 선생이 교실을 나가고 있다. 나는 기지개를 켜며 늘어지게 하품을 했다.

"야, 근데 대풍이는 아까 담임 따라가더니 통 안 보인다. 이 새끼 땡땡이친 거 아니냐?"

"그럴지도 모르지. 어쩌면 수업 째고서 뭐 먹고 있는 거 아닐까?"

"하여간에 먹는 거 하나는 알아줘야 돼. 먹방 나가면 검색 순위 1위도 가능할 거야. 좌우지간 살찌는 데엔 다 이유가 있다니까."

"살이 쪄도 좋으니까 나도 대풍이처럼 부자 아빠 만나서 먹고 싶은 거 뭐든 원 없이 먹을 수 있었으면 좋겠다."

애들 얘기에 귀를 기울이며 대풍이 자리를 건너다보니 가방만 덩그러니 놓여 있다. 대풍이는 2교시 수업 종이 울리고 나서도 교실에 들어오지 않았다. 2교시가 끝나고 나자 호기심 왕성한 애들

몇 명이 교무실로 염탐을 다녀왔다.

"야, 교무실에도 없어."

"담임한테 얘기해 봤어?"

"담임도 안 보이던데?"

"이 새끼 혹시 화장실에서 자고 있는 거 아니야?"

염탐하고 온 애들이 다시 교실 밖으로 우르르 뛰어나갔지만, 잠시 뒤 고개를 갸웃거리며 아무런 성과 없이 돌아왔다. 3교시가 끝나고 나서도 대풍이는 나타나지 않았다. 4교시는 담임 수업이다. 아이들은 수군거려 가며 담임을 기다렸다. 이윽고 담임이 엄청 심각한 표정으로 교실에 들어왔다. 나는 뭔가 큰일이 터졌음을 직감했다.

"오늘 4교시 수업은 없다. 다들 조용히 자습하고 있어라."

담임은 짧게 지시를 내린 뒤 서둘러서 교실을 빠져나갔다. 담임이 나가자마자 교실 안이 술렁거리기 시작했다. 그때 운동장 밖에서 요란한 사이렌 소리가 들려왔다. 나는 아이들과 함께 잽싸게 창가로 몰려갔다.

경찰차 세 대와 승합차 한 대가 팡팡 떡볶이를 에워싸더니 경찰관들이 차에서 뛰어내렸다. 차에서 내린 경찰관들은 곧장 팡팡 떡볶이로 쳐들어갔다. 아이들은 저마다 스마트폰을 꺼내 들고 동영상을 찍어 댔다. 잠시 후 경찰관들이 떡볶잇집 주인과 종업원들을 끌고 나왔는데 손에 하나같이 수갑이 채워져 있었다. 경찰관들은 그들을 차례차례 승합차에 태웠다.

그런데 무슨 일인지 경찰차 한 대가 방향을 틀어 학교 운동장으로 들어왔다. 고개를 길게 늘여 빼서 내려다봤더니 경찰관 두 명이 차에서 내려 학교 안으로 들어오고 있었다.

"야, 나가 보자."

누군가 외치는 소리에 나를 비롯한 남자애들 몇 명이 창가를 떠나 문 쪽으로 내달았다. 교실 문을 왈칵 열고 복도로 몰려 나간 우리는 발소리를 죽여 살금살금 계단을 내려갔다. 곧 1층에 도착한 우리는 벽에 붙어 서서 동정을 살폈다. 경찰관들은 학년 부장과 담임을 따라 상담실 안으로 들어갔다. 우리는 마른침을 삼켜 가며 상담실 쪽을 겨누어 보았다. 얼마나 시간이 흘렀을까, 상담실 문이 드르륵 하고 열렸다. 그러더니 경찰관들이 누군가의 팔을 낚아채서 밖으로 끌고 나왔는데 우리는 하마터면 앗, 하고 비명을 지를 뻔했다. 끌려 나온 사람은 다름 아닌 대풍이와 민석이였다. 우리는 너무 놀란 나머지 미처 몸을 피할 생각도 못 한 채 그 자리에 붙박이고 말았다.

"너희 여기서 뭐 하고 있는 거야? 어서 교실로 돌아가서 자습하고 있어!"

담임이 계단 근처에 몸을 숨긴 우리를 발견하고는 엄한 목소리로 꾸짖었다. 그러나 우리는 그 자리에 얼어붙은 채로 대풍이와 민석이에게서 눈을 떼지 못했다. 그 애들은 퍼렇게 질린 모습으로 고개를 푹 숙인 채 우리 앞을 스쳐 지나갔다. 특히 민석이는 와들와들 떨면서 눈물을 뚝뚝 떨구었다. 그걸 보자 얼마 전 팡팡 떡볶이에서 민석이가 잔뜩 주눅이 든 모습으로 대풍이와 마주 앉아 있던 게 떠올랐다. 담임은 우리를 향해 교실로 돌아가라는 손짓을 해 보였지만, 우리는 무엇에 홀리기라도 한 것처럼 일정한 거리를 유지한 채 슬금슬금 그 뒤를 따랐다.

경찰관은 대풍이와 민석이를 경찰차 뒷좌석에 태웠다. 담임은 우리를 향해 다시 인상을 써 보였으나 이내 어쩔 수 없다는 듯 고개를 내저으며 차에 올라탔다. 경찰차는 곧 운동장을 가로질러 학교를 빠져나갔다. 우리는 멀어지는 경찰차의 뒤꽁무니를 한참 바라보고 서 있었다.

*

엘리베이터에서 내리는데 어디서 풍겨 오는지 구수한 냄새가 코끝에 착 감긴다. 현관문의 비밀번호를 누르고 집 안으로 들어서자 오디오의 음악 소리가 나를 반긴다. 인순이의 「거위의 꿈」이라는 노래다. 「거위의 꿈」은 엄마가 가장 좋아하는 노래다. 나는 고개를 갸웃거렸다. 이 시간에 집 안에 사람이 있을 리 없는데. 아빠는 새벽같이 목수 일을 하러 나갔고 엄마는 퇴근하려면 아직 멀었다. 나는 운동화를 아무렇게나 벗어 던지고 거실로 향했다.

"왔니?"

엄마였다. 소파에 걸터앉아서 가족 앨범을 넘기던 엄마가 나를 반겼다. 엄마 옆자리에는 몇 권의 앨범이 차곡차곡 쌓여 있다. 주방 쪽으로 눈길을 돌리니 큼직한 냄비에서 무언가 펄펄 끓고 있다. 식탁 위에는 갓 버무린 겉절이와 굵직굵직하게 썰어서 무친 무생채가 양푼에 담겨 있다. 엄마가 무생채를 무쳤다면 냄비에서 끓고 있는 건 보나 마나 보쌈 고기다. 잡채와 꽃게무침도 보인다.

"엄마, 누가 와?"

나는 엄마의 안색을 조심스레 살피며 물었다.

"아니."

"그럼 오늘 무슨 날이야?"

"아니."

엄마는 앨범에서 눈길을 떼지 않고 대답했다. 어쩐지 엄마의 표정이 밝아 보인다. 아빠가 학원을 그만둔 뒤로 엄마의 얼굴은 꼭 먹구름 같았다. 오늘 아침에 등교할 때만 해도 세상 고민을 다 짊어진 사람처럼 심각하고 어두웠었다. 그런데 지금은 입가에 미소까지 띠고 있다. 도무지 영문을 알 수 없는 나로서는 그저 어리둥절할 따름이다.

"엄마, 오늘은 일 안 나갔어?"

"그만뒀다."

엄마는 여전히 앨범을 넘기면서 짤막하게 대꾸했다.

"어, 진짜? 왜?"

"그냥. 건호야, 잠깐 이리 와서 앉아 볼래?"

엄마는 소파 옆자리를 손바닥으로 가볍게 두드렸다. 나는 가방을 내려놓고 엄마 옆에 앉았다. 엄마 무릎 위에 펼쳐진 앨범 속에서 젊은 날의 아빠가 활짝 웃고 있다.

"건호야, 이때 아빠 멋있지 않니?"

엄마가 생긋 웃으며 물었다. 그런 엄마의 눈빛이 꿈꾸듯 몽롱하다. 나는 엄마의 눈길을 좇아 아빠의 젊은 시절을 바라보았다. 눈망울이 초롱초롱한 게 지금보다 꽤 잘생겨 보인다. 젊었을 때와 비교하면 지금 아빠의 눈은 동태 눈깔 같다.

앨범 속에는 엄마와 아빠의 연애 시절이 오롯이 담겨 있다. 산과 강과 바다를 배경으로 찍은 사진이 유독 많다. 사진 속의 엄마도 지금보다 훨씬 예쁘다. 무엇보다 정말 행복해 보인다. 엄마가 왜 아빠와 결혼을 했는지 조금 이해가 될 것도 같다.

"어머, 이건 결혼식 사진이구나. 후후, 이때는 단칸방 월세를 살면서도 부족한 줄 모르고 행복해했는데, 인생 참……. 아, 이 사진은 네가 막 태어났을 때 찍은 거야. 어쩜 아빠랑 그리 똑같이 생겼는지 붕어빵이 따로 없었어. 아빠가 널 얼마나 예뻐했는지 넌 상상도 못 할 거야. 네 기저귀 갈아 주다가 오줌 세례도 여러 차례 받았는데 그때마다 어이쿠, 우리 아들 건강하구나 하면서 좋아했지."

오줌 세례 얘기는 여러 번 들어서 나도 잘 알고 있다. 아빠가 기저귀를 갈아 주기 위해서 내 다리를 치켜들면 그 순간 내가 아빠 얼굴에 오줌을 발사했다는 것이다. 엄마는 일단 그 얘기가 나왔다 하면, 내가 황금빛 바나나 똥을 쌀 때마다 아빠가 엉덩이에 뽀뽀를 해 줬다는 얘기도 빠뜨리지 않고 덧붙인다. 나도 이제 다 큰 남자 인데 엄마는 사나이 자존심은 생각지도 않고 잊을 만하면 그 얘기 를 꺼낸다. 어른들은 왜 전에도 했던 얘기를 처음 하는 말처럼 맨 날 되풀이하는지 알다가도 모를 일이다. 나도 모르게 입술이 절로 삐쭉거려진다.

"너 태어난 뒤로 아빤 정말 열심히 살았어. 가난을 물려주기 싫 다면서 진일 궂은일 마다하지 않았지. 비록 쫄딱 망하기는 했지만 장사도 그래서 시작했고. 그땐 정말…… 힘들었다. 빚을 많이 졌거 든. 그래서 아빠가 학원 강의를 시작한 거야. 그렇게 싫어했으면서 도 오랫동안 학원 생활을 견뎠어. 많이 괴로웠을 거야. 돌이켜 보 면 나도 사는 거에 지쳐서 아빠가 원래 어떤 사람이었는지, 또 내 가 어떤 사람이었는지 잊고 산 거 같다. 꿈을…… 그래, 꿈을 잃어 버리고 살았으니까……."

엄마는 잠시 하던 말을 끊고 지그시 입술을 깨물었다. 그러더니 갑자기 세탁기 다 돌아갔겠다고 얼버무리며 일어섰다. 베란다로 나가는 엄마의 눈시울이 붉게 물들어 있었다.

잠시 뒤 아빠가 현관문을 열고 집 안으로 들어섰다. 식탁 위의 음식들을 본 아빠의 두 눈이 휘둥그레진다. 아빠는 눈짓으로 엄마가 어디 있는지 물어 왔다. 나는 턱짓으로 베란다 쪽을 가리켰다.

"여보, 나 왔어."

아빠는 베란다를 향해 큰 소리로 말했다.

"이거 넣고 밥상 차릴 테니까 얼른 씻어."

다정한 엄마의 목소리에 아빠가 고개를 갸웃거린다. 그러더니 나를 향해 입술만 달싹여서 무슨 일이냐고 묻는다. 영문을 모르기는 나도 매한가지, 나는 어깨를 으쓱해 보였다. 잔칫날처럼 푸진 음식하며 다정다감한 태도까지 나야말로 그 이유가 정말 궁금하다.

아빠가 씻는 동안 나는 내 방에 들어가서 애들과 카톡을 했다. 채팅 창에 들어가니 온통 대풍이와 팡팡 떡볶이 얘기로 난리다. 그러나 추측만 무성할 뿐 정확한 정보는 하나도 없다. 대풍이가 학교 폭력으로 잡혀갔을지도 모른다는 추측이 그나마 설득력이 있었다. 민석이와 같은 학원에 다니는 애가 말하기를 민석이가 요즘 들어 부쩍 힘들어했다는 것이다. 숙인이가 팡팡 떡볶이에서 잔뜩 주눅 든 민석이를 보았던 얘기를 곁들이자 꽤 그럴싸한 이야기가 만들어졌다. 그런데 팡팡 떡볶이 사람들은 왜 체포된 것인지 억측만 난무할 뿐 여전히 수수께끼다. 누군가 주인 형이 여학생을 어떻게 했을지도 모른다는 추측을 내놓자 아이들은 부쩍 호기심을 보이며 이러쿵저러쿵 한마디씩 거들었다.

"건호야, 밥 먹자."

엄마가 부르는 소리에 나는 애들에게 인사한 뒤 채팅 창에서 빠져나왔다. 거실로 나오니 식탁에 거하게 한 상이 차려져 있다.

"오늘 무슨 날이야?"

아빠가 엄마에게 물었다. 엄마는 빙그레 웃으며 입을 열었다.

"그냥…… 당신하고 건호한테 미안해서. 두 사람 다 요즘 내 눈치 보느라 고생했잖아. 그리고 나 오늘 분식집 그만뒀어."

"왜?"

"오전에 젊은 여자애가, 스무 살이나 됐을까, 좌우지간 대뜸 반말로 주문을 하더라고. 처음엔 그냥 그러려니 했어. 요즘 그런 애들 더러 있거든. 근데 이게 다 먹고 나서도 아줌마, 여기 얼마야 그러데. 열이 확 오르는데 싸울 수도 없고……. 그런데 그 계집애가 여기 있어 그러면서 돈을 확 던지기까지 하는 거야. 어찌나 열이 뻗치던지 더는 못 참겠더라고. 그래서 노려보면서 한마디 툭 했지. 야, 돈 주워. 그리고 제대로 내. 그랬더니 그 계집애가 나를 위아래로 훑어보면서 이 아줌마 졸라 웃기네 하더라고. 사장이 막지만 않았다면 싸대기를 올려붙였을 거야. 당신도 알잖아, 내가 이래 봬도 팔십 년대에 제법 알아주던 쌈닭이었던 거. 정말 오랜만에 성질 한번 제대로 올랐는데 사장이 자꾸만 달려들면서 참으라지 뭐야. 그 사이에 그 계집애가 아, 씨발, 졸라 재수 없어. 내가 이 집에 다시는 오나 봐라 하더니 문을 쾅 닫고 나가더라고."

엄마는 오전의 흥분이 되살아나는지 잠시 숨을 고른 뒤 말을 이어 나갔다.

"분이 삭질 않아서 한참 씩씩대고 있는데, 갑자기 당신이 닭갈 빗집에서 한 말이 생각났어. 당신이 그랬잖아, 우리 삶이 정상이 아니라고. 나도 나이 오십에 더 이상 인생을 낭비해서는 안 된다는 생각이 들더라. 앞으로 길어야 이삼십 년 남은 거잖아. 그래서 그만뒀어. 더 이상 이렇게 질질 끌려가듯 살 수는 없을 거 같아서. 그리고 건호의 미래에 대해서도 다시 생각해 보기로 했어. 나는 건호가 소위 명문대는 아니더라도 최소한 서울에 있는 대학엔 가길 원했거든. 하지만 당신 말이 맞아. 아이의 인생을 절망의 늪에 밀어넣고서 평생 임금 노예로 살게 만드는 게 이 땅의 교육이라는 말, 받아들이기 싫지만 틀린 말은 아니잖아."

아빠는 엄마의 긴 얘기를 묵묵히 들으며 뭔가 골똘히 생각하는 눈치다.

나는 눈에 띄지 않게 살짝 고개를 내저었다. 어른들은 쉬운 얘기를 어렵게 만들어서 말하는 고약한 취미가 있는 것 같다. 그리고 인생을 낭비했다니, 무슨 말인지 모르겠다. 엄마는 정말로 열심히 살아왔다. 그런데 왜 그렇게 얘기하는 것일까. 어쩌면 엄마가 말하는 인생의 낭비란 원하지 않는 삶을 사는 것일지도 모른다. 그럼 나도 인생을 낭비하고 있는 것이다. 하기 싫은 공부를 억지로 해야 하니까. 그렇게 놓고 보면 나는 엄마나 아빠보다도 훨씬 심하게 인생을 낭비하고 있는 셈이다. 엄마나 아빠는 일을 하면서 돈이라도 벌지만 나는 어른이 될 때까지 죽도록 공부해 봐야 욕먹고 무시당할 뿐이다.

엄마와 아빠는 한동안 말이 없었다. 엄마는 어딘가 모르게 쓸쓸해 보였고 아빠는 심각해 보였다. 그러거나 말거나 나는 짐짓 모른 체하며 부지런히 보쌈을 집어 먹었다. 꽃게무침도 맛있고 잡채도 맛있다. 암만 생각해도 엄마는 식당을 차리는 게 최선이다. 그런데 돈이 없는 게 문제다. 나는 내가 어른이 되면 돈을 많이 벌어서 엄마에게 식당을 차려 줘야겠다고 생각했다.

그때 아빠가 말문을 열었다.

"실은 당신에게 얘기 안 한 게 있어. 아니, 안 한 게 아니고 못 한 거야. 나, 학원 그만둔 게 아니야. 사실은 잘린 거야, 두 달 전에. 진작 얘기하려고 했었는데 말문이 안 떨어지더라. 새로운 학원도 알아봤는데 여의치 않더라고. 불경기에 학원계가 어려운 탓도 있지만 그보다는 이제 내 나이가 너무 많아. 요즘 애들, 나이 많은 사람 싫어하잖아. 나는 아니라고 생각해도 그 애들 눈에는 그냥 늙다리 아니겠어? 그래서 그때부터 목수 일 따라다닌 거야. 쉽게 결정한 거 아니야. 이 나이에 내가 정년 없이 잘할 수 있는 일이 뭘까 심사숙고했지. 그게 나한테는 목수 일이었어. 내가 더 좋아하는 건 농사지만 그걸로는 생계가 안 되잖아."

나는 두 눈을 동그랗게 뜨고 아빠를 쳐다보았다. 나 역시 아빠가 자진해서 학원을 그만둔 줄로만 알았다. 그래서 아빠를 원망했었다. 그런데 잘린 거라니, 뜻밖의 사실에 나는 약간 충격을 받았다.

엄마는 의외로 담담한 표정이다.

"그랬구나. 진작 얘기하지. 그럼 서로 덜 힘들었을 텐데……."

"저기, 하나 더 있는데, 지난달까지 갖다 준 월급…… 사실은 마이너스 통장에서 대출받은 거야……. 처음부터 그럴 생각은 아니었어. 학원에 금방 자리가 날 줄 알았거든. 어쨌건, 미안해."

헐, 대박. 이건 또 무슨 청천벽력 같은 소리인가. 아빠는 괴로운 표정을 지으며 시선을 돌린다. 나는 그런 아빠의 얼굴을 빤히 들여다보았다. 아빠의 눈동자가 가볍게 흔들린다. 내가 잘못 보았을까, 아빠의 눈빛에서 두려움이 느껴졌다. 엄마가 화를 낼까 봐 걱정하는 두려움이 아닌, 뭔가 더 크고 깊은 두려움 같았다. 나는 어쩐지 아빠의 마음을 알 것만 같다.

두려움에 흔들리는 눈동자는 내게 너무나 익숙하다. 시험 기간이나 성적표가 나올 때 친구들의 눈동자는 눈에 띄게 흔들린다. 내 눈동자도 그럴 게 틀림없다. 물론 부모님한테 혼날 걸 걱정하는 마음도 있지만 그보다는 미래에 대한 두려움이 더욱 크다. 이렇게 어정쩡하게 중학교를 마치고 고등학교에 올라가 봐야 어중간한 위치에서 눈치만 보다가 결국 별 볼 일 없는 어른으로 살게 될지도 모른다. 그런 생각을 하면 고만 살맛이 떨어진다. 그리고 나 자신이 정말 한심하게 느껴진다. 한심하게 태어난 내가 싫어서 방문을 걸어 잠그고 운 적도 있었다. 그런데도 어른들은 언제 철들 거냐면서 덮어놓고 우리들을 닦아댄다. 우리가 얼마나 두렵고 무서운지는 눈곱만큼도 생각하지 않는다.

갑자기 아빠가 불쌍해 보인다. 나는 우리들만 막막하고 두려운 인생을 살고 있다고 생각했었다. 그런데 어른인 아빠도 두려워할 수 있다는 게 신기하다. 어른들이 짜증을 내고 화를 내는 것도 두려움 때문일까. 닭갈빗집 사건 이후로 엄마가 내내 화를 냈던 것도 그만큼 두려웠기 때문일지도 모른다. 나는 지금 아빠에게 필요한 건 위로라고 생각했다. 시험을 망쳤을 때 내게 가장 필요한 게 위로이듯이 아빠도 위로받고 싶을 것이다.

나는 조마조마한 마음으로 엄마의 안색을 살폈다. 그런데 엄마는 아무렇지도 않다는 표정으로 입가에 피식 웃음을 머금었다.

"별로 놀랍지도 않네, 뭐. 당신이 입버릇처럼 하는 말 있잖아. 내일은 내일의 태양이 뜨겠지. 오늘은 그냥 맘 편하게 밥이나 먹자. 우리 옛날에는 지금보다 훨씬 더 어려웠지만 별걱정 않고 살았잖아. 당분간은 어떻게 버텨 볼 수 있을 거야. 그 대신 목수가 됐건 다른 무엇이 됐건 나는 당신이 최선을 다하고 당당했으면 좋겠어. 그런 의미에서 우리 옛날에 자주 하던 건배 한번 할까? 자, 이상은 높게!"

엄마는 목소리를 높이며 맥주잔을 머리 위로 치켜들었다. 아빠는 얼떨떨한 표정으로 엄마를 좇아 잔을 치켜들었다.

"사랑은 깊게!"

엄마는 구호를 외치듯 말하며 잔을 식탁 밑으로 내렸다. 이번에는 아빠도 얼떨떨한 표정을 거두고 빙그레 미소 띤 얼굴로 엄마의 동작을 따라 했다.

"잔은 평등하게!"

이번에는 엄마와 아빠의 술잔이 쩽하고 경쾌하게 부딪혔다. 그 모습이 꽤나 재미있어 보인다. 나는 술잔을 비우려는 부모님 사이에 끼어들었다.

"잠깐만! 나도 할래."

아빠는 웃는 낯으로 물컵의 물을 비운 뒤 맥주를 채워서 내게 내밀었다. 나는 엄마가 했던 구호와 동작을 그대로 흉내 냈고 우리 세 사람은 밝은 표정으로 건배했다. 나는 호기롭게 맥주를 들이켰다가 하마터면 도로 내뿜을 뻔했다. 달착지근한 막걸리와 달리 지린 게 영락없이 오줌 맛이다. 나는 진저리를 쳐 가며 맥주잔을 내려놓았다. 그런 내 꼴에 아빠가 너털웃음을 터뜨렸고 엄마도 정말로 오랜만에 환한 얼굴로 깔깔거렸다.

*

학교 앞은 왁자지껄 떠들면서 등교하는 아이들로 북새통을 이루었다. 아이들은 교문을 통과하기 전에 팡팡 떡볶이에 한 번씩 눈길을 주었다. 나 역시도 학교 앞 횡단보도를 건너기 전에 팡팡 떡볶이 유리문에 얼굴을 바짝 들이대고 안을 들여다보았다. 그러나 떡볶잇집 내부는 평소와 똑같아서 경찰이 왜 들이닥쳤는지 짐작할 길이 없다.

교문을 지나는데 담임이 보이지 않는다. 홍두깨와 국어 선생님은 변함없는 태도로 아이들을 맞이했지만 웃는 얼굴 속에 긴장감이 맴돌았다. 하긴 애들 둘이 경찰서에 잡혀갔으니 선생님들은 살얼음판을 걷는 기분일 것이다. 선생님들은 그런 내색을 하지 않으려고 애쓰지만 우리도 척하면 척, 눈치가 빠르다. 어른들은 우리가 순진하다고 생각하지만 우리도 알 건 다 안다. 다만 모르는 척할 뿐이다. 그래야 어른들이 좋아하니까.

"건호야, 너 텃밭 동아리로 갈아 탔다며? 타고난 재목감을 뺏기다니 영 섭섭하다."

홍두깨가 내 어깨를 툭 치며 정말로 서운한 표정을 지었다. 나는 머쓱한 기분이 들어서 머리를 긁적였다. 꼭 배신을 한 기분이다.

"인마, 농담이야. 담임 선생님이 너한테 거는 기대가 크던데 열심히 도와 드려라. 이런 얘기 안 해도 건호라면 알아서 잘하겠지만."

나는 꾸벅 인사한 뒤 운동장을 가로질렀다. 선생님한테 칭찬을 듣는 일은 쑥스러우면서도 기분이 좋다. 이상하게도 2학년이 되면서 때때로 칭찬받을 일이 생긴다. 모두가 동아리 덕분이다. 동아리 활동을 하면서부터 선생님뿐만 아니라 3학년 선배들에게도 인정받고 반에서도 주목을 받았다. 목공 동아리가 아니었다면 나는 언제나처럼 별 볼 일 없는 애였을 것이다.

아마 나는 아빠에게서 몸 쓰는 재주를 물려받은 모양이다. 공부하는 머리까지 물려받았다면 금상첨화겠지만 그나마 뭔가 하나라도 잘할 수 있다는 게 정말 다행이다. 그래도 공부는 잘하고 싶다. 그래야 어른이 되어서 편하게 살 수 있을 테니까. 다른 걸 아무리 잘해도 공부를 못하면 우리나라에서는 말짱 꽝이다.

"건호야."

국기 게양대 앞을 지나는데 누군가 내 이름을 부른다. 소리 나는 쪽으로 몸을 돌리니 지욱이가 그네의자 앞에서 맥없이 운동화 코로 땅바닥을 파고 있다. 나는 잠시 망설였다. 제 딴에는 나를 기다린 모양인데 나는 녀석이 썩 달갑지 않다. 그런데 축 처진 녀석의 모습을 보니 좀 측은하다. 내키지는 않았지만 나는 지욱이에게 다가가서 그네의자에 앉았다. 지욱이도 이웃한 그네의자에 걸터앉았다. 뭔가 잔뜩 할 말이 있는 눈치인데 좀처럼 말문을 열지 못한다. 나는 흔들흔들 그네를 타며 기다렸다.

"화 많이 났지?"

이윽고 지욱이가 내 쪽을 흘끔거리며 조심스럽게 입을 뗐다.

"너 같으면 열 안 받겠냐?"

나는 퉁명스럽게 대꾸했다.

"미안하다."

지욱이는 축 까라진 목소리로 사과했다. 별일이다. 지욱이가 사과를 다 하다니. 나는 이제껏 지욱이가 누구에게 사과하는 꼴을 한 번도 본 적이 없다. 녀석이 먼저 정식으로 화해를 청하는 것도 처음이다. 슬며시 얼굴을 쳐다보니 금방이라도 눈물을 쏟을 것처럼 울상이다.

"나…… 성적표 나오면 죽음이야. 지난주에 너한테 그런 것도 겁나서 그런 거야. 그 전날까지는 그럭저럭 잘 봤어. 그런데 그날 머리가 어떻게 됐었나 봐. 갑자기 내가 엄마의 장난감 같다는 생각이 들면서 참을 수 없이 화가 나더라고. 그러면서 불현듯 시험을 망쳐야겠다는 생각이 들었어. 생각만으로도 엄청 통쾌해지더라. 그래서 일부러 백지를 냈어. 그날 시험이 끝날 때까지 어찌나 후련하고 기분이 좋던지……. 하지만 막상 시험이 끝나고 나니까 눈앞이 캄캄했어. 내가 무슨 짓을 저지른 건지, 왜 그랬는지, 도무지 이해할 수가 없었어. 엄마한테 복수한답시고 그런 멍청한 짓을 하다니……. 그런데 그때 네가 시험지를 내민 거야. 그래서 나도 모르게 그만……."

지욱이는 더 이상 말을 잇지 못했다. 녀석은 입술을 질끈 깨물고서 눈물을 참았다. 무릎 위에 올려놓은 지욱이의 두 주먹이 파들파들 떨린다. 나는 차마 뭐라고 대꾸할 말을 찾지 못했다.

녀석의 얘기를 듣고 나니 노여웠던 기분이 조금은 가셨다. 무식한 것들이란 말은 두고두고 마음에 남겠지만 녀석의 사정을 알고 나니 그것도 이해가 됐다.

마음이 조금 가라앉았는지 지욱이가 말을 이었다.

"이제 곧 성적표가 나올 텐데…… 미치겠다. 엄만 아무것도 모르고 있거든. 성적표를 보면 날 죽일지도 몰라."

"설마 죽이기야 하겠냐?"

"너도 우리 엄마 알잖아."

나는 뭐라고 대꾸할 말이 없어서 입을 닫았다. 좀비보다 무서운 지욱이네 엄마의 얼굴이 떠오르면서 나도 모르게 진저리가 쳐졌다. 이럴 땐 아빠들이 나서서 도와주면 좋은데 공부 얘기만 나오면 아빠들은 꼼짝 못한다. 일단 엄마가 애들 성적에 목을 매달면 평소엔 큰소리 뻥뻥 치던 아빠들도 허수아비가 된다.

"야, 우리 아빠가 그러는데 내일 일은 내일 걱정하는 거래. 찾아보면 무슨 방법이 있을 거야. 그러니까 일단 들어가자. 조회 시간 다 됐어."

지욱이는 마지못해 일어섰다. 나는 그런 지욱이의 곁으로 다가가서 어깨동무를 했다. 녀석은 금방이라도 쓰러질 것처럼 허청거렸다. 나는 지욱이의 어깨를 단단히 움켜쥐었다.

교실로 들어가니 이미 담임이 교탁 앞에 자리를 잡고 있다. 무슨 일인지 분위기가 심상치 않다. 아이들은 담임의 눈치를 살펴 가며 한껏 목소리를 낮춰 소곤거리고 담임은 골똘한 표정으로 팔짱을 낀 채 교탁 앞을 서성인다. 무슨 생각에 그리 골몰하는지 늦게 들어온 우리에게 눈길도 주지 않는다. 지욱이와 나는 부리나케 자리에 앉았다. 짝꿍에게 무슨 일이냐고 눈짓을 하니 짝꿍이 대풍이를 눈길로 가리킨다. 고개를 돌리니 양 팔꿈치를 세워서 두 손으로 얼굴을 감싸 쥔 대풍이의 모습이 눈에 들어온다. 한동안 못 볼 줄 알았는데 하루 만에 풀려나다니 의외다. 쑥덕거리는 아이들의 표정을 살피니 호기심만 가득할 뿐 전후 사정을 아는 아이는 한 명도 없어 보였다.

그때였다. 정신 사납게 서성이던 담임이 교탁 위에 두 손을 얹고 말문을 열었다.

"얘기를 시작하기 전에 너희가 한 가지 약속을 해 줬으면 고맙겠다. 보통의 사람들은 어떤 일을 겪으면 눈에 보이는 것만으로 판단하려고 한다. 물론 눈에 보이는 게 다일 수도 있지만 그런 경우는 극히 드물다. 예를 들자면 너희가 시험 기간에 서너 시간 쉬지 않고 열심히 공부하다가 머리가 아파서 잠깐만 쉬려고 게임을 했다고 치자. 그런데 그때 엄마가 간식을 들고 방문을 열었어. 그럼 엄마는 눈에 쌍심지를 켜겠지. 그 순간 너희는 인생을 포기한 문제아가 되는 거고. 우리가 세상을 살아가다 보면 그런 일을 무수히 겪게 된다. 그런데 앞에 예로 든 것처럼 겉에 드러난 모습만 가지고 가치 판단을 하면 이 세상이 어떻게 될까? 나는 너희가 그러한 편견을 버리고 지혜로운 판단을 내려 주었으면 한다."

담임은 잠시 말을 끊고 아이들의 얼굴을 하나하나 둘러보았다.

아이들은 그런 담임에게서 눈길을 떼지 않았다. 무슨 일이기에 저토록 장황하게 설교를 하는지 모르겠지만 담임의 진심만큼은 고스란히 느껴진다. 담임은 잠시 숨을 고른 뒤 말문을 이어나갔다.

"먼저 현상의 표면을 이야기하겠다. 내가 지난주에 숙인이의 스마트폰을 훔쳐 간 사람을 찾아냈다고 했지? 용기를 내서 고백했다면 이런 소동도 벌어지지 않았을 거야. 하지만 너희도 다 알다시피 결국 경찰이 학교로 찾아왔다."

일순 숨 막힐 듯 무거운 정적이 흐르면서 모두의 시선이 일제히 대풍이에게 꽂혔다. 특히 숙인이의 눈빛은 칼날처럼 매서웠다. 두 손으로 얼굴을 감싸 쥔 채 미동도 않는 대풍이의 얼굴이 홍당무처럼 빨갛게 달아올랐다.

"얘기 아직 안 끝났다."

담임은 대풍이를 째려보며 쑥덕거리는 아이들을 향해 나직하게 목소리를 깔았다.

"선생님, 얘기하고 말고 할 게 뭐 있어요?"

숙인이가 대풍이를 잡아먹을 듯 노려보며 날카롭게 부르짖었다.

"다시 한 번 부탁하는데 판단은 내 얘기가 모두 끝난 다음에 해줬으면 좋겠구나."

담임의 목소리는 부드러우면서도 단호했다.

"그래, 현상의 표면은 대풍이가 숙인이의 스마트폰을 훔쳤다는 거야. 그럼 이제 이면을 들여다볼까? 너희는 대풍이가 굉장히 부유하게 사는 걸로 알고 있을 거야. 그런데 사실 대풍이는 부모님 없이 혼자서 생활을 해 왔어. 아버지가 계시지만 지방으로 돌아다니면서 막노동을 하시기 때문에 대풍이 혼자서 사는 거나 다름없지. 너희가 부모님의 보살핌 속에서 편하게 공부하는 동안 대풍이는 혼자서 밥해 먹고 빨래하면서 살아왔던 거야."

담임의 말이 채 끝나기도 전에 아이들이 술렁거렸다. 모두 자신의 귀를 의심했다. 나 역시 놀라서 벌어진 입을 좀처럼 다물 수가 없었다. 부잣집 아들이라는 말이 새빨간 거짓말이었다니, 엄청난 충격이다. 어쩌면 그토록 뻔뻔하게 아이들을 속일 수가 있었는지 그야말로 칸 영화제 남우 주연상감이다.

담임이 뭐라고 아이들을 설득하든 대풍이의 학교생활은 이제 끝장났다. 아이들이 가장 싫어하는 것은 거짓말이다. 거짓말을 하는 애는 왕재수 중에서도 왕재수로 낙인찍힌다. 거짓말이 들통 나는 순간 그 애는 전교에서 따돌림을 당한다. 모두의 손가락질을 받아 가며 졸업할 때까지 그림자처럼 살아야 한다.

작년에 같은 반이었던 애가 좋은 본보기다. 녀석은 여자애한테 차여 놓고선 자기가 찼다고 떠벌리고 다녔다. 그러다가 거짓말이라는 게 들통 났고 그날로 녀석은 전교생으로부터 괴롭힘을 당했다. 학교에서 무시당하는 건 시작에 지나지 않았다. 방과 후에도 개 쓰레기니 양아치니 하는 문자 메시지가 녀석에게 빗발쳤고 채팅 방에 초대받아서는 온갖 수모를 다 당했다. 결국 녀석은 반년을 넘기지 못하고 전학 가고 말았다.

물론 그 애를 괴롭힌 게 잘한 일은 아니다. 막상 그 애가 전학을 가고 나자 미안한 마음을 지울 수 없었다. 그러나 어쨌든 우리 세계에서는 차라리 나대는 게 거짓말하는 것보다 낫다. 어른들은 입만 열면 거짓말을 하기 때문에 어른들을 속이는 것은 상관없다. 하지만 우리끼리의 거짓말은 절대로 안 된다. 그런데 대풍이는 거짓말을 해도 너무 큰 거짓말을 했다. 숙인이의 스마트폰을 훔친 것은 앞으로 어떻게 하느냐에 따라서 용서를 구할 수도 있겠지만 반 전체를 상대로 사기를 친 건 그야말로 제 무덤을 판 꼴이다.

담임은 아이들의 분위기가 예사롭지 않다고 느꼈는지 잠시 헛기침을 했다. 아닌 게 아니라 대풍이를 위아래로 훑어보는 아이들의 눈빛이 살벌하다. 담임은 잠시 그런 아이들의 눈치를 살폈다. 1교시 수업을 알리는 종이 울렸지만 담임은 신경도 쓰지 않는다. 아마도 시간표를 변경한 모양이다. 담임은 꼿꼿한 눈길로 아이들의 얼굴을 응시하며 하던 말을 이어 나갔다.

"물론 대풍이가 잘했다는 것은 아니다. 다만 너희가 대풍이의 처지에서 생각을 한 번쯤 해 줬으면 좋겠다는 얘기야. 대풍이가 왜 숙인이의 스마트폰을 훔치고 왜 너희에게 거짓말을 했는지 생각해 보자는 거야. 대풍이의 잘못을 덮어놓고 비난하지 말고 엄마, 아빠 없이 산다는 게 어떤 건지, 밥을 굶는 게 뭐고 밤마다 빈집에서 혼자 잔다는 게 뭔지, 아빠가 돈을 부쳐 주지 않을 때는 얼마나 막막하고 무서울지 제발 한 번만 들여다봐 다오."

감정이 격해졌는지 담임의 목소리가 가볍게 떨렸다. 담임의 진심이 전달되었기 때문일까, 아이들 사이에 약간의 동요가 일었다. 그러나 대다수의 반응은 여전히 냉담했다.

"그렇다고 도둑질을 하면 안 되죠!"

"도둑질도 그렇지만 저 새끼 사기 친 건 진짜 개 짜증 나거든요."

뒷줄에 앉은 큰 애들 몇이 담임에게 대놓고 반발했다. 그러나 담임은 흔들리지 않고 하던 말을 이어 나갔다.

"그래, 너희 말이 맞다. 나도 대풍이의 잘못을 옹호할 생각은 추호도 없다. 그런데 지금 이 자리에서 가장 중요하게 생각해 볼 것은 대풍이의 잘못이 실수라는 거야. 우리는 누구나 살면서 실수를 한다. 너희도 다 한 번씩은 실수를 하잖아. 만약에 대풍이가 다른 환경에서 살았더라면 과연 지금 같은 잘못을 저질렀을까? 상황을 바꿔서 너희가 대풍이와 똑같은 환경에서 자랐다면 너희는 그런 실수를 하지 않을 수 있었을까? 큰 실수건 작은 실수건 실수는 그냥 실수인 거야. 어떤 사람은 실수로 애를 잃어버리고, 이혼을 하고, 전 재산을 날리고, 다른 사람을 망하게도 하고, 더러는 사람을 죽이기도 해. 그런데 그 실수를 누구에게도 용서받을 수 없다면…… 상상만 해도 끔찍하지 않니?"

담임이 말을 마치자 숙연한 분위기가 교실을 에워쌌다. 아이들의 반응은 제각각이었지만 다들 한번은 곰곰이 생각해 보는 눈치다. 그렇다고 모두가 담임의 말을 수긍하고 받아들인 건 아니다. 여전히 많은 아이들이 힐끗힐끗 대풍이를 째려본다. 개새끼니 씹새끼니 하는 욕설도 띄엄띄엄 들려온다. 나 역시도 담임의 말이 옳다고 생각하면서도 대풍이를 향한 거부감만큼은 거두어들일 수가 없다. 같은 반 친구의 물건을 훔치고 우리 모두를 감쪽같이 속여 왔다는 게 말할 수 없이 괘씸하다. 마음 같아서는 흠씬 패 주고 싶다. 그래선 안 된다는 생각이 머리로는 들지만 마음은 부글부글 끓는다. 표정을 보니 애들도 대체로 나와 비슷한 심정인 것 같다.

그때였다.

"선생님!"

정태가 번쩍 손을 들면서 담임을 불렀다. 모두의 눈길이 일제히 정태에게로 쏠렸다. 정태는 자리에서 일어나더니 아이들의 얼굴을 쓰윽 휘둘러본 다음 담임을 향해 입을 열었다.

"저, 대풍이랑 짝꿍 시켜 주세요!"

모두의 눈이 휘둥그레졌다. 나는 정태를 물끄러미 쳐다보았다. 그동안 대풍이가 정태의 똘마니를 자처하고 다니기는 했지만 지금 같은 상황에서 대놓고 대풍이를 감싸고돌다니 언뜻 이해가 가지 않는다. 그러다 퍼뜩 정태도 할머니와 단둘이 산다는 데 생각이 미쳤다.

담임은 즉답을 하지 않고 골똘한 표정을 지었다. 아이들은 정태를 보며 웅성거렸다. 정태는 그런 수군거림쯤 안중에도 없다는 듯이 꼿꼿이 서서 담임의 대답을 기다렸다. 담임이 허락해 주지 않아도 물러서지 않을 기세다. 내내 양손으로 얼굴을 감싸 쥐고 미동도 않던 대풍이가 그런 정태를 올려다보았다. 정태를 바라보는 대풍이의 두 눈은 토끼처럼 붉게 충혈되어 있었다. 막상 그 눈을 보자 조금 불쌍하다는 생각이 든다.

이윽고 담임이 답변을 했다.

"안 될 것도 없겠지. 그럼 그렇게 하렴."

정태가 자리에 앉자 숙인이의 짝꿍이 손을 들었다.

"선생님, 그럼 숙인이 스마트폰은요?"

"그건 당연히 대풍이가 물어내야지."

"대풍이 재, 거지라면서요?"

"입에서 나온다고 다 말이 아니다. 대풍이는 거지가 아니고 혼자서 생활하는 것뿐이야. 당장은 대풍이 형편이 어려우니까 일단은 내가 대신 내주고 대풍이가 아르바이트를 해서 다달이 갚기로 약속했다."

또 다른 아이가 손을 들고 담임에게 질문했다.

"선생님, 팡팡 떡볶이 형은 왜 잡혀간 거예요?"

담임은 선뜻 대답하지 못하고 잠시 곤혹스러운 표정을 지었다. 모두들 담임의 입만 쳐다보았다. 담임은 어쩔 수 없다는 듯 입을 뗐다.

"그 사람들이 애들을 꾀어 스마트폰을 훔쳐 오게 시킨 모양이다. 대풍이도 그 꾐에 넘어갔던 거고. 아이들이 스마트폰을 훔쳐 오면 떡볶이 가게에서 팔아넘긴 거지. 공교롭게도 대풍이 때문에 덜미를 잡힌 건데 경찰 얘기로는 아예 작정하고서 학교 앞에다 떡볶이 가게를 차렸다더구나."

담임의 말이 끝나기가 무섭게 교실 안이 술렁거렸다. 완전히 충격의 연속이다. 특히 숙인이를 비롯한 몇몇 여자애들은 까무러칠 듯이 놀라는 눈치다. 모르긴 몰라도 학교에 이 소문이 퍼지면 입에 거품을 물고 쓰러질 여자애들이 한둘이 아닐 것이다. 옆 고등학교 누나들 사이에서도 난리가 날지 모른다.

담임의 설명을 듣고 나니 팡팡 떡볶이에 유독 좀 논다 하는 애들이 들끓었던 이유가 비로소 이해되었다. 하지만 떡볶잇집 주인 형이 왜 그런 짓을 했는지는 수긍하기 어려웠다. 장사가 안되면 모르지만 장사가 엄청 잘돼서 돈도 많이 벌 텐데 왜 그랬을까? 이래서 열 길 물속은 알아도 한 길 사람 속은 모른다는 속담이 생긴 모양이다.

"선생님, 그러면 민석이도 스마트폰 훔쳐서 잡혀간 거예요?"

이번에는 민석이와 같은 학원에 다니는 애가 질문을 던졌다. 담임은 약간 당황한 듯 헛기침을 했다.

"그건 아니고…… 대풍이가 훔친 스마트폰을 민석이한테 강제로 맡겨서 어쩔 수 없이 보관했다가 참고로 조사받은 거야."

담임의 말이 끝나기가 무섭게 아이들이 사나운 눈길로 대풍이를 훑어보았다. 나도 대풍이를 째려보았다. 대풍이는 고개를 푹 떨구고서 돌처럼 굳었다. 보나 마나 민석이는 대풍이에게 엄청 괴롭힘을 당했을 것이다. 나하고는 상관도 없는 애지만 울며 겨자 먹기로 훔친 스마트폰을 맡고 있어야 했을 민석의 처지를 생각하니 대풍이가 더욱 괘씸하다.

"어쨌건 나는 너희가 이번 일을 지혜롭게 넘길 거라고 믿고 싶다. 아까 내가 한 말을 다들 다시 한 번 생각해 줬으면 좋겠구나."

얘기를 끝낸 담임은 잠시 아이들의 얼굴을 하나하나 눌러본 뒤 교실을 빠져나갔다. 이어서 쉬는 시간을 알리는 종이 울렸다. 그러나 누구 하나 자리를 뜨지 않았다. 그때 교실 밖이 시끌시끌해지더니 복도 쪽 창문에 다른 반 애들의 얼굴이 주르륵 매달렸다. 대풍이를 구경하기 위해 몰려온 모양이다.

"으, 씨발, 졸라 쪽팔리네."

"어떤 한 새끼 때문에 우리 반 완전 좆 됐다."

여기저기서 애들이 투덜거렸다. 아닌 게 아니라 우리 반은 졸지에 구경거리가 됐다.

그때였다. 정태가 벌떡 일어나더니 교실 뒷문을 향해 의자를 냅다 집어 던졌다. 그러자 창문에 매달렸던 얼굴들이 순식간에 사라졌다. 정태는 성큼성큼 교실을 가로질러 뒷문을 왈칵 열어젖혔다. 그러고는 문지방 한가운데 버티고 서서 누구에게랄 것도 없이 목소리를 높여 퍼부어 대기 시작했다.

"어떤 새끼든지 대풍이 건들면 죽는다. 학교에서건 학교 밖에서
건 좌우지간 손끝 하나라도 건드렸다간 골로 갈 줄 알아라. 알아들
었어, 이 개새끼들아!"

아이들은 서슬이 시퍼런 정태의 일갈에 고개를 들지 못했다. 나
역시 움찔하며 목을 움츠렸다. 정태는 교실 문을 닫은 뒤 우리를
향해서도 다시 한 번 경고했다.

"너희, 내 말 잘 들어. 대풍이 무시하는 것까진 좋은데 뒷담화 까
거나 째리거나 갈구다가 나한테 걸리면 아작 날 줄 알아. 개새끼들
아, 너희는 부모 없는 게 뭔지 모르지? 모르면 국으로 찌그러져 있
어. 괜히 나대지 말고."

정태는 빠드득 이를 갈면서 손마디를 우두둑 꺾었다.

"대풍아, 넌 나하고 잠깐 바람 좀 쐬러 가자."

대풍이는 마지못해 자리에서 일어났다. 슬쩍 쳐다보니 녀석은
닭똥 같은 눈물을 뚝뚝 떨구고 있었다.

"울지 마, 새꺄. 찌질하게 그딴 걸로 우냐?"

손등으로 눈물을 훔치는 대풍이의 어깨를 정태가 감싸 안았다.
정태는 대풍이의 어깨에 팔을 두른 채 교실 밖으로 나갔다. 정태와
대풍이가 교실을 나가자마자 사방에서 안도의 한숨이 흘러나왔다.

"어휴, 심장 떨려서 죽는 줄 알았네."

"나도."

"완전 포스 작렬이다."

아이들은 저마다 한마디씩 하며 놀란 가슴을 쓸어내렸다. 나는
자리에서 일어나서 교실 문 쪽으로 갔다. 문기둥에 기대어 서서 대
풍이의 어깨에 팔을 두른 채 계단 쪽으로 향하는 정태의 뒷모습을
물끄러미 눈으로 좇았다. 복도를 가득 메운 아이들이 정태가 지나
가자 조용히 길을 터 주었다. 그 모습을 보니 대풍이를 잡아먹을
듯이 째려보았던 나 자신이 조금씩 부끄러워지기 시작했다.

*

담임이 성적표를 나눠 주자 여기저기서 한숨 소리가 새어 나온
다. 몇몇은 성적표를 펼치자마자 눈시울이 붉게 물든다. 나는 성적
표를 대충 훑어본 뒤 가방에 쑤셔 넣었다. 성적표라는 건 도대체
누가 만들었는지 눈앞에 있으면 들입다 박치기를 해 주고 싶다. 모
르긴 몰라도 성적표를 만든 사람은 틀림없이 지옥에 갔을 것이다.
만약에 부모님들이 좋아한다고 해서 그 사람을 천당에 보냈다면,
그럼 하느님도 벌을 받아야 한다.

나는 흘깃 지욱이를 쳐다보았다. 녀석은 정태처럼 성적표를 펴
보지도 않고 가방에 넣는다. 그런 녀석의 표정이 자못 심각하다.
여섯 문제만 틀려도 세상 다 산 사람처럼 울상을 짓던 녀석이 시
험 마지막 날 백지를 냈다니 아마 가출이라도 하고 싶을 것이다.

집에 들어가자마자 아작 날 게 뻔한데 은근히 걱정이 된다.

"아싸, 점수 좀 올랐다."

정태 다음으로 공부를 못하는 애가 성적표를 흔들며 환호성을
질렀다.

"그렇게 좋아할 거 없다. 어차피 이번에 우리 반 평균이 다 올랐
으니까."

담임이 웃는 얼굴로 한마디 하자 애들이 사방에서 키득거렸다.

"에이씨, 괜히 좋아했네."

나도 모르게 픽 웃음이 터져 나온다.

"성적은 행복 순이 아니다. 그러니까 너무 실망하지 말도록. 건
호는 잠깐 교무실로 따라오고. 이상."

담임이 종례를 마치자마자 한 무리의 아이들이 우르르 교실을
빠져나간다. 성적표가 나온 날 신바람을 내며 교실을 나서는 애들
은 대부분 공부에 관심이 없는 애들이다. 공부를 잘하는 애들은 잘
하는 애들대로, 어중간한 애들은 어중간한 애들대로 똥 씹은 표정
으로 천천히 교실을 빠져나간다. 어중간한 애 가운데는 성적표가
나오는 날이면 어김없이 아빠에게 골프채로 맞는 애도 있다. 아주
지랄 같다. 물론 나는 혼날 걱정 따위는 없다. 하지만 기분은 더럽
다. 꼭 낙오자가 된 느낌이다. 시험이란 실력을 알기 위해서가 아
니라 낙오자를 만들기 위해서 치르는 것 같다. 시험 없이 그냥 필
요한 만큼 공부할 수 있다면 얼마나 좋을까. 하지만 그런 일은 절

대로 없을 것이다. 세상은 소수의 선택받은 애들과 그 뒤에서 들러리를 서야 하는 다수의 낙오자를 필요로 하니까.

그나저나 담임은 왜 나를 부른 걸까. 다음 주에 있을 텃밭 동아리 발대식 때문일 거라고 지레짐작하며 나는 교무실로 향했다. 아니나 다를까, 담임은 나를 보자마자 텃밭으로 앞장섰다. 뜻밖에도 그곳에는 아빠가 와 있었다.

"어! 아빠, 여긴 웬일이야?"

"왜, 나는 학교에 오면 안 되냐?"

아빠는 빙그레 웃으며 담임과 악수를 했다.

"아버님, 밭은 다 둘러보셨어요?"

"볕도 잘 들고 밭이 아주 좋은데요. 무엇보다 넓어서 좋네요. 요즘 학교들은 운동장이 코딱지만큼 작잖아요. 그런데 이 정도 크기의 텃밭이 있다니 이 학교 애들은 정말 좋겠어요."

"옛날에 지어진 학교라 그래요. 새로 지은 학교라면 어림도 없죠. 그럼 식사하러 가시죠. 근처에 두루치기를 아주 잘하는 집이 있는데 괜찮으세요?"

"두루치기? 좋지요."

담임은 아빠와 나를 차에 태우고 학교에서 빠져나왔다. 차로 오분 거리에 있는 식당은 식사 시간도 아닌데 주차장이 만원이었다. 현관문을 밀고 안으로 들어서자 넓은 홀이 사람들로 바글바글하다. 카운터를 지키고 있던 주인이 담임을 보자마자 덥석 손을 잡으

며 반갑게 맞이했다. 그는 미리 세팅해 놓은 좌석으로 우리를 안내
했다.

"인사드려. 이번에 우리 학교 텃밭 동아리 자문을 맡아 주기로
하신 학부모님이야."

담임이 주인에게 아빠를 소개했다.

"말씀 많이 들었습니다. 농사짓고 남는 거 있으면 저한테 파세
요. 언제든지 환영입니다."

"농사라니요. 그냥 텃밭 조금 일구는 겁니다."

"하하, 그럼 말씀 나누세요. 금방 고기 올리겠습니다."

나는 어른들이 인사를 나누는 동안 주변을 둘러보았다. 농사짓
는 풍경을 찍은 큼직한 사진들이 액자에 담겨서 벽 곳곳에 걸려
있다.

"이 집 분위기 괜찮죠? 사장이 대학 동기인데 아주 괜찮은 친구
예요. 여기 음식 재료는 전부 유기농 단지에서 키운 것이라 믿을
만합니다. 앞으로 애들이 농사지은 수확물도 일부 납품하기로 했
습니다. 그 돈은 녀석들 이름으로 아동 센터에 기부할 생각입니
다."

담임이 야무진 계획을 말하는 사이, 고추장 양념에 벌겋게 재워
진 돼지불고기가 불판에 올랐다. 지글거리며 고기가 익어 가자 절
로 침이 고인다. 나는 허겁지겁 고기를 먹어 치웠다. 담임 말대로
고기는 물론이고 밑반찬들까지 아주 맛깔스럽다.

고기로 배를 채운 뒤, 담임은 본격적으로 텃밭 동아리 얘기를 꺼냈다.

"다음 주 수요일이 동아리 발대식인데 무슨 작업을 어떻게 하면 좋을까요?"

"먼저 검정 비닐부터 싹 걷어 내야지요. 그런 뒤 감자를 캐고 나서 비어 있는 밭을 정비해 놓으면 됩니다. 한 달 뒤면 김장 농사를 지어야 할 텐데 그 밭이 아주 딱이거든요. 주변에 웃자란 풀들도 싹 베어 내서 한쪽에 잘 쌓아 놓고요. 그 풀들이 김장 농사를 지을 때 요긴하게 쓰일 겁니다."

"풀을 쓴다고요?"

담임이 도통 이해가 안 간다는 표정으로 물었다.

"그럼요, 사람들은 농사지을 때 풀을 두려워하는데 사실 일부러 풀을 키우기도 합니다. 아주 유용하거든요. 껑충하니 웃자란 풀을 낫으로 베어 내서 두둑을 덮으면 그 자체가 거름이 되면서 흙을 살릴 수가 있어요. 풀뿌리의 역할도 아주 중요하죠. 땅이 숨을 쉬기 위해서는 공기가 잘 통해야 하는데 풀뿌리가 그 통로 역할을 하거든요. 정말 좋은 흙은 몽글몽글한 떼알 구조로 이루어져 있어요. 그런데 학교 텃밭은 오랫동안 비닐에 농약에 화학비료까지 사용했기 때문에 엄청 척박해진 상태일 겁니다. 그런 땅일수록 풀뿌리가 큰 도움이 되지요. 아, 그리고 아파트 단지마다 작년에 모아 놓은 낙엽이 있을 텐데, 그걸 틈틈이 실어다가 밭에 켜켜이 덮어

놓으면 아주 좋아요. 자세한 것은 건호한테 도움을 받으면 충분할 겁니다. 내 아들이라서 하는 얘기라 아니라 쟤가 보기보단 농사 내공이 깊어요. 공부는 영 젬병이지만 농사나 목공 쪽으로는 타고난 것 같아요."

아빠는 나를 향해 한쪽 눈을 찡긋해 보였다. 담임 앞에서 대놓고 공부는 젬병이라고 떠벌리다니. 가뜩이나 성적표 때문에 심란한데 굳이 공부 못하는 걸 이르집을 건 뭐람.

"그리고 전에 얘기한 대로 생태 화장실을 꼭 지었으면 좋겠어요. 때마침 목공 동아리도 있고 하니까 서로 협력하면 비용도 얼마 안 들 거예요. 난 아이들에게 농사를 가르치는 것 못지않게 순환적 삶을 가르치는 것도 중요하다고 생각해요. 우리는 자연으로부터 생존에 필요한 모든 것을 얻으면서도 아무것도 되돌려 주지 않잖아요. 어마어마한 양의 쓰레기만 떠넘길 뿐이죠. 자연에서 얻은 것으로 우리의 삶을 영위해 나가고, 우리의 배설물을 에너지로 만들어 자연에 다시 돌려주는 순환적 삶의 가치를 아이들이 이해할 수 있다면 그 이상의 교육은 없지 않겠어요?"

자주 들어온 얘기지만 순환적 삶이 정확하게 무엇을 말하는 건지는 잘 모르겠다. 알 듯 모를 듯 어렵다. 하지만 난 이미 그러한 삶을 실천하고 있는지도 모른다. 집에서 오줌을 모으고 있기 때문이다.

아빠가 농사의 세계에 깊이 빠져들고 나서부터 우리 집은 오줌을 모으기 시작했다. 처음에는 엄마와 내가 엄청 반발했지만 아빠는 포기하지 않았다. 아빠의 끈질긴 설득에 마침내 엄마와 나는 항복을 하고서 오줌을 모았다. 아빠와 나는 플라스틱 우유병에 오줌을 싼 뒤 변기 옆에 놓인 20리터들이 물통에 오줌을 부었다. 엄마는 우유병 대신에 사각 플라스틱 통을 사용했다. 아빠의 장담대로 냄새는 거의 나지 않았다. 아빠는 오줌에서 냄새가 나는 이유는 혐기성인 오줌이 공기에 노출되면서 부패하기 때문이라고 했다. 밀폐만 단단히 해 놓으면 오줌이 저절로 발효되어 한 달 뒤부터 향긋한 냄새가 나기 시작하고 그때부터는 거름으로 사용할 수 있다는 것이다. 한 달이 지나고 나서 아빠는 내게 오줌 냄새를 맡아 보게 했다. 나는 오만상을 찡그려 가며 오줌통에 코를 대 보았다. 그런데 진짜 아빠의 말대로 향긋하면서도 구수한 냄새가 코에 감겨 왔다. 정말 신기했다.

처음에는 아빠의 강권에 못 이겨 시작했지만 차차 시간이 지나면서 나도 오줌을 모으는 일에 익숙해졌다. 나는 집에서 하루 서너 차례 오줌을 누는데, 변기를 사용하지 않으니 대충 따져 보아도 매일 20리터 안팎의 물을 아끼는 셈이다. 한 달이면 600리터에 가까운 물을 절약하는 것이다. 그걸 일 년 단위로 따지면 어마어마할 거다. 아빠 덕분에 알게 됐지만 내가 지구를 구하는 데 일조하고 있다는 자부심이 은근히 생겼다.

하지만 학교에서 애들에게 생태 화장실을 쓰면서 오줌을 모으라고 시키면 아마 한바탕 난리가 날 것이다. 담임에게 대놓고 반발하는 애들도 생길지 모른다. 그런 아이들을 설득하려면 담임도 진땀깨나 흘릴 게 틀림없다. 사실 나도 집에서 오줌을 모으고 있다는 사실이 애들에게 알려지면 그날로 놀림감이 될지도 모른다.

"그나저나 큰일 났습니다."

"무슨 일인데요?"

"동아리 정원이 이십 명인데 글쎄, 애들이 팔십 명도 넘게 신청을 했지 뭡니까. 정원만 채워도 성공이라고 생각했는데 팔십 명이라니…… 누가 상상이나 했겠습니까. 그것 때문에 아주 머리 아파 죽겠습니다."

"정말요?"

내가 물었다.

"그렇다니까. 야, 교장 선생님도 깜짝 놀라시더라."

담임은 진짜로 골치가 아프다는 듯 고개를 절레절레 내둘렀다. 듣지도 보지도 못한 텃밭 동아리에 팔십 명이나 몰려들다니 의외다. 분명히 봉사 점수하고 삼겹살의 영향이 컸겠지만 그래도 놀랄 노 자다. 요샌 곳곳에 주말농장이 눈에 띄는데 아무래도 텃밭이 대세는 대세인 모양이다. 내 또래 아이들까지 농사에 관심을 보이다니 놀랍다.

나는 흘깃 아빠의 얼굴을 쳐다보았다. 아빠는 이따금씩, 가까운 미래엔 누구나 텃밭 농사를 짓게 될 거라고 예언하고는 했다. 그뿐만 아니라 내가 어른이 될 때쯤이면 농부나 목수가 가장 각광받는 직업이 될 거라고 호언장담했다. 이러다 정말 아빠 말처럼 되는 건 아닐까.

"그냥 그 애들 다 받으면 안 되는 건가?"

아빠가 진지한 얼굴로 물었다.

"그건 힘들어요. 그렇게 하려면 지도 교사가 몇 명 더 붙어 줘야 하는데 현실적으로 불가능하거든요. 다행히 우리 학교 국어 선생님이 발 벗고 나서서 도와준다고 했으니까 어찌어찌 사십 명까지는 가능할 것 같기는 해요."

나는 두 눈을 동그랗게 뜨고 담임의 얼굴을 쳐다보았다. 국어 선생님이 담임과 함께 텃밭 동아리를 맡는다니, 나는 속으로 아싸 하고 쾌재를 불렀다. 동아리 회장을 맡기가 내심 부담스러웠는데 비로소 의욕이 생긴다.

"저어…… 선생님."

나는 넌지시 담임을 불렀다. 담임이 무슨 일이냐는 듯 내 얼굴을 쳐다보았다.

"대풍이가 범인인 건 어떻게 알았어요?"

나는 진작부터 궁금해하던 것을 물어보았다. 나뿐만 아니라 반 아이들 전체가 궁금해서 난리다. 교실에 몰래카메라가 설치되어 있다는 둥 담임이 사설탐정을 고용했을 거라는 둥 온갖 억측이 난무했다. 담임은 원래부터도 아이들 사이에서 인기가 있었지만 새롭게 추종자까지 생겼다.

담임은 별거 아니라는 표정으로 피식 웃었다.

"학교 다닐 때 내 별명이 셜록 홈스야. 이건 비밀인데 미국 연방 수사국에서 날 스카우트하려고 했었어. 물론 내가 거절했지. 난 애들 가르치는 게 더 좋았거든. 그런데도 어찌나 끈덕지게 조르던지 아주 귀찮아서 죽는 줄 알았다."

담임은 장난기 가득한 얼굴로 키득거렸다. 나는 담임의 얼굴을 멀뚱멀뚱 쳐다보았다. 초등학생도 믿지 않을 뺑을 치다니 어이가 없다. 담임은 장난기를 걷어 내고 입을 열었다.

"인마, 내가 누구냐? 너희 담임 아니냐. 너희 속사정은 물론이고 머릿속까지 주르륵 꿰고 있지. 그러니 범인이 딱 보일 수밖에."

"정말요? 완전 신기하다."

"후후, 관심과 애정이 있으면 원래 그 정도는 누구에게나 보이기 마련이야. 쭉 지켜보니까 유독 대풍이가 눈에 띄더라고. 가정 형편도 어려운 녀석이 돈을 펑펑 쓰는 게 아무래도 수상한 거야. 가끔가다 방과 후에 민석이를 불러내는 꼴도 이상하고. 그래서 대풍이를 불러 놓고 살살 구슬리면서 추궁을 했지."

유도 신문을 해서 자백을 받아 내다니. 담임 앞에선 어떤 거짓말도 안 통할 거란 생각이 절로 들었다. 내가 감탄한 얼굴로 쳐다보자 담임은 아무 일도 아니라는 듯이 어깨를 으쓱해 보였다.

"자리 옮겨서 한잔 더 할까요?"

"두말하면 잔소리죠."

아빠와 담임은 오랫동안 알던 사이처럼 죽이 척척 맞는다. 담임은 성큼성큼 카운터로 가서 계산을 했다.

"우리 애들 일 잘하고 있지?"

"대풍이란 놈은 영 서툰데 정태 걔는 타고난 일꾼이더라. 감각도 좋고 일 머리가 보통 아니야."

"좌우지간 잘 좀 돌봐 줘."

나는 주인과 대화를 나누는 담임의 옆모습을 뚫어져라 쳐다보았다. 이곳에서 정태와 대풍이의 이름을 듣게 되다니 어안이 벙벙하다. 나는 계산을 마치고 밖으로 나온 담임에게 물었다.

"선생님, 정태하고 대풍이가 여기서 일해요?"

"응, 왜?"

"아니, 그냥요. 저번에 정태가 닭갈빗집에서 일하는 거 봤거든요."

"그 집 못쓰겠더라. 애 돈을 떼먹으려고 해서 내가 대신 가서 받아 줬지. 정태가 요리를 좀 배워 보고 싶다고 해서 이리로 데려온 거야. 그리고 이건 비밀인데 쟤들 시급 꽤 많이 받아."

담임은 한쪽 눈을 찡긋해 보이며 검지를 입술 한가운데 댔다. 이상하다. 보통 어른들은 공부 못하는 애들은 사람 취급을 안 하는데, 담임만큼은 다른 것 같다. 나는 처음으로 선생이라는 직업이 멋있다는 생각을 했다.

"건호야, 아빠는 선생님하고 얘기 더 하고 들어갈 테니까 넌 버스 타고 가라."

"아빠, 술 조금만 먹어."

"유붕자원방래하니 불역낙호아라."

아빠는 날 놀리기라도 하듯 히죽 웃으며 돌아섰다. 뭘 맨날 알아서 한다는 것인지, 원. 나는 아빠 등 뒤에 대고 입술을 삐죽 내밀었다.

그때 스마트폰이 울렸다. 화면을 보니 지욱이다. 지욱이가 나한테 전화를 다 하다니 별일이다. 나는 버스 정류장을 향해 걸어가면서 스마트폰을 귀에 댔다.

*

어둠 속에서 바스락거리는 소리가 들려왔다. 나는 소리 나는 쪽을 응시했다. 칠흑 같은 어둠 한가운데에서 주먹 크기의 불빛 두 개가 천천히 내 쪽으로 다가온다. 더럭 겁이 나면서 오금이 섬뜩섬뜩 저리다. 파랗게 빛나는 불빛이 점점 가까워져 오면서 고양이 크기의 다람쥐가 모습을 드러냈다. 소름이 쭉 끼친다. 다람쥐는 팔을 뻗으면 닿을 거리에 멈춰 서서 나를 가만히 노려보았다. 당장에라도 돌아서서 달아나고 싶은데 두 발이 땅바닥에 철썩 들러붙어서 떨어지지를 않는다.

그때였다. 갑자기 다람쥐 몸에서 화르르 불길이 치솟았다. 불길은 순식간에 다람쥐의 온몸을 뒤덮었다. 불길에 휩싸인 다람쥐는 나를 노려보면서 천천히 다가왔다. 온몸이 와들와들 떨린다.

"찌익…… 찍! 찍 찍 찌이이익 찍!"

다람쥐는 두 발로 서서 요란한 울음소리를 내기 시작했다. 쇠를 긁는 듯한 날카로운 금속성의 울음소리가 온몸을 그물망처럼 옥죄어 왔다. 앞발을 치켜들고 울부짖던 다람쥐가 갑자기 내 얼굴을 향해 풀쩍 뛰어올랐다.

"으악!"

나는 비명을 지르며 두 팔로 얼굴을 감싸 쥐었다.

"얘, 건호야! 건호야!"

엄마가 부르는 소리에 번쩍 눈을 떴다. 다람쥐는 순식간에 어디론가 사라지고 걱정스러운 눈빛으로 나를 내려다보는 엄마의 얼굴이 눈에 들어왔다. 나는 와락 엄마를 끌어안았다.

"악몽을 꾼 모양이구나."

엄마가 식은땀으로 흠뻑 젖은 내 머리를 쓰다듬으며 등을 토닥여 주었다. 터질 듯이 벌렁거리던 가슴이 비로소 진정이 된다. 나는 안도의 한숨을 길게 내쉬었다.

"밥 먹게 정신 차리고 얼른 나와라."

한동안 등을 토닥여 주던 엄마는 내 이마에 입을 맞춘 뒤 거실로 나갔다. 시계를 본 나는 후다닥 침대에서 뛰어내렸다. 부리나케 화장실로 뛰어들어 가서 서둘러 세수와 양치를 끝마쳤다. 아빠는 새벽같이 일을 나갔는지 보이지 않았다.

"엄마."

나는 밥술을 놀리다 말고 엄마를 불렀다. 엄마가 그런 내 얼굴을 빤히 쳐다보았다.

"아니야."

"원, 녀석도 싱겁긴. 소금 쳐 주랴?"

엄마는 빙그레 미소를 지으며 농담을 했다. 나는 묵묵히 다시 밥을 먹었다.

"엄마."

"왜, 무슨 일 있니? 할 말 있으면 망설이지 말고 해 봐."

"내 친구 중에 지욱이라고 있잖아."

"그런데?"

"걔 조금 이상해."

"뜸들이지 말고 얘기해 봐. 뭐가 이상한데?"

"걔가 어제 갑자기 전화를 해서는 과외가 막 끝났으니까 자기네 집으로 놀러 오라는 거야. 근데 걔 한 번도 누구를 초대한 적이 없거든. 걔네 엄마가 친구들 데려오는 걸 엄청 싫어해. 그런데 어제는 엄마가 시골 잔칫집에 갔다면서 놀러 오라고 하더라고. 그래서 갔는데 처음에는 좋았어. 둘이서 거실에 누워서 스마트폰으로 한참 게임을 하고 노는데 갑자기 걔가 재미있는 걸 보여 주겠다는 거야. 그러고는 다람쥐 집을 화장실로 갖고 가더니 나보고 들어오라고 하더라고. 그래서 따라 들어갔더니 지욱이가 갑자기 다람쥐한테 기름을 끼얹는 거야. 내가 하지 말라고 막 말렸는데도 다람쥐가 자기한테 부탁했다면서 확 불을 붙였어. 다람쥐가 길길이 날뛰면서 비명을 지르는데…… 정말 끔찍했어. 그런데 지욱이는 몸을 까뒤집고 바르르 떠는 다람쥐를 보면서 씨익 웃는 거야. 이상하게 그 웃는 얼굴이 슬퍼 보였어. 꼭 우는 것같이 보이더라니까."

내 얘기를 듣는 엄마의 얼굴이 진지했다.

"그러면서 죽은 다람쥐한테 계속 중얼거리더라고. 이제 좋지? 내가 고맙지? 하면서. 엄마, 정말 이상하지?"

엄마는 뭔가를 골똘히 생각하는 눈치더니 심각한 얼굴로 혼잣말하듯 중얼거렸다.

"아무래도 담임 선생님께 말씀드려야겠다."

"그래도 괜찮을까?"

"내가 선생님한테 전화할 테니까 넌 얼른 학교 가라. 지각하겠다."

시계를 보니 아뿔싸, 까딱했다간 지각이다. 나는 가방을 둘러메고 후다닥 밖으로 내달았다. 교문 앞에 도착하니 다행히도 늦지는 않았다. 나는 안도의 한숨을 내쉬며 교문을 통과했다. 아이들을 맞이하던 담임이 나를 발견하고선 손짓을 했다. 내가 다가가자 담임은 축구 골대 뒤쪽, 등나무 넝쿨이 그늘을 드리운 벤치로 나를 이끌었다. 담임은 벤치에 앉자마자 지욱이 얘기를 물어 왔다. 엄마가 그새 전화를 한 모양이다. 나는 지욱이가 시험을 망친 이야기부터 다람쥐를 불태워 죽인 이야기까지 자세하게 털어놓았다.

"고맙다, 이야기해 줘서."

담임은 내 등을 손바닥으로 가볍게 툭 치며 일어섰다. 나는 담임과 헤어져 교실로 향했다. 담임에게 마음속 이야기를 털어놓고 나니 적이 마음이 놓인다. 나는 홀가분한 마음으로 계단을 뛰어 올라갔다.

*

텃밭 주변이 아이들로 와자지껄하다. 담임이 나눠 준 밀짚모자를 눌러쓰고 형형색색의 쿨토시를 팔에 두른 채 와글와글 떠들어 대는 모습이 학교가 아닌 주말농장에 체험하러 온 것 같다. 아이들은 아주 신이 났다. 1학년보다 2학년 애들이 더욱 소란스럽다.

월요일에 있었던 텃밭 동아리 면접에 응한 아이들은 정말로 팔십 명이 넘었다. 3학년까지 받아 줬다면 백 명을 훌쩍 넘겼을지도 모른다. 내가 알고 지내는 선배들 가운데서도 텃밭 동아리에 들어오고 싶어 하는 사람이 여럿이다. 그러나 3학년들은 2학기부터 동아리 활동 자체가 없어지기 때문에 모집 대상에서 제외됐다. 원래는 작년부터 3학년의 동아리 활동이 폐지될 예정이었는데 우리 학교는 선생님들이 강력하게 반대해서 그나마 이번 학기까지 유지되었던 것이다. 하지만 스포츠 클럽 활동을 둘러싼 교육부의 압력이 워낙 강하다 보니 선생님들도 더 이상 버틸 수가 없는 모양이었다. 학교 폭력을 없앤다면서 갑자기 체육 시간을 두 시간 더 늘리라고 몰아붙이다니 정말 웃기지도 않는다. 일주일에 체육을 두 시간 더 한다고 해서 없어질 학교 폭력이면 진작 없어졌을 것이다. 물론 체육 시간이 늘어나는 건 우리로서도 반대할 이유가 하나도 없다. 그런데 운동을 할 공간이나 시설이 턱없이 부족한 마당에 무턱대고 체육 시간을 늘리라니 황당하다. 심지어 다른 학교에 다니는 내 친구는 스포츠 클럽 활동 시간에 교실에서 알까기를 한다. 운동을 가르쳐 줄 선생님이 없는 것도 문제다. 오죽하면 미술 선생님이 배드민턴을 다 가르치느냐 말이다.

결국 누군가의 바보 같은 생각 때문에 기존 시간표에 스포츠 클럽 활동 시간을 끼워 넣다 보니 멀쩡한 동아리만 없어지게 생겼다. 그 때문에 요즘 동아리마다 초상집 분위기다. 정자를 만들 꿈에 부풀었던 목공 동아리 선배들의 상심이 특히 컸다. 내년부터는 2학년도 동아리 활동을 못 할 수도 있다고 하니 후배들도 불만이 적지 않았다.

어쨌건 1, 2학년 다 합치면 삼백 명가량 되는데 그 가운데 팔십 명이 텃밭 동아리에 지원하다니 정말 굉장한 열기였다. 면접을 보기 위해 줄을 늘어선 아이들은 한껏 긴장했다. 어찌나 긴장들을 하는지 모르는 사람이 봤다면 「케이팝 스타」 오디션이라도 보는 줄 알았을 것이다. 때아닌 진풍경에 선생님들도 돌아가면서 면접 장소인 도서관으로 구경을 왔다. 따로 면접을 볼 필요가 없던 나는 담임과 국어 선생님 사이를 오가며 잔심부름을 했다. 초조한 얼굴로 차례를 기다리던 아이들은 잔뜩 굳은 표정으로 말을 삼갔다. 담임과 국어 선생님 앞에서 면접을 보는 아이들도 더할 나위 없이 신중하게 질문에 답했는데 몇몇은 말을 더듬기까지 했다. 생전 처음으로 면접을 보려니 어지간히 긴장이 되는 모양이었다. 하긴 나라도 떨릴 것 같다. 애초에 텃밭 동아리에 들어오려고 했던 이유가 무엇이든 면접 결과에 따라서 둘 중의 하나는 무조건 탈락이라니 엄청 조마조마할 것이다.

그렇게 해서 어제 최종 합격자 명단이 발표되었다. 탈락한 아이들은 어깨가 축 늘어졌다. 그 가운데 일부는 자기가 떨어진 건 말이 안 된다며 입에 게거품을 물었다. 선정 기준이 엉터리라는 것이다. 특히 공부 좀 한다하는 애들의 원성이 자자했다. 그 애들은 교무실로 찾아가서 담임에게 따지기까지 했다.

하긴 불만을 품은 애들의 말에도 일리는 있었다. 합격자 가운데는 선생님들의 골머리를 썩이는 문제아를 비롯해서 '왕따'나 '은따'로 소문난 애들이 유독 많았다. 정태와 대풍이와 민석이도 합격자 쪽에 속했다. 결국 담임은 방과 후에 탈락한 아이들을 도서관에 모아 놓고 사태를 수습했다. 담임이 뭐라고 했는지는 몰라도 불만에 가득 찼던 아이들의 기세가 다소 누그러졌고 텃밭 동아리 모집을 둘러싸고 벌어졌던 소동은 진정이 되었다. 나중에 애들 얘기를 들어 보니 담임은 봉사 점수가 필요하면 상황에 따라 텃밭에서 일할 수 있도록 해 주겠다는 중재안을 내놨다고 한다.

사실 나는 그런 아이들이 살짝 고까웠다. 담임의 중재안을 받아들인 걸 보면 녀석들은 애초부터 봉사 점수만을 노리고 텃밭 동아리에 들어오려고 했던 게 분명하다. 그런 애들은 동아리에 들어와 봐야 하등의 도움이 안 된다. 얼렁뚱땅 시간이나 때우다가 봉사 점수만 챙길 거다.

담임은 텃밭 주변에서 왁자지껄 떠들어 대는 아이들을 모둠별로 줄 세웠다. 열 명 단위로 구성된 모둠에는 1학년과 2학년이 적절히 섞여 있었다. 정태와 대풍이와 민석이는 나와 같은 모둠에 속했다.

그런데 내가 속한 모둠에서 가장 의외의 인물은 지욱이었다. 지욱이가 텃밭 동아리에 들어오리라고는 상상도 하지 못했다. 나는 아마 봉사 점수 때문일 거라고 지레짐작했다. 아무리 그래도 아이들과 도통 어울리지도 않고 공부 말고는 매사에 젬병인 녀석이 텃밭 동아리에 들어오다니 희한하기 짝이 없다.

어쩌면 녀석은 이번에도 엄마에게 등을 떠밀렸을지 모른다. 지욱이네 엄마는 스펙을 쌓는 데 도움이 된다면 물불 가리지 않고 달려드니까. 어쨌든 지욱이가 텃밭에서 조금이라도 재미를 찾을 수 있다면 좋겠다.

　그나저나 정태와 지욱이가 같은 모둠에 묶이다니 어쩐지 조마조마한 기분이다. 민석이와 같은 모둠이 된 것도 썩 유쾌하지 않다. 차라리 숙인이와 같은 모둠이 되었으면 좋았을 텐데 숙인이는 다른 모둠에 속해서 수다를 떨고 있다. 대풍이는 한껏 풀이 죽어서 내내 고개를 떨구고 있다. 녀석은 이따금씩 아이들의 눈치를 슬쩍 살피는데 사실 대풍이에게 신경을 쓰는 애들은 아무도 없다. '왕따'나 '은따'로 찍힌 애들도 표정이 어둡기는 마찬가지였다. 아이들로부터 한 발짝 떨어져 서서 불안한 눈빛으로 슬금슬금 눈치를 본다. 모르는 사람이 그 애들을 보면 억지로 등 떠밀려 나왔다고 생각하기 딱 좋다.

　아이들을 정렬시킨 담임은 먼저 밭을 뒤덮은 검정 비닐의 해악에 대해서 강의했다. 짧은 강의인데도 듣고 있기가 힘들었다. 한낮의 땡볕이 어찌나 뜨거운지 밀짚모자를 썼는데도 땀이 줄줄 흐른다.

　"자, 날도 더운데 설명은 이만하고 일을 시작하자. 너희가 열심히 하면 그만큼 빨리 끝나니까 부지런히 하는 게 좋을 거야. 그리고 일이 다 끝나면 이 자리에서 바로 삼겹살 파티를 할 거다."

　아이들은 일제히 환호성을 질렀다. 담임은 그런 아이들을 진정시킨 뒤 역할을 나눴다. 1학년들에게는 검정 비닐을 걷어 내는 일이 맡겨졌고, 2학년들은 풀을 베는 일과 감자밭을 뒤집어 김장밭

으로 만드는 일을 맡았다. 담임은 여자애들과 몸이 약한 애들에게
는 풀베기를 시키고 나를 중심으로 해서 힘 좀 쓰거나 덩치가 있
는 애들에게는 김장밭 만들기를 맡겼다. 비닐을 벗기거나 풀베기
를 하는 애들에게는 호미가 한 자루씩 주어졌고 김장밭을 만드는
쪽에는 쇠스랑과 쇠갈퀴와 삽이 주어졌다.

　나는 아이들을 둘러 세워 놓고 농기구를 다루는 요령과 밭 만드
는 방법을 자세히 설명했다. 내 설명이 제법 그럴싸했던지 아이들
이 우아, 하고 감탄을 했다. 하긴 서당 개 삼 년에 풍월을 읊는다고
이젠 농기구 다루는 것쯤 식은 죽 먹기다.

　아빠가 농사 초보자들에게 힘주어 강조하는 것 가운데 하나가
농기구와 친해지기다. 아빠는 사람들이 다섯 평이나 열 평 농사에
도 헉헉대며 금방 나가떨어지는 것은 평소에 몸을 쓰지 않기 때문
이기도 하거니와 농기구를 사용할 줄 모르기 때문이라고 했다.

　사실 나도 농장에 처음 나갔을 때는 힘들어서 죽는 줄 알았다.
얼마나 힘들던지 하마터면 아빠에게 욕을 할 뻔했다. 아빠는 그런
내게 농기구 다루는 법을 자상하게 알려주었다. 하지만 아빠의 얘
기와 달리 힘든 건 마찬가지였다. 스마트폰 요금만 아니었다면 그
길로 내빼서 다시는 농장에 나가지 않았을 것이다. 그런데 차츰차
츰 농기구가 손에 익으면서 밭일이 조금씩 할 만해졌다. 물론 그사
이에 손바닥에 물집이 여러 번 잡히고 굳은살도 제법 박였다.

　우리 텃밭 옆에서 열 평 농사를 지었던 어떤 아줌마는 빵 자르

는 칼로 풀을 잡았다. 그 칼로 풀을 자르다 보니 열 평 풀을 잡는데 다섯 시간 동안 쪼그리고 앉아서 죽살이를 쳤다. 낫을 들면 삼십 분이면 끝날 텐데 낫이 무섭다면서 빵 자르는 칼을 고집하더니, 풀이 파죽지세로 자라나기 시작하는 장마에 접어들자 끝내 농사를 포기하고 말았다.

나는 큰 힘을 들이지 않고 쇠스랑을 휘둘러 내려찍어서 흙을 뒤집었다. 슬렁슬렁 내려찍는데도 쇠스랑의 발이 땅속 깊숙이 푹푹 박힌다. 그런데 뒤를 돌아다보니 아이들은 땅을 뒤집는 게 아니라 쇠스랑과 씨름을 벌이고 있다. 제 딴에는 있는 힘껏 휘두른다고 하는데 어설프기 짝이 없다. 빗맞은 쇠스랑이 튕기면서 흙먼지를 일으키거나 기껏 휘둘러 봐야 흙 표면에만 살짝 박히기 일쑤다. 꼭 작년의 나를 보는 것만 같다. 몇몇 애들은 쇠스랑이 뜻대로 다루어지지 않자 한껏 약이 오른 표정으로 손잡이를 바투 잡는다. 쇠스랑을 내던지고 삽으로 땅을 파는 애들도 있다. 그러나 서툰 애들 속에서도 일하는 품이 제법인 아이들이 몇몇 눈에 띄는데, 정태가 단연 발군이다. 확실히 몸으로 하는 건 정태를 못 따라간다. 그런데 의외로 대풍이도 만만치 않다. 비록 서툴기는 하지만 쇠스랑을 휘두르는 힘이 장난 아니다. 배 치기의 대마왕답게 묵직한 힘이 느껴진다.

그렇게 일하기를 삼십여 분, 아이들은 이내 지쳐서 헉헉대는 기색이 역력하다. 그래도 아이들 몇 명이 뺀질대는 것을 빼고는 다들 싫어하는 내색이 없다.

　나는 대풍이가 더위에 까라지지나 않을까 은근히 걱정스러웠다. 아니나 다를까, 땀으로 목욕을 하다시피 한 대풍이의 얼굴이 시뻘겋게 달아올랐다. 그런데도 녀석은 일손을 멈추지 않는다. 눈에 띄게 일손이 둔해지고 가쁜 숨을 몰아쉬면서도 쇠스랑을 휘둘러 댄다. 끈기 없기로 유명한 녀석이 이를 악물어 가며 일에 매달리다니 대풍이의 재발견이다.

　하긴 대풍이가 학교에서 어른들의 칭찬을 받을 만큼 끈기를 보일 만한 일은 거의 없다. 그건 대부분의 아이들이 마찬가지다. 나역시도 목공 동아리 활동을 빼고는 학교에서 집중을 한 기억이 없다. 여간해선 학교에서 호기심이 일고 재미있는 일을 찾기가 어렵다. 만약에 우리가 뭔가를 선택할 수 있다면 얘기가 완전히 달라질 것이다. 그런데 우리는 집에서든 학교에서든 선택할 수 있는 게 거의 없다. 어른들도 우리가 뭘 선택하기보다는 그저 말만 잘 듣기를 원한다. 그러면서 요즘 애들은 끈기가 없어서 큰일이라고 혀를 차댄다. 정말 웃기는 일이다.

　나는 잠시 허리를 펴고서 줄줄 흘러내리는 땀을 훔쳤다. 그러다 문득 이상한 생각이 들어 주변을 둘러보았다. 텃밭 어디를 둘러봐도 외따로 떨어져서 일하는 애들이 보이지 않는다. 다들 삼삼오오 모여서 일을 하고 있다. 단, 지욱이는 빼고. 녀석은 일을 하는 둥 마는 둥 아이들 사이에서 빈둥거렸다. 그 모습이 꽤나 눈에 거슬린다. 지욱이를 보는 아이들의 눈길도 곱지 않다.

담임이 음료수를 사 왔다.

"애들아, 음료수 마시면서 잠깐 쉬자!"

담임은 그늘진 곳으로 아이들을 불러 모았다. 땡볕에 벌겋게 익은 아이들이 얼씨구나 하고 몰려들어 바닥에 털썩 주저앉았다.

"어때, 할 만해?"

담임이 누구에게랄 것 없이 물었다.

"완전 힘들어요."

"죽는 줄 알았어요. 그런데요, 이상하게 재밌어요."

민석이가 수줍은 표정으로 조심스럽게 대답했다. 다들 의외라는 표정으로 민석이를 빤히 건너다보았다. 녀석이 아이들 앞에서 먼저 입을 열다니 해가 서쪽에서 뜰 일이다. 민석이는 아이들의 눈길이 자기에게 쏠리자 귓불까지 빨개지며 고개를 숙였다.

"치, 오버하시네."

누군가 민석이의 말을 무지르고 나섰다.

"아니야, 나도 쟤 말에 한 표."

"맞아, 은근히 재밌어."

몇몇 아이들이 민석이의 말에 동의하자 다른 아이들도 고개를 주억거렸다. 그렇긴 하다. 밭일은 힘들면서도 은근히 중독성이 있다. 밭농사에서 제일 힘든 일이 밭 만들기와 풀 잡기인데 막상 해 놓고 나면 굉장히 뿌듯하기 때문이다. 씨를 뿌려 놓고 나서 싹이 올라오면 더욱 기분이 좋아진다.

"자, 다시 시작해 볼까?"

담임의 말이 떨어지기가 무섭게 아이들은 텃밭으로 가서 하던 일을 이어 나갔다. 담임과 국어 선생님은 텃밭 옆에 학교 행사 때 쓰는 대형 그늘막을 설치했다. 어느새 나타났는지 홍두깨가 그늘막 치는 걸 돕고 있다.

땀을 뻘뻘 흘려 가며 일을 하던 아이들이 하나둘 텃밭에 주저앉아 가쁜 숨을 몰아쉬기 시작했다. 나도 조금 지친다. 일이 힘들기보다는 햇볕이 너무 뜨겁다. 그렇지만 나는 일손을 놓지 않았다. 힘들다고 자꾸 쉬다 보면 점점 일하기가 싫어지기 때문이다. 정태와 대풍이도 쇠스랑질이 한창이다. 요령이 붙었는지 제법 속도가 난다. 민석이는 애들과 함께 쇠갈퀴를 잡고서 뒤집어엎은 뒤라 울퉁불퉁해진 밭을 평평하게 골랐다.

"이야, 짜식들 제법인데."

그늘막 설치를 끝낸 담임이 쇠스랑을 들고 다가오며 감탄했다. 돌아보니 홍두깨는 낫으로 풀을 베고 있고 국어 선생님도 비닐 걷는 작업을 열심히 거든다. 선생님들이 달라붙자 작업에 한층 속도가 붙는다.

"건호만 선수인 줄 알았더니 다들 숨은 고수구나. 특히 대풍이하고 민석이, 다시 봐야겠는걸."

담임의 칭찬에 대풍이하고 민석이의 입꼬리가 단박에 귀에 걸렸다. 칭찬에 탄력받은 녀석들은 축축 처졌던 일손을 다시금 재우쳤다.

서서히 끝이 보이기 시작했다. 돌아보니 텃밭이 환하다. 검정 비닐이 말끔히 사라지고 우북했던 풀이 깔끔하게 정리된 데다 감자를 캐고 나서 방치해 두었던 밭까지 재정비하고 나자 텃밭이 그야말로 갓 태어난 아기처럼 예쁘다. 평상시에는 텃밭 주변에 쓰레기가 아무렇게나 굴러다녔는데 말끔하게 청소까지 끝내고 나니 텃밭 풍경이 그야말로 한 폭의 그림 같다.

일을 마치고 하나둘 모여든 아이들이 가쁜 숨을 몰아쉬며 만족스러운 얼굴로 텃밭을 둘러보았다.

"야, 우리 굉장하지 않냐?"

누군가 감격에 겨운 목소리로 말문을 열자 아이들이 뒷말을 이었다.

"정말 굉장한걸."

"아깐 힘들어서 죽을 것 같더니 완전 기분 짱이다."

"앞으로 어떤 새끼든지 쓰레기 버리다 걸리면 죽음이야."

"맞아, 그건 용서가 안 되지."

"어쨌건 텃밭 동아리에 들길 잘한 것 같아."

"나도."

"나도."

아이들은 고개를 끄덕이며 연달아 동조를 했다.

"모두들 수고 많았다. 다들 고생했으니까 수확의 기쁨을 맛봐야겠지? 지금부터 모둠별로 밭에 가서 수확을 할 건데 그 전에 너희들이 꼭 알아 둬야 할 게 있다. 밭과 밭 사이에 사람이 다닐 수 있게 만들어 둔 게 고랑이고 작물이 자라고 있는 불룩한 부분을 두둑이라고 한다. 고랑과 두둑을 합쳐서 이랑이라고 하고. 그런데 밭에 오면 절대로 두둑은 밟아서는 안 돼. 두둑은 항상 공기가 잘 통할 수 있도록 해야 하는데 두둑을 막 밟고 다니면 어떻게 되겠어? 단단하게 다져져서 공기가 잘 안 통하겠지. 그리고 씨앗을 뿌려 둔 두둑을 밟으면 어떻게 될까? 막 올라오는 싹을 모르고 밟았다?"

"그럼 살인자죠!"

누군가 큰 소리로 외쳤다.

"빙고. 그러니까 밭에 들어가면 항상 조심해야 하는 거야. 자, 그럼 지금부터 모둠별로 밭을 지정해 줄 테니까 각자 알아서 수확을 해 오도록. 수확물은 한곳에 모아서 똑같이 나눌 건데, 오늘 지정받은 밭은 앞으로 그 모둠이 책임지고 돌봐야 한다. 알았지?"

"예!"

아이들은 합창을 하듯 일제히 대답했다.

담임은 모둠별로 밭을 지정해 주기 시작했는데 우리 모둠은 오이와 애호박과 참외 같은 넝쿨 작물을 맡았다. 숙인이가 속한 모둠은 고추와 토마토와 가지 같은 열매 작물을 맡았고 또 다른 모둠은 상추와 배추 같은 잎채소를 맡았다. 마지막 모둠은 고구마와 옥

수수와 콩을 맡았다. 담임에게서 장바구니를 받아 든 아이들은 텃밭으로 흩어졌다.

아이들은 한껏 신바람을 내며 수확하는 데 정신이 팔렸다. 나는 담임의 지시를 받아 각 모둠을 돌며 작물에 따른 수확 요령을 알려주었다. 요령을 알려줄 때마다 아이들은 신기한 듯 눈을 빛내며 우아, 하고 감탄했다. 그러고는 행여 작물이 다칠까 봐 조심조심 수확했다. 수확한 작물을 텃밭 입구에 모으니 그 양이 굉장하다. 선생님들은 작물들을 골고루 섞어서 똑같이 나눈 뒤 아이들의 숫자만큼 비닐봉지에 담았다. 큼직한 비닐봉지가 금방이라도 터질 것처럼 빵빵하다.

"이걸 집에 가져가면 엄마가 엄청 좋아하실 거야. 매주 이만큼씩 가져가게 될 테니까 앞으로 마트에 가실 필요가 없다고 마음껏 자랑해도 좋다."

담임이 호언장담을 하자 아이들의 얼굴에 웃음꽃이 한가득 피었다.

"오늘은 첫날이라 선생님들이 분배를 했는데 다음부터는 동아리 회장인 건호가 아이들과 의논해서 분배하면 좋을 것 같다. 자, 금강산도 식후경이라고 했다. 그럼 지금부터 삼겹살을 향해 돌격 앞으로!"

"야호!"

담임의 말이 끝나기가 무섭게 아이들은 환호성을 지르며 그늘

막 밑에 놓인 불판을 향해 우르르 내달렸다.

*

여름방학이 코앞으로 다가오자 수업 시간에 꾸벅꾸벅 조는 애들이 부쩍 늘었다. 늘어지게 하품을 했더니 눈꼬리에 절로 눈물이 고인다. 주변을 둘러보니 조는 애들이 한둘이 아니다. 그런데도 수학 선생님은 열강을 한다. 참으로 지독하다. 진도도 다 뺀 마당에 아이들 숨 좀 돌리게 영화라도 틀어 주면 인심도 얻고 좀 좋으냐 말이다. 그런데 비호감 1위답게 떡하니 보충 교재를 들고 나타나서 침까지 튀겨 가며 교실 안에 수면제를 풀어 놓는다. 부모님이나 우등생은 그런 수학 선생님을 훌륭하다고 추어올리겠지만 대다수 아이들한테는 그야말로 왕재수다. 홍두깨처럼 분위기를 봐 가며 우스갯소리라도 해 주면 그나마 보탬이 될 텐데, 그런 것도 전혀 없다.

나는 지욱이를 힐끗 쳐다보았다. 제 딴에는 열심히 듣는 척하지만 눈동자가 칠판 위쪽 어딘가를 응시하고 있다. 무슨 생각을 하는 건지 얼굴빛이 납빛이다. 나는 그런 지욱이의 모습을 보며 고개를 절레절레 저었다. 진짜 불쌍하다. 도살장에 끌려가는 소를 실제로 보게 된다면 지욱이와 똑같은 표정을 짓고 있을 것만 같다.

어제 점심시간, 맥 빠진 얼굴로 그네의자에 걸터앉은 지욱이를 발견하고 다가가니 녀석은 땅이 꺼지도록 한숨을 내쉬었다. 그러더니 방학이 되자마자 기숙 학원에 들어가야 한다고 털어놓았다.

특목고 진학을 위한 스파르타식 학원이 있다는 얘기는 들어 봤어도 기숙 학원까지 있으리라곤 나는 상상조차 해 본 적이 없다. 애들 얘기를 종합해 보면 스파르타식 학원의 방학 프로그램은 살벌하기 짝이 없다. 주말도 없이 아침 9시부터 밤 10시까지 학원에 갇혀서 수업에 자습에 테스트까지 그야말로 쉴 짬이 없다는 것이다. 숙제도 엄청 많아서 집에 와서도 새벽 한두 시 전엔 잠을 잘 수가 없다니 이건 뭐, 지옥이 따로 없다. 그런데 그것만으로도 모자라서 중학생 기숙 학원이라니, 그곳은 얼마나 더 끔찍한 곳일지 생각조차 하기 싫다.

나는 쉽사리 지욱이를 위로할 말을 찾을 수가 없었다. 지욱이의 얘기가 「고사」 같은 영화의 한 장면처럼 비현실적으로 느껴졌다. 지욱이같이 사느니 공포 영화에 나오는 귀신들을 만나는 게 차라리 덜 끔찍할 것 같다. 나는 지욱이네 엄마가 미친 게 틀림없다고 확신했다.

지욱이는 기숙 학원에 갈 게 아니라 우울증 치료를 받아야 한다. 지욱이에게 듣기로는 담임하고 장시간 상담을 한 끝에 종합병원에 가서 정신과 진료를 받았는데, 심한 우울증으로 진단이 나왔다는 것이다. 그런데 지욱이한테 진단서를 건네받은 지욱이네 엄마는 그 자리에서 담임에게 전화를 걸어 불같이 화를 냈다고 한다.

그런 뒤 녀석을 붙들어 앉혀 놓고, 우울증 같은 건 기숙 학원에서 마음을 다잡고 열심히 공부하다 보면 씻은 듯이 나을 거라며 등을 다독였다는 것이다.

뭘 몰라도 정도가 있지, 우울증이 위험하다는 것쯤은 나 같은 애도 안다. 그런데도 열심히 공부하면 우울증이 낫는다니, 완전히 사이코다. 지욱이네 엄마 같은 사람이야말로 정신병원에서 치료를 받아야 할 것 같다.

나는 지욱이에게 아빠한테 도움을 청해 보라고 얘기해 봤지만 지욱이는 고개를 가로저으면서 길게 한숨만 내쉬었다. 하긴 지욱이네 아빠는 아내에게 꼼짝 못한다.

나는 지욱이에게서 눈길을 거두어들이며 늘어지게 하품을 했다. 모래라도 들어간 것처럼 눈이 따끔거리면서 자꾸만 눈꺼풀이 감겨 온다. 수학 선생님은 슈퍼맨이라도 되는 것처럼 지친 기색도 없이 떠들어 댄다. 슬쩍 시계를 보니 종이 울리려면 아직도 멀었다. 눈꺼풀이 점점 무거워지면서 우렁우렁한 선생님의 목소리가 자장가로 들린다. 나는 고만 나도 모르게 꾸벅꾸벅 졸기 시작했다.

그때였다.

"꺄!"

여자애의 자지러지는 비명이 교실을 뒤흔들었다. 그 소리에 놀라 주변을 두리번거리던 여자애들이 입을 가린 채 너도나도 외마디 비명을 질러 댔다. 화들짝 잠에서 깨어난 나는 고개를 돌리다 말고 움찔 몸을 떨었다.

막 고개를 돌린 내 눈에 잡힌 건 바로 지욱이였다. 녀석은 무표정한 얼굴로 피가 콸콸 쏟아지는 자신의 오른손 등을 멀거니 내려다보고 있었다. 그런 녀석의 왼손에는 피 묻은 커터 칼이 들려 있다.

수학 선생님이 와락 달려들어서 지욱이의 손에 들린 칼을 뺏은 뒤 피가 쏟아지는 손등을 손수건으로 감쌌다. 지욱이를 일으켜 세운 선생님은 한동안 우왕좌왕하다가 어쩔 줄 몰라 하는 아이들을 헤치고 교실을 빠져나갔다. 지욱이의 책상 위에 피가 흥건하다. 그걸 보자 으스스 몸이 떨린다.

잠시 후 담임이 교실로 뛰어들었다. 담임은 아이들에게 자초지종을 캐물은 뒤 피범벅이 된 지욱이의 자리를 휴지로 한 번 닦아낸 뒤 걸레로 다시 닦았다. 지욱이의 책상은 마치 아무 일도 없었던 것처럼 말끔해졌다. 담임은 대걸레를 들고서 지욱이의 자리에서 교실 뒷문까지 뚝뚝 떨어진 핏방울을 마저 닦아 냈다.

"지욱이는 괜찮을 거야. 그러니까 다들 진정하고 조용히 자습하고 있어라."

뒷수습을 마친 담임은 아이들을 안심시킨 뒤 서둘러 교실을 빠져나갔다. 하얗게 질린 얼굴로 숨을 죽이고 있던 아이들이 그제야 웅성거리기 시작했다.

문득 다람쥐를 태워 죽이던 지욱이의 얼굴이 떠올랐다. 불길에 휩싸여 몸부림치는 다람쥐를 내려다보며 슬퍼 보이는 얼굴로 이제 좋지? 내가 고맙지? 하고 되뇌던 녀석의 목소리가 귓속에서 윙윙거린다.

어쩐지 나는 지욱이가 자신의 손등을 칼로 그은 이유를 짐작할 수 있을 것만 같았다.

*

아빠의 승용차가 강변도로에서 벗어나 할머니 댁 마당으로 들어서자 툇마루에 앉아 담배를 태우던 이장님이 기다리고 있었다는 듯이 우리 가족을 맞았다. 꼽추인 이장님은 두 팔이 유난히 길고 키가 초등학생보다도 작지만 강인한 인상을 풍긴다.

"먼 길 오느라고 고생했네. 내가 대충 수시는 해 놨으니까 어여 들어가 봐."

"고맙습니다."

아빠가 금방이라도 울음을 터뜨릴 것만 같은 엄마를 대신해서 말했다. 이장님은 아빠에게 어서 엄마를 데리고 집 안으로 들어가라는 눈짓을 했다. 안으로 따라 들어가려는 내 팔을 이장님이 붙들었다.

"건호 너는 나하고 여기 있자."

나는 툇마루에 걸터앉은 이장님 옆에 엉덩이를 부려 놓았다. 이장님은 먼산바라기를 하며 말없이 담배를 태웠다. 잠시 후 집 안에서 엄마의 울음소리가 터져 나왔다.

"아이고, 엄마…… 이렇게 가면…… 엄마아!"

엄마의 울음소리는 그칠 줄 몰랐다. 이제 다시는 할머니를 볼 수
없다고 생각하자 가슴이 먹먹하니 미어졌다. 내 의지와 상관없이
주르륵 눈물이 쏟아진다. 나는 손등으로 눈가를 훔쳤다. 이장님이
그런 내 등을 말없이 토닥여 주었다. 목 놓아 울던 엄마의 울음소
리는 어느새 흐느낌으로 바뀌었다.

이장님이 전화를 걸어서 할머니의 죽음을 알린 건 오늘 아침이
었다. 불편한 몸으로도 밭일을 거르는 법이 없던 할머니가 보이지
않아서 어디 편찮으신가 하고 들여다봤더니 이미 숨을 거둔 뒤였
다는 것이다.

"오빠, 고마워요."

한참 뒤 두 눈이 퉁퉁 부은 얼굴로 밖으로 나온 엄마가 이장님
에게 감사의 인사를 했다.

"우리가 무슨 남도 아니고, 별소릴 다 헌다. 그래도 편안하게 가
서서 다행이여. 꼭 주무시는 것 같더라니까. 그건 그렇고 장례식은
어떻게 할 건감?"

"엄마가 전부터 장례식은 꼭 집에서 치러 달라고 유언처럼 말씀
하시곤 했어요. 장례식장에서 장례를 치르면 마을 어른들이 찾아
오기 힘들다면서."

"하긴 것도 그려. 이제 우리 마을 어른들도 얼추 여든을 넘겨서

174

거동을 못 하는 분들도 한둘이 아니니까. 나만 해도 벌써 환갑이 네그려. 건 그렇고 그러믄 서둘러야겠구먼. 나는 마을 회관에 가서 이것저것 챙겨서 실어 가지고 올 테니까 여기는 여기대로 준비를 하면 되겠구먼."

이장님은 마당 바깥에 세워 둔 경운기를 몰고 마을 회관으로 향했다. 그사이에 아빠는 사방에 연락을 취했다. 아빠가 부고를 전하는 동안 엄마는 두 무릎을 끌어안고 얼굴을 파묻었다. 그런 엄마의 모습을 쳐다보고 있노라니 슬픔을 견디기 위한 안간힘이 고스란히 전해진다.

한 시간쯤 뒤 이장님은 경운기 짐칸에 마을 행사에 쓰는 천막이며 멍석 따위를 가득 싣고 나타났다. 이장님은 대형 천막을 번쩍 들어서 마당에 내려놓았다. 초등학생보다 작은 몸으로 자기보다 훨씬 큰 짐들을 부리는 손길에 거침이 없다. 하긴 척추 장애가 있어서 그렇지 이장님은 인근에서 알아주는 일꾼이다.

생전에 할머니는 이장님 칭찬을 자주 했다. 할머니 얘기에 따르면 이장님은 벼농사 사만 평을 비롯해서 밭농사 오천 평에 복숭아 농사 삼천 평까지 짓는 중농이라고 했다. 나로서는 그게 얼마나 큰 규모인지 짐작조차 불가능했지만 엄마는 봉숭아 농사 삼천 평만 해도 어지간한 사람은 뼈마디가 녹아난다고 했다. 그런데 이장님은 거기서 그치지 않고 트랙터로 마을의 논밭이란 논밭은 다 갈아 주고 정미소까지 운영한다. 할머니는 그런 이장이 없었다면 이

마을 농사는 진작 끝장이 났을 거라고 했다. 이장이 아니고서는 논밭을 갈아 줄 사람이 아무도 없다는 것이다. 하긴 이 마을에서 지팡이나 유모차에 의지하지 않고서 돌아다닐 수 있는 노인은 손가락으로 꼽을 정도고, 오십여 가구가 모여 사는 마을에 환갑을 넘긴 이장님이 막내라니 할머니의 말도 과장은 아니다.

경운기 짐칸에 산더미같이 실렸던 짐들을 다 부려 놓은 이장님은 몇 동의 대형 천막을 순식간에 설치하더니 멍석 까는 것까지 끝내 버렸다. 아빠와 내가 돕고 자시고 할 것도 없었다. 나는 이장님이 일하는 모습을 홀린 듯 바라보았다. 꼭 마법을 보는 것만 같았다. 나는 언제고 「세상에 이런 일이」라는 텔레비전 프로그램에 제보해야겠다고 생각했다. 한번은 그 프로그램에 양팔이 없어서 두 발로 기타 연주를 하며 아이들 셋을 키우는 기타리스트가 나온 적이 있는데 이장님이 일하는 모습은 그에 못지않게 경이로웠다.

이장님이 멍석 위에 밥상을 펴 놓는 동안 마을 할머니들이 한 분 두 분 꾸러미를 들고 모여들기 시작했다. 할머니들은 누가 부탁하지도 않았는데 가져온 음식 재료들을 다듬고 아궁이에 불을 지펴서 요리를 하기 시작했다. 엄마가 만류해도 할머니들은 막무가내였다.

"여그는 우덜한티 맽기고 너는 너 볼일 봐라, 잉?"

할머니들은 부엌 밖으로 내쫓다시피 엄마의 등을 떠민 뒤 밥을 짓고, 국을 끓이고, 고기를 삶고, 나물과 전을 무치고 지져 내기 시작했다. 이내 집 안 가득 맛있는 냄새가 퍼져 나갔다. 할머니들이 음식을 만드는 동안 이장님은 다시 마을 회관에 가서 이번엔 그릇부터 시작해서 양초며 향까지 장례식에 필요한 소소한 물건들을 싣고 왔다. 모두가 팔을 걷어붙이고 나서서 도와준 덕분에 장례 준비는 일사천리로 착착 진행되었다.

오후에 접어들면서 명절 때나 돼야 만날 수 있는 친척들이 속속 도착했다. 어른들 틈에 꿔다 놓은 보릿자루처럼 섞여 있던 나는 사촌들과 함께 건넌방으로 갔다. 딱히 할 일도 없는 우리는 쪼르르 엎드려서 스마트폰으로 게임을 했다.

"야, 근데 승철이 형은 왜 안 왔어?"

나는 게임을 하다 말고 이제 갓 중학생이 된 외삼촌의 아들 민철이에게 물었다.

"우리 형? 고 3이잖아."

민철이는 액정 화면에서 눈길도 떼지 않고 건성으로 대답했다. 쩝, 할 말이 없다. 고 3이 있는 집은 제사는 물론이고 휴가도 없다. 수능 시험이 끝날 때까지 온 가족이 감옥살이를 해야만 한다. 외삼촌 부부도 애들 교육 문제라면 꽤나 극성이다. 아무리 그래도 할머니 장례식에 빠지다니 너무하다.

나는 스마트폰을 내려놓고서 벌러덩 천장을 보고 드러누웠다. 오늘따라 게임이 재미가 없다. 자꾸만 할머니의 얼굴이 눈앞에 어른거린다. 사촌들 가운데 할머니와 제일 친했던 건 나다. 명절에나 내려오는 사촌들과 달리 나는 아빠와 함께 무시로 내려왔었으니까. 할머니가 돌아가셨다는 게 도무지 실감이 나지 않는다. 사촌들과 한방에 누워 있으니 꼭 명절을 맞은 것만 같다. 지금이라도 방문을 열고 나가면 할머니가

"아이고, 내 새끼. 뭐 먹구 자픈 거 없냐?"

할 것만 같다.

나는 어쩐지 콧잔등이 자꾸만 시큰거려서 슬그머니 방 밖으로 나왔다. 그러고는 마루를 가로질러 방문이 활짝 열려 있는 안방으로 향했다. 한쪽 벽에 병풍이 둘러쳐졌고 병풍 앞으로 할머니의 영정이 놓여 있다. 상복으로 갈아입은 엄마가 그 앞에 앉았다. 가만히 보니 엄마의 어깨가 가늘게 떨린다. 외삼촌은 침통한 표정으로 벽에 등을 기대고 앉아서 눈을 감고 있다. 나는 그만 돌아서서 마루에서 내려와 신발을 꿰신었다. 집 밖으로 나와 대문 가에 걸린 조등을 보자 비로소 할머니가 돌아가셨다는 게 조금씩 실감 나기 시작했다.

*

기지개를 켜며 시계를 보니 아침 9시다. 방안을 둘러보니 사촌들은 대부분 꿈나라에서 헤매고 있다. 나보다 먼저 일어난 민철이는 스마트폰에 푹 빠져 있다. 방문을 열고 마루로 나서니 외가 친

척들이 안방에 빙 둘러앉아서 두런두런 뭔가를 의논 중이다. 중요한 얘기가 오가는지 다들 표정이 진지하다. 눈치를 보아하니 할머니를 선산에 모실지 화장을 할지 의논하는 것 같다. 엄마도 그 속에 앉아 있는데 얼굴이 수척하고 두 눈이 빨갛게 충혈된 모습이 밤을 꼬박 지새운 모양이다.

간밤에 손님맞이로 부산했던 마당엔 아빠 혼자 먼산바라기를 하며 담배를 태우고 있었다. 내가 다가가자 아빠는

"잘 잤니?"

하고 물었다.

나는 아빠에게 고개를 끄덕여 보인 뒤 딱히 할 일도 없어서 산책을 하기로 마음먹었다. 집을 벗어나서 강둑길을 걷는데 가까운 밭에서 요란한 기계음이 들려온다. 우의를 걸친 이장님이 농약 살포기를 운전하고 있다. 부우웅, 하는 굉음과 함께 뿜어진 농약이 그 일대를 안개처럼 뒤덮는다. 강력한 프로펠러가 살포기 뒤쪽으로만 농약을 분사한다고 하지만 이장님이 걸친 우의는 이미 농약에 젖어서 번들거린다. 그 모습을 지켜보고 있자니 내 몸으로도 농약이 막 스며드는 기분이다. 저러다가 이장님이 병으로 쓰러질 것만 같다.

아빠는 도시 사람들 때문에 농민들이 농약을 칠 수밖에 없다고 했다. 언젠가 배춧값이 폭락했을 때 남양주에서 유기농으로 배추 농사를 크게 짓는 아빠 친구네에 다녀온 적이 있었다. 인건비도 안

나온다며 배추를 뽑아 가라고 연락이 와서 아빠와 함께 농장으로 향했던 것이다. 농장에 갔더니 우리 말고도 벌써 여러 가족이 배추를 뽑고 있었다. 그런데 배추벌레가 나오자 그 사람들이 질겁하면서 그대로 줄행랑을 놓는 게 아닌가. 배추에 벌레가 있는 게 뭐가 이상한 일이라고, 우습기 짝이 없었다.

화학비료만 해도 그렇다. 화학비료가 발암물질이라고 입이 아프도록 얘기를 해 줘도 사람들은 귓등으로도 듣지 않는다. 그건 우리 친척들도 마찬가지다.

작년에 가을장마 때문에 제대로 크지 못하고 비행접시처럼 되어 버린 배추를 아빠와 함께 친척들에게 들고 간 적이 있었다. 그런데 다들 이걸 농사라고 지었느냐면서 팩팩거렸다. 친척들은 보기에 좋은 떡이 먹기도 좋다는 소리를 하면서 아빠가 나눠 준 배추를 허섭스레기 취급했다. 아빠와 함께 힘들게 배추 농사를 지었던 나는 그런 친척들에게 말할 수 없이 화가 났다. 농약이나 화학비료 없이 농사를 짓는 게 얼마나 힘든지, 그리고 그렇게 얻은 농작물이 얼마나 맛있고 건강에 좋은지 친척들은 전혀 들으려고 하지 않았다. 덮어놓고 모양과 크기만 따지면서 무시하니 꼭 내가 모욕을 당한 기분이었다.

아빠도 화가 났던지, 가치를 모르는 사람은 먹을 자격이 없다면서 그 뒤로 친척들에게 일절 작물을 나눠 주지 않았다. 아마 아빠가 안 그랬으면 나는 두고두고 분했을 것이다.

나는 이장님이 농약을 치는 자리에서 서둘러 벗어났다. 그러고
는 곧 백사장으로 내려가서 걷기 시작했다. 섬강의 백사장은 언제
걸어도 기분이 좋다. 강가에는 고둥이 지천으로 널려 있다. 할머니
는 내가 내려올 때마다 고둥을 일일이 까서 무침을 만들고 강된장
을 끓여 주시고는 했다. 이제 다시는 할머니가 만들어 주는 음식을
먹을 수 없다고 생각하니 가슴이 아렸다.

그때 강 저쪽에서 경운기 모는 소리가 들려왔다. 고개를 돌리니
병민이가 경운기 짐칸에 가족을 태우고 거룻배를 향해 다가가고
있었다. 녀석은 몸이 불편한 부모님을 차례차례 부축해서 거룻배
에 태웠다. 어린 여동생이 깡충 뛰어서 배에 오르자 병민이는 배를
물에 띄웠다. 그러고는 뱃머리에 묶인 밧줄을 어깨에 걸친 뒤 한
팔로 헤엄을 쳐서 배를 강 가운데로 끌고 갔다. 보면 볼수록 감탄
스러운 솜씨다.

문득 어젯밤에 가족을 이끌고 문상을 왔던 병민이의 모습이 떠
올랐다. 녀석은 부모님을 부축해서 마당에 자리를 잡아 드린 뒤 성
큼성큼 마루에 올랐다. 그리고 주머니에서 봉투를 꺼내서 조의금
함에 집어넣었다. 할머니의 영정 앞에 선 녀석은 향불을 피운 뒤
재배를 올리고 집안 어른들과 맞절을 했다. 나는 그 모든 광경을
홀린 듯이 바라보았다. 체격은 나하고 비슷하지만 병민이는 꼭 아
이의 모습을 한 어른 같았다. 이장님은 문상을 마치고 나오는 병민
이를 불러서 나와 인사를 시켰다.

"서로 인사혀라. 동갑내기니까 친구 먹으면 될 거여."

이장님이 억지로 등을 떠미는 바람에 나는 마지못해 손을 내밀었다. 그러나 병민이는 내 위아래를 쓰윽 훑어본 뒤

"난 병민이라고 해, 하병민. 앞으로 종종 보자."

하며 내 손을 꾸욱 쥐었다. 손아귀 힘이 어찌나 세던지 하마터면 아야, 하고 비명을 지를 뻔했다. 녀석은 그런 내 꼴이 우스웠는지 입꼬리를 씨익 말아 올린 뒤 손을 놓으며 돌아섰는데, 그 모습이 한참 위의 형처럼 느껴져서 절로 주눅이 들었다.

거룻배를 끌고 강 복판에 다다른 병민이는 잠시 숨을 고르는가 싶더니 순식간에 물속으로 사라졌다. 한참 뒤에 물 밖으로 머리를 내민 녀석은 조개 한 무더기를 배 위에 쏟아 놓았다. 그러고는 또다시 물속으로 사라졌다.

나는 바위에 걸터앉아서 그 광경을 넋 빼고 바라보았다. 녀석의 수영 실력도 놀랍지만 고작 중학교 2학년짜리가 가족을 거뜬히 부양해 낸다니 그저 존경스러울 따름이다. 서너 차례 물질을 하던 녀석은 나를 발견하고는 손을 흔들어 보였다. 그러더니 그물망 하나를 어깨에 둘러메고는 빠른 속도로 헤엄을 쳐서 강을 건너왔다. 백사장으로 올라온 병민이는 내 발밑에 조개가 가득 담긴 그물망을 툭 던지더니

"어른들 갖다 드려라. 그럼 또 보자."

하고 획 돌아서서 강물 속으로 다이빙을 했다.

나는 녀석이 선심 쓰듯 던져 놓은 조개를 집으로 가져간다는 게 썩 내키지 않았다. 왠지 모르게 자존심이 상하면서 나 자신이 초라하게 느껴진다. 영락없이 철부지 아이가 된 기분이다.

나는 조개가 가득 담긴 그물망을 집어 들고 백사장을 가로질렀다. 강둑 위로 올라온 나는 뒤를 돌아다보았다. 병민이는 여전히 물속으로 들락거리면서 조개를 잡고 있다. 녀석의 여동생은 오빠가 잡아 올린 조개를 부지런히 그물망에 담는다.

그 순간, 나는 입때껏 아이로 키워졌고 병민이는 스스로 어른으로 살아왔다는 생각이 들었다. 어쩌면 나는 아이가 아닌데도 아이 대접을 받아 온 것은 아닐까. 언젠가 아빠는 중학생 정도 됐으면 국영수가 아닌 의식주를 고민해야 한다며 절대로 청소년을 보호 대상으로만 여겨서는 안 된다는 말도 안 되는 주장을 했었다. 그때 나는 돈이 없으니까 엉뚱한 궤변으로 땜빵을 하는 거라고 생각하면서 속으로 아빠를 비웃었다. 그러나 물질을 하는 병민이를 보고 있자니 뭔가로 뒤통수를 얻어맞은 느낌이 들었다.

문득 학교 과제로 읽은 『연금술사』의 한 대목이 떠올랐다. 내용은 제대로 기억나지 않지만 어른의 걱정과 기우가 아이에게 넘어서는 안 될 한계를 정해 준다는 구절이 유독 생각났다. 나는 물질을 하는 병민이를 보며 아이가 넘어서는 안 될 한계 따위는 애초부터 없을지도 모른다는 생각을 했다.

*

　일주일 전, 방학식을 하면서 담임이 텃밭 동아리 일정표를 나눠
줬지만 텃밭에 나온 아이들은 절반이 채 되지 않는다. 장마가 끝나
기 무섭게 연일 불볕더위가 기승을 부리면서 대부분 피서를 떠났
기 때문이다. 그래도 이만큼 참석을 했으니 준수한 편이다.

　아이들은 학교 건물이 드리운 그늘 밑에 삼삼오오 둘러앉아서
담임을 기다리며 수다를 떨었다. 화제는 피서 이야기가 대부분이
었다. 이야기를 들어보니 대부분 다음 주쯤 피서 계획이 잡혀 있다
고 했다. 재잘거리는 아이들 옆에서 입을 다물고 있는 애들은 피서
를 갈 형편이 안 되는 눈치다. 정태와 대풍이도 말이 없다. 그래도
내심 부러운지 아이들의 수다에 귀를 쫑긋거린다.

　하긴 우리 집도 올해는 할머니의 장례식이 끝난 지 얼마 되지
않아서 피서 계획이 없다. 나 역시도 피서를 가자고 조를 생각 따
윈 눈곱만큼도 없다. 아침저녁으로 눈물을 글썽이는 엄마에게 피
서 얘기를 꺼낸다면 그건 정말 사람도 아니다. 그래도 엄마는 내가
안쓰러웠는지 용돈을 주면서 친구들과 수영장에라도 다녀오라고
했다. 그럴 땐 엄마가 참 고맙다.

　"민석아, 넌 피서 안 가나?"

　나는 대풍이 옆에서 애들 얘기에 귀를 기울이고 있는 민석이에
게 물었다.

"원래는 이번 주에 가기로 했는데 내가 싫다고 했어."

"왜?"

"오늘 텃밭 동아리에 참석하려고. 아빠가 예약을 다 해 놔서 안 된다고 했는데 나 빼고 가라고 했더니 다음 주로 미뤘어."

민석이는 수줍게 미소를 지으며 대답했다.

"헐, 그건 아니다. 야, 텃밭에서 일하는 거보다 피서 가서 신 나게 노는 게 백배 낫지. 맛있는 것도 실컷 먹고."

대풍이가 황당하다는 표정으로 끼어들었다.

"다른 때 같으면 그랬을 텐데 오늘은 쌈 채소 씨 뿌리고 배추 모종 내는 날이잖아. 나 씨앗 뿌리는 거 정말 해 보고 싶었거든."

민석이는 두 눈을 빛내 가며 진지한 표정으로 말했다. 대풍이는 졌다는 표정으로 어깨를 으쓱해 보였다. 역시 민석이답다. 녀석의 텃밭 동아리에 대한 애정은 타의 추종을 불허한다. 녀석은 그동안 쉬는 시간이고 점심시간이고 틈만 나면 텃밭으로 달려갔다. 학교가 끝나도 한 시간 남짓 텃밭에 머물면서 작물들을 돌본다. 텃밭 동아리 애들이라면 이제 누가 시키지 않아도 등하교 때마다 텃밭을 둘러보는 게 일과가 되었지만, 민석이는 차원이 다르다. 녀석은 주말에도 텃밭에 나와서 작물들을 돌볼 정도이다.

"그런데 너희 내일 시간 있나?"

나는 갑자기 생각났다는 듯 물었다. 녀석들은 별일 없다는 표정이다.

"우리 엄마가 친구들이랑 수영장 가라고 했거든. 우리 집은 할머니 돌아가셔서 이번에 피서 못 가잖아. 먹을 것도 싸 준다고 했는데 어때, 갈래? 갈 사람 여기 붙어."

나는 애들을 향해 엄지손가락을 내밀었다. 대풍이를 선두로 해서 정태와 민석이까지 대여섯의 손이 붙었다. 막 손을 풀려고 하는데 근처에 앉아 있던 숙인이가 대뜸

"이런 데 내가 빠지면 섭섭하지."
하고 끼어들었다.

우리들은 어리둥절한 표정으로 서로 얼굴을 쳐다보았다. 아무리 붙임성이 좋고 오지랖이 넓은 숙인이라지만 남자들끼리 수영장에 가는데 따라붙겠다니, 더군다나 대풍이까지 낀 자리에 같이 가겠다니 도대체 무슨 속셈인지 알 수가 없다.

"뭐지, 이 표정들은? 너희들이 뭘 몰라서 그러는데 남자들끼리 수영장 가는 건 쪽팔린 거야. 나같이 예쁜 애가 함께 가 봐라, 분위기 확 살지. 좌우지간 시간하고 장소, 문자 찍어라."

숙인이는 내가 뭐라고 대꾸할 새도 없이 제 할 말만 쏟아 놓고서 여자애들 쪽으로 휭하니 자리를 옮겨 갔다.

그때 담임의 승용차가 텃밭 쪽으로 미끄러져 들어왔다. 우리들은 약속이라도 한 듯이 승용차를 향해 우르르 몰려갔다. 담임은 트렁크를 열고 오십 구짜리 모종판을 비롯해서 상토(작물에 양분을 공급하려고 인공적으로 배합하여 만든 흙)와 한랭사(작물을 보호하기 위해 씌우

는 직조물) 등을 바닥에 부려 놓았다. 그것들을 텃밭으로 옮긴 뒤 아이들이 나를 중심으로 빙 둘러섰다. 담임도 아이들 틈에 끼어서 내가 입을 열기만 기다렸다. 모종 작업을 진두지휘해야 한다는 책임감에 어깨가 무거우면서도 왠지 우쭐한 기분이 든다. 모종을 내는 작업은 아빠와 함께 숱하게 해 봤기 때문에 어려울 게 하나도 없다. 나는 아빠에게 귀에 딱지가 앉도록 들어 온 얘기를 머릿속에 떠올리며 입을 열었다.

"배추 모종 내는 건 특별히 어려울 게 없어. 한 번만 해 보면 누구나 할 수 있거든. 그 전에 모종을 직접 내는 게 왜 중요한지 알아 두는 게 좋은데…… 종묘사에서 파는 모종을 사다가 심으면 간단하지만 이렇게 직접 모종을 내는 이유는 어, 우선 돈을 아낄 수 있기 때문이야. 두 번째는 시중에서 파는 모종은 농약이나 성장 촉진제 같은 걸 써서 키우기 때문에 그다지 좋은 모종이 아니야. 이렇게 우리 손으로 직접 키우면 안심할 수가 있잖아. 그리고 세 번째, 이게 가장 중요한데 음, 그러니까…… 직접 모종을 내면 마음가짐이 달라져. 애정도 더 많이 생기고 훨씬 소중하게 느껴지거든."

말을 마친 나는 주변을 에워싼 아이들의 얼굴을 휘둘러보았다. 멋지게 연설을 하고 싶었는데 막상 앞에 서자 은근히 긴장이 되면서 애초 준비했던 것의 반도 설명을 하지 못했다. 생각은 엉키고 귀에 딱지가 앉도록 들었던 아빠의 얘기도 뭉텅뭉텅 잘려 나가서 잘 떠오르지 않았다. 그나마 담임을 비롯해서 아이들 모두 모종을 내는 일에 있어서는 백지나 다름없다는 게 다행이라면 다행이었다. 아니나 다를까, 내가 버벅거린 줄도 모르고 다들 눈을 빛내 가며 감탄한다. 나는 행여 버벅거린 것을 들킬세라 바로 실전으로 들어갔다.

상토를 바닥에 쏟은 뒤 가운데를 움푹하게 파서 물을 붓고 반죽을 하기 시작하자 담임과 민석이를 비롯해서 몇 명이 달려들어 거들었다. 흙을 쥐었을 때 뭉칠 정도의 농도로 반죽을 한 뒤 모종판에 상토를 담는 작업에 돌입하자 아이들은 서로 해 보겠다며 가볍게 실랑이를 벌였다.

"자, 이제 씨앗을 넣어야 하는데 그러려면 가운데에 구멍을 내 줘야 돼. 이렇게 나무젓가락으로 살짝살짝 누르는 거야. 배추 씨앗이 작으니까 구멍이 깊으면 안 돼. 모든 씨앗은 씨앗 크기의 세 배 깊이로 묻어야 하거든."

내가 설명과 함께 시범을 보이자 모두들 모종판을 둘러싸고 앉아서 작업에 몰입했다. 구멍을 내고 씨앗을 넣는 모습이 다들 진지해서 숨소리도 들리지 않을 정도였다. 배추 모종 삼백 개만 내면 되는데 일손이 차고 넘치다 보니 파종 작업은 순식간에 끝났다. 파종을 끝낸 모종판을 김장밭에 일렬로 늘어놓은 뒤 가로로 활대를 꽂고 그 위에 터널 모양으로 한랭사를 씌워 주는 것으로 모종 내는 작업이 끝났다.

나는 아이들을 다시 한자리에 불러 모은 뒤 아빠가 챙겨 준 의성 배추 씨앗을 꺼내 들었다.

"이건 의성 배추라고 토종 배추인데 정말 귀한 거래. 왜냐하면 종묘사에서 사다 쓰는 씨앗들은 대부분 외국에서 수입해 온 거라서 불임 씨앗이거든. 원래는 농부들이 씨앗을 받아서 이듬해에 농사를 지을 수 있어야 하는데, 그럼 자기들이 씨앗을 더는 팔아먹을 수가 없잖아. 그래서 외국 씨앗들은 그게 불가능하도록 유전자를 조작해서 장난질을 했대. 그런데 이 토종 씨앗들은 계속 씨앗을 받아서 농사를 지을 수가 있어. 그래서 토종 씨앗이 귀한 거야."

자꾸 설명을 하다 보니 긴장이 풀리면서 생각한 대로 말이 술술 나온다. 내가 설명을 마치자 숙인이가 신기하다는 얼굴로

"건호야, 그런데 넌 어떻게 그렇게 잘 알아? 꼭 농사 박사 같아."

하고 질문을 해 왔다.

질문이 꼭 칭찬 같아서 어깨가 절로 으쓱해진다. 용돈을 벌기 위해 온갖 치사함을 무릅써 가며 아빠 밑에서 고생해 온 게 비로소 진가를 발휘하는 것 같아서 붕 뜰 정도로 기분이 좋다. 마지못해 배운 농사 때문에 친구들에게 인정을 받다니, 사람은 정말 오래 살고 볼 일이다.

"내가 누구냐? 명색이 텃밭 동아리 회장이잖아. 회장쯤 되면 이런 건 그냥 기본이지."

나는 우쭐거리는 기분으로 대답한 뒤 아이들을 방학 전에 만들어 둔 김장밭으로 이끌었다.

"자, 지금부터는 의성 배추 씨앗을 직파할 거야."

나는 일부러 전문용어를 썼다. 폼을 좀 잡고 싶을 때는 전문용어가 꽤 쓸모 있다. 의사들도 똑같다. 그냥 배탈이 났다고 하면 될 걸 어려운 의학 용어를 써 가며 사람 기를 죽인다. 과연 내 예상대로 애들은 어리바리한 표정으로 눈을 쌈박쌈박했다.

"직파? 그게 뭔데?"

"밭에 씨앗을 직접 파종하는 거야. 직파에는 세 가지 방식이 있는데 흩뿌림, 줄뿌림, 점뿌림이야. 흩뿌림은 그냥 막 뿌리는 거고, 줄뿌림은 얕게 골을 파서 그 자리에 씨앗을 뿌리는 거야. 점뿌림은 일정한 간격으로 구멍을 내서 씨앗을 두세 개씩 넣어 주는 거고."

설명을 한 뒤 아이들의 얼굴을 살피니 그야말로 존경심이 절로 우러나오는 표정이다. 전문용어를 대방출했더니 효과 만점이다. 나는 으하하 하고 너털웃음을 터뜨리고 싶은 걸 꾹 참고서 가볍게 미소를 지었다.

"그럼 시작하자. 아까처럼 씨앗 크기의 세 배 깊이로 묻으면 돼. 그런데 배추는 삼십에서 사십 센티 간격으로 점뿌림을 해 줘야 되거든. 가급적이면 사십 센티에 맞추는 게 좋아. 이건 꼭 지켜야 해. 안 그러면 너무 비좁아서 배추가 크지를 못하니까. 간격을 잘 모르겠으면 호미 길이가 삼십 센티니까 이만큼 더하면 딱 사십 센티야."

아이들은 고개를 주억거린 뒤 간격에 맞춰서 파종을 시작했다.

녀석들은 사뭇 진지한 얼굴로 호미를 사용해서 일일이 간격을 재가며 작업을 진행해 나갔다. 나는 행여 파종 간격을 지키지 않는 아이가 있을까 봐 매서운 눈으로 감독했다. 그러나 모두들 신중한 태도로 간격을 유지했다.

상추와 치커리와 청경채 같은 잎채소를 줄뿌림하는 것까지 일사천리로 끝낸 아이들은 밭 앞에 일렬로 늘어서서 뿌듯한 표정으로 미소를 지었다. 그러다 문득 누군가

"야, 우리 여기 아무도 못 밟게 줄 칠까?"

하고 꽤 그럴싸한 제안을 했다.

다들 그 자리에서 찬성했다. 아이들은 창고로 달려가서 고추 지지대와 노끈을 가져오더니 파종을 해 놓은 밭 네 귀퉁이에 지지대를 박은 뒤 삼단으로 줄을 띄웠다. 담임은 뒤쪽에 말없이 서서 흐뭇한 표정으로 아이들을 지켜보았다.

"됐어, 이제 완벽해."

"잘 자라겠지?"

"당근이지. 씨앗들도 우리가 고생한 거 알지 않겠어?"

"어떤 새끼든지 이 근처에 공 갖고 얼씬거리기만 하면 죽음이야."

아이들은 한껏 기대감에 부푼 얼굴로 저마다 한마디씩 했다. 담임은 그런 아이들을 그늘 밑으로 불러 모은 뒤 방학 동안에 아침마다 학교에 나와서 모종판에 물을 줄 당번을 모둠별로 정했다. 서

로 앞다퉈 자원하는 바람에 당번은 순식간에 정해졌다.

"건호야, 내일 장소하고 시간, 문자 찍는 거 잊지 마."

숙인이는 다시 한 번 다짐을 준 뒤 아이들과 함께 학교를 빠져나갔다. 아이들이 뿔뿔이 흩어지고 나자 담임은

"오늘 고생 많았고, 고맙다."

하고 진심 어린 목소리로 말한 뒤 내 어깨를 다독여 주었다.

담임에게 인사를 하고 교문을 향해 걷는데 이루 말할 수 없이 기분이 좋았다. 뭐랄까, 내가 굉장히 소중한 사람으로 대접받고 있다는 느낌이 들었다. 이 기분을 유지할 수만 있다면 학교에 다니는 것도 썩 괜찮겠다는 생각이 든다.

*

말복을 며칠 앞두고 아빠는 몸보신을 하자며 송추 계곡으로 차를 몰았다.

말이 좋아 몸보신이지 눈치를 보아하니 일주일간 쉬지 않고 목수 일을 하느라 꽤나 지친 기색이다. 삼복더위에 막일을 하고 다니더니 살이 홀쭉하니 빠지고 광대뼈가 두드러져 보이면서 피부까지 시커멓게 탔다. 그 모습이 꼭 외국인 노동자 같다.

그러나 아빠가 가엾다는 생각은 들지 않았다. 비록 학원에서 잘렸다고는 하지만 그건 아빠가 자초한 일이다. 모르긴 몰라도 아빠

가 실력이 없어서 잘리진 않았을 것이다. 잘나가던 학원 강사의 실력이 어디 갔겠는가. 아빠가 학원에서 잘린 진짜 이유는 마음이 떠났기 때문일 것이다. 예전에 아빠는 수업 준비도 열심히 하고 새로운 교재를 끊임없이 만들어 냈었다. 그러나 어느 순간부터는 교재를 만들기는커녕 수업 준비도 하지 않았다. 짐작건대 수업도 대충대충 했을 것이다. 지금이라도 아빠가 마음만 고쳐먹는다면 학원계에서 괜찮게 대접받을 수 있을 것 같은데, 그럴 가능성은 제로에 가깝다.

언젠가 빠듯한 살림을 꾸려 나가기에 지친 엄마가 아빠에게 공부방을 차려 보는 게 어떻겠냐고 넌지시 운을 뗀 적이 있다. 그러자 아빠는 학원은 진작 사양산업의 길로 접어들었다고 장담하면서 더 이상 말도 꺼내지 못하게 했다.

가까운 미래에 학원이 없어진다는 아빠의 주장은 이십 년 뒤에 3차 세계 대전이 일어날 거라는 소리만큼 황당하게 들렸다. 참으로 아빠다운 공상이 아닐 수 없다. 아빠의 주장에 따르면 미래의 중·고등학교는 우리가 사는 데 필요한 실제적인 것들을 가르칠 것이므로 학원은 존재할 수가 없다는 것이다. 학교에서도 영어 수업이 없어질 것이라는 예측에 이르면 이건 뭐지, 하는 생각이 절로 든다. 아빠의 논리대로면 몇 년 안에 전 세계 언어를 번역해 주는 손목시계 크기의 통역기가 상용화되어 영어 수업 따위는 필요가 없어진다는 것이다.

우리야 가족이니까 무슨 소리를 하든 상관없지만 집 밖에서 그런 흰소리를 늘어놓는다면 정신병자 취급받기 딱 좋다. 그런 얼토당토않은 주장을 할 시간에 차라리 엄마 말대로 공부방이라도 차리면 좋겠는데 진도를 빼도 너무 뺀다.

어쨌거나 몸보신을 한다니 나로서는 쌍수를 들고 환영할 일이다. 엄마도 별다른 말 없이 가볍게 짐을 챙겨서 차에 올랐다. 출발한 지 삼십 분 만에 아빠는 송추 계곡 주차장에 주차를 했다. 아점을 먹은 지 얼마 되지 않은 터라 우리 가족은 우선 돗자리 펴기 좋은 계곡으로 향했다.

피서 철을 맞은 계곡은 평일인데도 나들이를 나온 사람들로 제법 북적였다. 계곡을 따라 어느 정도 산을 오르자 맞춤한 너럭바위가 나타났다. 나뭇가지가 드리워져 있어서 돗자리를 펴기에 안성맞춤이다. 아빠와 나는 일단 웃통을 벗고 물속으로 풍덩 뛰어들었다. 계곡물은 뼈가 시릴 정도로 차가웠다. 나는 잠시 진저리를 쳤지만 이내 첨벙거리며 헤엄을 치기 시작했다. 아빠는 튜브를 띄워놓고 그 위에 누워서 콧노래를 흥얼거렸다. 장난기가 발동한 나는 살금살금 다가가서 튜브를 뒤집었다. 속수무책으로 물을 먹은 아빠는 짐짓 화난 표정을 지으며 두 팔로 내 목을 감싸 쥐고서 밭다리를 걸어 왔다. 나는 잽싸게 공격을 피했다.

"어쭈, 제법 버티는데. 가만, 건호야, 너 똑바로 서 봐."

아빠는 내 목에 둘렀던 팔을 풀면서 어리둥절한 표정을 지었다.

내가 아빠 앞에 똑바로 서자 아빠는 손바닥으로 아빠와 내 머리 높이를 쟀다.

"이제 보니까 나보다 크네. 키가 언제 이렇게 컸대?"

아빠는 두 눈을 동그랗게 뜨고서 감탄하듯 말했다. 아빠라는 사람이 이렇다. 내가 아빠의 키를 따라잡은 지는 벌써 반년도 넘었다. 그걸 이제야 눈치채다니 어지간히 둔하다. 아빠는 엄마를 쳐다보며 내가 언제 이렇게 컸느냐고 마임식으로 물었다. 엄마는 대답 대신 빙그레 미소만 지었다. 나는 그런 아빠의 가슴팍을 냅다 떠밀었다. 아빠는 풍덩 물속에 잠겼다가 떠오르며 나를 붙잡으려고 했지만, 나는 여유 있게 따돌렸다. 그러고는 잡히면 죽는다고 엄포를 놓는 아빠에게 혀를 날름 내밀었다.

아빠와 이렇게 놀아 본 지가 언제인지 기억도 나지 않는다. 아빠는 내가 놀아 달라는 소리만 하면 아빠가 왜 애하고 놀아야 하느냐고, 애들은 애들끼리 놀고 아빠들은 아빠들끼리 노는 거라면서 들은 척도 하지 않았다. 그때마다 나는 내심 섭섭했었다. 나도 아빠보다 애들하고 노는 게 더 좋지만, 학원에 다니지 않으니 함께 놀 애들이 없다. 그래서 놀아 달라고 한 건데도 번번이 퇴짜를 놓으니 내가 얼마나 머쓱했겠는가.

나는 물 위로 머리만 내밀고 있는 아빠에게 다가가서 물을 튀겼다. 벌떡 일어난 아빠도 두 손으로 내게 물세례를 퍼부었다. 나는 아빠의 공격을 피해 등을 보이고 돌아서서 열심히 물을 튀겨 댔다.

그때 갑자기 아빠가 뒤에서 내 몸을 번쩍 들어 올리더니 물속으로 패대기쳤다. 잔뜩 물을 먹은 나는 아빠에게 달려들었다. 아빠는 그런 나를 어렵지 않게 되치기로 넘어뜨렸다. 아빠는 허우적거리는 내 몰골을 보고는 웃음보를 터뜨렸다. 약이 바짝 오른다. 그런데 아직까지 힘으로는 아빠를 당할 수가 없다. 결국 기습 공격밖에 방법이 없는데 아빠가 내 정면에 떡하니 버티고 있으니 도무지 틈이 보이지 않는다.

"그만 나와, 밥 먹으러 가게."

엄마가 우리를 밖으로 불러냈다. 아빠는 어, 알았어, 하고 대꾸하며 물 밖으로 걸어 나갔다. 기회는 이때다. 나는 재빠르게 다가가서 있는 힘껏 아빠를 떠밀었다. 그런데 내 손이 아빠의 등에 채 닿기도 전에 아빠는 옆으로 홱 몸을 피했다. 그 바람에 나는 중심을 잃고 그대로 물속에 곤두박질치고 말았다. 아빠는 박장대소를 하며 혀를 날름거린다. 나는 분한 마음에 물을 주먹으로 두어 번 내리쳤다.

"아빠라는 사람이 못 이기는 척 좀 져 주지."

엄마가 아빠를 향해 가볍게 눈을 흘기며 지청구를 했다.

"그러면 안 되지. 게임은 냉정한 거야."

아빠는 능청을 떨며 씩씩대는 내게 윙크를 날렸다. 으, 정말 얄밉다.

우리는 돗자리를 그대로 펼쳐 둔 채 십여 개의 평상을 늘어놓은 닭백숙 집으로 향했다. 백숙이 나오기를 기다리는데 배 속에서 꼬르륵 소리가 났다. 이윽고 요리가 나오자 엄마는 큼직한 닭 다리를 뜯어내서 내 접시에 내려놓았다. 나는 정신없이 닭 다리를 뜯었다. 시장이 반찬이라더니 닭고기가 입 안에서 살살 녹는다. 아빠 때문에 부글부글 끓던 마음도 봄눈 녹듯 사라졌다.

"근데 여보, 나 할 말이 있는데……."

닭죽이 나왔을 때 엄마가 꽤 진지한 얼굴로 말꼬리를 흐렸다.

"갑자기 생각한 건 아니고, 엄마 돌아가시고 나서 줄곧 생각한 건데 말이야, 전에 당신이 얘기한 대로 우리 시골에 내려가서 살면 어떨까?"

이 무슨 청천벽력 같은 소리란 말인가. 나는 깜짝 놀란 눈으로 엄마의 얼굴을 뚫어져라 쳐다보았다. 엄마는 사뭇 진지한 눈빛으로 아빠의 얼굴을 깊이 들여다보았다. 꼭 자다가 벼락을 맞은 기분이다. 보나 마나 아빠는 대환영할 것이다. 오매불망 시골로 내려가 사는 것을 꿈꿔 온 아빠가 아니던가. 그런데 웬일인지 아빠는 무언가 골똘히 생각하는 표정으로 말을 아꼈다.

"마음이 왜 바뀐 건데?"

아빠는 대답을 미루고 엄마에게 되물었다.

"엄마 장례식 끝내고 올라올 때 문득 그런 생각이 들었어. 시골로 내려와서 사는 것도 괜찮겠다. 뭐, 이런저런 어려움이야 있겠지만 도시에서 아등거리며 사는 것보단 나을 수도 있잖아."

나는 고개를 떨궜다. 엄마에게 심한 배신감이 든다. 엄마가 이런 식으로 뒤통수를 치다니 상상도 못 했던 일이다. 나도 엄연히 가족의 구성원인데 내 의견은 안중에도 없이 귀농을 결정하다니 이건 도대체 무슨 경우란 말인가.

이제 아빠는 얼씨구나 하고 '콜'을 외칠 것이다. 친구들과 헤어져 후지기 짝이 없는 교실에서 촌티가 팍팍 나는 애들과 함께 앉아 있을 내 모습이 눈에 보이는 듯하다. 나는 자포자기의 심정이 되어 닭죽을 입 안에 욱여넣었다. 부드럽게 넘어가야 할 닭죽이 꼭 모래를 씹는 것 같다.

"건호 학교는 어떡하고?"

아빠는 복잡한 표정으로 엄마에게 질문했다. 엄마는 내 얼굴을 힐끗 보고 나서 이미 결심을 굳힌 듯 망설임 없이 대답했다.

"지 공부 지가 알아서 하겠지. 정 뭣하면 대안 학교 기숙사에 보내 버리고 우리끼리 속 편하게 살지, 뭐. 어쩌면 그게 나을지도 몰라. 쟤는 지 인생 살고 우린 우리 인생 살고."

갈수록 점입가경이다. 지난달엔가 아빠가 지나가는 말처럼 귀농 얘기를 또다시 꺼냈을 때는 내가 대학을 졸업하고 난 뒤에나 생각해 보자고 하더니 이 무슨 변덕이란 말인가. 귀농은 그렇다고 치더라도 난데없이 기숙사라니, 정말 해도 너무한다. 나는 부질없는 일인 줄 뻔히 알면서도 물에 빠진 사람 지푸라기 잡는 심정으로 아빠의 입을 뚫어져라 쳐다보았다.

"음······."

무슨 생각에서인지 아빠는 선뜻 대답을 못 하고 뜸을 들였다.

"나도 계속 고민해 왔던 문제이긴 한데······ 시간을 두고 천천히 생각해 보자."

뜻밖의 대답에 놀란 나는 두 눈을 크게 뜨고 아빠의 얼굴을 쳐다보았다. 이 무슨 구세주 같은 말씀이란 말인가. 예기치 못한 아빠의 대답에 엄마는 어리둥절한 표정을 지었다. 나도 어리둥절하긴 마찬가지다. 나는 아빠와 엄마를 번갈아 쳐다보았다. 그런데 아빠도 복잡해 보이지만 엄마의 표정은 더 복잡하고 미묘하다.

"뜻밖이네. 난 당신이 흔쾌히 찬성할 줄 알았는데······."

엄마는 당황한 기색이 역력한 표정으로 말끝을 흐렸다.

"나이 탓인가, 자꾸만 망설여지네."

아빠는 혼잣말하듯 중얼거렸다. 엄마는 그런 아빠를 빤히 들여다보며

"그래, 그럼. 천천히 생각해 보자."

하고 어쩔 수 없다는 듯 아빠의 의견을 받아들였다.

나는 비로소 안도의 한숨을 내쉬었다. 그러나 완전히 마음이 놓이지는 않았다. 자꾸만 귀농 이야기가 오르내리는 걸 보면 시기가 문제지 언제고 짐을 꾸려서 시골로 내려가게 될지 모른다. 그럼 나도 마음의 준비를 하고 있어야 하나? 잘 모르겠다. 그냥 남들처럼 평범하게 살면 될 일을 부모님은 왜 자꾸 변화를 주지 못해서 안

달인지, 정말 골이 다 지끈거린다.

*

나는 연장 가방을 둘러멘 아빠와 함께 교문을 통과했다. 햇볕이 불에 달군 것처럼 뜨겁다. 오전 9시를 막 넘겼을 뿐인데 운동장이 용광로처럼 이글거린다. 반바지를 입으면 시원할 텐데 아빠는 일할 때 복장을 제대로 갖춰야 한다면서 한사코 못 입게 했다. 처음에는 한여름에도 긴 바지를 고수하는 아빠를 이상하게 생각했지만, 텃밭에 쫓아다니다 보니 조금 덥긴 해도 일하기에는 그게 훨씬 낫다는 걸 체감할 수 있었다. 따가운 햇볕을 차단하면서 풀에 쓸리거나 모기에게 물리는 것도 예방할 수 있으니 긴 바지는 여러모로 장점이 많다. 그래도 더운 건 어쩔 수 없다. 그늘에 앉아 쉬어야 할 때마다 반바지 생각이 절로 난다.

운동장을 가로지르는데 저만치 앞서 걸어가는 대풍이가 눈에 띄었다. 엄청 반갑다. 수영장에 다녀온 이후로 우리는 부쩍 친해졌다. 그나저나 숙인이가 그날 왜 따라왔는지는 아직도 의문이다. 뭐, 어색한 것 없이 잘 놀기는 했지만 남자애들 무리에 여자애가 낀 건 암만해도 조합이 이상하다. 혹시 숙인이가 우리 가운데 누군가를 좋아하는 건 아닐까? 숙인이가 대풍이나 민석이를 좋아할 리는 없다. 그럼 결국 정태나 나밖에 없는데 상상만으로도 기분이 묘하다.

나는 그럴 리가 없다고 애써 고개를 내둘렀지만 만약에 숙인이가 나를 좋아한다면 싫지는 않을 것 같다. 예쁘지만 토라지기 잘하는 여자애들보다는 매사에 솔직하고 씨억씨억한 숙인이가 백배는 낫다. 그리고 자세히 보면 숙인이도 그다지 못생긴 건 아니다. 나름대로 귀염성도 있고 춤을 잘 춰서 그런지 몸매도 괜찮다. 생각이 거기까지 미치자 괜히 마음이 살랑거린다. 이건 완전히 떡 줄 사람은 꿈도 안 꾸는데 김칫국부터 마시는 격이다.

나는 고개를 내둘러서 부질없는 생각을 내몬 뒤 대풍이의 이름을 부르며 뛰어갔다. 녀석은 웃는 얼굴로 멈춰 서서 나를 기다렸다. 우리는 가볍게 주먹을 부딪쳤다.

"아, 씨발. 졸라 덥다."

유독 더위에 약한 대풍이는 이마에 흐르는 땀을 훔쳐 내며 투덜거렸으나 학교에 불려 나온 게 싫지만은 않은 눈치다. 그건 텃밭 동아리 아이들 대부분이 마찬가지다. 방학을 했는데도 아이들은 담임한테서 동아리 소집 문자 메시지만 날아오면 특별한 일이 없는 한 군말 않고 모였다. 나 역시도 할머니 장례식 때 빼고는 동아리 모임에 빠진 적이 없다. 물론 나는 회장이라서 빠질 수 없는 처지이기도 하지만.

그때 등 뒤에서 누군가 뛰어오는 소리가 들렸다. 돌아보니 민석이다.

"얘들아, 안녕."

민석이는 수줍게 미소 지으며 어깨높이로 손을 들어 보였다.

"어, 일찍 왔네?"

나는 민석이와 가볍게 하이파이브를 했다. 대풍이는 장난삼아 민석이의 목을 조르는 시늉을 했다. 민석이가 대풍이의 옆구리에 간지럼을 태우자 대풍이는 팔을 풀면서 양손을 들어 올려 항복을 표시했다. 그런 녀석들의 꼴이 우습다.

텃밭 동아리를 하고 나서부터 녀석들은 부쩍 밝아졌다. 특히 민석이는 텃밭에 나올 때마다 입가에 웃음을 머금었다. 녀석은 텃밭에만 나오면 천직이라도 찾은 듯 누구보다도 열심히 일했고 또 잘했다. 누가 시키지 않아도 마지막까지 남아서 뒷정리도 도맡았다. 흙이 덕지덕지 묻은 농기구를 정성스레 씻어서 창고에 차곡차곡 쌓아 두는 건 자연스레 민석이의 몫이 되었다.

그런 녀석의 모습에 텃밭 동아리 애들은 하나둘 말을 걸기 시작했고 민석이는 누가 보더라도 더 이상 '은따'가 아니었다. 반에서도 친구를 여럿 사귀었는지 가끔가다 텃밭에 반 친구들을 데리고 와서 자랑하는 모습도 심심찮게 볼 수 있었다.

그 반면에 대풍이는 워낙 지은 죄가 있어 놔서 아직 교실에서는 찬밥 신세였다. 정태가 바람막이가 돼 주지 않았다면 녀석의 신세는 아주 고달팠을 것이다. 대놓고 싫은 내색은 못 했지만 녀석을 바라보는 반 아이들의 눈초리는 아직도 몹시 감사나웠다. 그나마 텃밭 동아리에 속한 아이들만큼은 선뜻 곁을 내주진 않더라도 대풍이를 여느 친구처럼 편하게 대했다.

특히 숙인이가 그랬다. 대풍이가 스마트폰값을 물어내느라 식당에서 열심히 아르바이트를 한다는 사실에 마음이 움직이기도 했겠지만, 꾀를 부리지 않고 우직하게 일하는 모습에 대풍이를 바라보는 눈이 제법 달라진 것 같았다.

대풍이나 민석이를 바라보는 시선이 달라진 건 나도 마찬가지였다. 텃밭에서 열심히 일하는 애들은 누구의 눈에나 돋보이기 마련이다. 녀석들과 한모둠을 이룬 나도 밭에서 그 애들의 모습을 보면 마음이 든든해졌다.

밭에만 나오면 일 머리가 팽팽 돌아가는 민석이는 대풍이한테는 물론이고 정태에게까지 수줍은 태도로 이런저런 지시를 내렸고 모두들 거기에 기꺼이 따랐다. 담임은 그런 민석이를 눈여겨봤다가 녀석에게 동아리 부회장을 맡겼는데 아무도 이의를 제기하지 않았다.

담임은 아빠와의 대화에서 그 애들을 거론하며 기적이라고 말했다. '은따'였던 아이가 짱에게 지시를 내리는 거나 짱이 그 지시에 군말 없이 따르는 것도 놀랍지만 가해자와 피해자였던 대풍이와 민석이가 스스럼없는 사이가 된 것에 특히 놀라움을 감추지 못했다.

나도 담임의 말에 동의했다. 괴롭히는 아이들은 자기가 무슨 짓을 하는지 꿈에도 모르겠지만 괴롭힘을 당하는 아이들은 씻을 수 없는 상처를 떠안게 된다. 나는 입때껏 그런 아이들이 화해하는 걸 한 번도 본 적이 없다. 그런 애들이 화해를 한다는 것은 토끼 머리에 뿔이 날 때에나 가능한 일이다. 그런데 대풍이는 민석이와도 숙인이와도 화해를 했다.

수영장에 놀러 갔다가 돌아오는 길에 들른 분식집에서였다. 대풍이는 무슨 생각에서인지 지난 얘기를 꺼냈다. 그러고는 울먹울먹하면서 숙인이와 민석이에게 진지한 말투로 용서를 구했다. 숙인이는 그런 대풍이에게 장난기 가득한 얼굴로

"앞으로 한 달에 한 번씩 떡볶이 사. 그럼 한번 생각해 볼게."
하고 짐짓 거만한 표정을 지어 보였다.

그 반면에 민석이는 한동안 심각한 얼굴로 뭔가 골똘히 생각하더니 조용히 말문을 열었다.

"사과해 줘서 고마워. 안 그랬으면 난 너 두고두고 미워했을 거야."

민석이의 말이 떨어지기가 무섭게 대풍이는 닭똥 같은 눈물을 뚝뚝 떨구었다.

"야, 너 울다가 웃으면 응응응에 털 난다."

우는 대풍이가 안되어 보였는지 숙인이가 가벼운 농담을 했다. 그 소리에 나도 모르게 킥 하고 웃음이 터져 나왔다. 내가 웃자 아이들도 따라 웃기 시작했다. 그러나 대풍이는 우느라고 숙인이의

농담 소리도 듣지 못했는지 어리둥절한 표정을 지었다. 그 꼴이 우스워서 우리는 더 큰 소리로 웃고 말았다.

대풍이를 비롯한 몇몇 아이들이 두각을 나타낸 것과 달리 텃밭 동아리를 하면서 오히려 아이들의 눈 밖에 나기 시작한 경우도 있었다. 뙤약볕을 쬐며 텃밭에서 일하는 건 정말 힘들다. 숨이 깔딱깔딱하고 머리가 어질어질해진다. 삼십 분 남짓 일을 하다가 주위를 둘러보면 아이들의 얼굴은 예외 없이 벌겋게 익어 있었다. 사정이 그렇다 보니 뺀질거리면서 꾀를 부리는 아이들은 단박 눈에 띈다. 심지어 중간에 몰래 사라졌다가 아무런 일도 없었다는 듯이 슬그머니 나타나는 애들도 있었다. 일을 잘하건 못하건 열심히만 하면 모두 인정을 받지만, 이런저런 핑계를 둘러대며 꼼수를 부리거나 딴짓을 일삼는 아이들은 따가운 눈총을 피할 길이 없다.

단적으로 지욱이가 그런 축에 속했다. 나는 지욱이가 열심히 일하는 모습을 한 번도 본 적이 없다. 녀석은 무기력하게 한곳에 쪼그리고 앉아서 호미로 같은 자리만 파고 있거나 지렁이를 손바닥에 올려놓고 시간을 죽이거나 그도 아니면 똑같은 자리에서 풀 뽑는 시늉만 하기 일쑤였다. 지욱이는 마음의 병이 있으니 다 함께 도와줘야 한다고 담임이 타일렀지만 아이들은 빈둥거리는 녀석을 감사납게 쨰려보며 재수 없다고 연방 투덜거렸다. 하지만 지욱이가 자기 손등을 칼로 그은 이후로 또라이라느니 사이코라느니 하는 소문이 전교에 파다하게 퍼진 터라 다들 대놓고 뭐라고 하지는 못했다.

지욱이에 대한 불만이 가장 큰 애는 대풍이였다. 대풍이는

"저 새끼는 동아리에 왜 들어온 거야? 눈깔에 뵈는 게 없나, 최
소한 일하는 시늉이라도 내야 하는 거 아니냐?"

하고 틈만 나면 씩씩거렸다.

"야, 우울증이라잖아. 그냥 못 본 척해라."

누군가 한마디 거들고 나서자 대풍이는

"나도 인생 졸라 우울하거든. 우울증이고 지랄이고 해도 너무하
잖아."

하고 벌컥 역정을 냈다.

아이들은 다들 같은 심정이라는 듯 어깨를 으쓱해 보이며 입맛
을 다셨다. 나는 어떤 식으로든 지욱이를 감싸 주고 싶었지만 공연
히 잘못 나섰다간 분란만 키울 것 같아서 입을 다물고 말았다.

학교 건물을 끼고 텃밭 쪽으로 돌아가자 텃밭 동아리뿐만 아니
라 목공 동아리까지 그늘막 밑에 모여 있었다. 걸어가면서 보니 분
리수거장 옆쪽으로 죽데기(통나무 표면에서 떼어 낸 널조각)를 비롯해
서 기둥목(기둥으로 사용하는 굵은 나무)과 각목까지 온갖 목재들이 어
마어마하게 쌓여 있다. 산처럼 쌓인 목재 앞에는 기계와 연장들이
가지런히 놓여 있었는데 언뜻 봐도 목공실에 있던 걸 죄다 들고
나온 것 같다.

나는 그늘막 밑에서 목공 동아리 선배들에게 인사를 건넸다. 학

교를 오가는 길에 인사는 하고 지냈지만 전부 모인 자리에서 만나니 더욱 반갑다. 대충 인사를 끝내고 앞쪽을 보니 담임이 아빠를 선생님들에게 소개하고 있다. 선생님들 곁에는 처음 보는 아저씨도 있어서 누구일까 궁금해졌다.

건망증 대장 태호가 우리를 반갑게 맞으며 자리를 만들어 주었다. 우리와 데면데면한 사이였던 녀석도 수영장에 함께 다녀온 이후로는 부쩍 살갑게 군다.

"야, 이 날씨에 난 오늘 죽음이다."

태호가 양미간을 찌푸리며 짧게 투덜거렸다.

"왜?"

"수건 가져온다는 걸 깜빡했거든. 물도 얼려서 식탁 위에 올려놨는데……. 에이, 난 왜 이러나 몰라."

녀석은 스스로에게 짜증이 나는지 신경질적으로 머리를 긁적였다. 과연 건망증 대장답다. 녀석은 학교에 올 때마다 뭔가를 꼭 하나씩 빼먹는다. 그나저나 수건을 안 가져왔다면 고생깨나 해야 한다. 밭에서 일할 때 목에 수건을 두르는 것과 그러지 않는 것은 하늘과 땅 차이이다.

그때 지욱이가 터덜터덜 나타나더니 아이들과 외따로 떨어진 곳에 자리를 잡고 앉았다. 자해 사건 덕분에 기숙 학원에 끌려 들어가는 신세는 면했지만, 제 엄마가 식음을 전폐하다시피 하고 드러눕는 바람에 녀석도 마음고생이 이만저만이 아니다. 그 탓에 얼굴도 눈에 띄게 해쓱해졌다.

아이들이 모두 모인 걸 확인한 담임은 말문을 열었다.

"방학인데도 이렇게 다 모이다니 정말 고맙다. 오늘 텃밭 동아리와 목공 동아리가 한자리에 모인 건, 공동 작업을 하기 위해서다. 원래 목공 동아리는 겨울방학 전까지 등나무 옆에 정자를 완공하기로 했고 텃밭 동아리는 올해 안에 생태 화장실을 짓는 게 목표였다. 그런데 여기 계시는 민석이 아버님께서 그 소식을 전해 들으시곤 목재를 기부해 주셨단다. 저기 쌓인 목재들이 바로 민석이 아버님께서 기부해 주신 것들이다. 그 덕분에 우리는 필요한 시설들을 예정보다 훨씬 빨리 지을 수 있게 되었다. 그럼 잠깐 민석이 아버님을 앞으로 모실 테니까 다들 감사의 인사로 뜨거운 박수!"

담임의 말이 끝나기가 무섭게 아이들이 와하고 요란한 함성과 함께 일제히 박수를 쳤다. 특히 개학과 동시에 동아리 활동을 접어야 하는 목공 동아리 3학년 형들의 함성이 유달리 컸다. 몇몇 아이들은 민석이를 향해 양손의 엄지를 추켜세웠다.

"반갑습니다. 별것도 아닌 걸 가지고 이렇게 환영을 해 주니 좀 쑥스럽고 그렇네요. 오히려 저는 여러분 모두에게 감사를 전하고 싶습니다. 사실 우리 아이는 학교생활을 많이 힘들어했습니다. 그런데 텃밭 동아리 활동을 하고부터 아이가 달라지기 시작하더니 지금은 학교에 가는 걸 행복해하고 있습니다. 모두 여러분 덕분입니다. 그러던 차에 학교에 목재가 필요하다는 사실을 알게 되었고 때마침 제가 목재소를 운영하고 있어서 이렇게 돕게 되었습니다. 별거 아니지만 이 목재들이 모두가 행복할 수 있는 학교를 만드는 데 쓰였으면 좋겠습니다. 다시 한 번 여러분 모두에게 진심으로 고맙습니다."

말을 마친 민석이 아빠는 고개까지 숙여 가며 우리를 향해 정중하게 인사했는데 얼핏 보니 눈가에 눈물이 그렁그렁하다. 우리는 고만 숙연해져서 박수를 치는 것도 잊어버렸다가 누군가 짝짝 치는 박수 소리에 맞춰 힘껏 손뼉을 치기 시작했다. 박수 소리에도 진심이 담길 수 있다는 것을 나는 처음으로 느꼈다. 민석이 아빠는 다시 한 번 묵례를 한 뒤 돌아서서 손수건으로 눈가를 훔쳤다.

"자, 자, 조용. 또 소개해 드릴 분이 있는데, 건호 아버님이시다. 텃밭 동아리 자문을 맡아서 도와주고 계신 건호 아버님이 오늘 목공 작업에서도 총지휘를 맡아 주기로 하셨다. 자, 다들 감사의 뜻으로 박수!"

아이들은 가볍게 묵례를 하는 아빠를 향해 열렬하게 박수를 쳤다. 주변의 아이들은 내 어깨를 툭툭 쳐 가며 엄지손가락을 세웠다. 으쓱하니 어깨에 힘이 들어가면서 아빠가 살짝 멋져 보였다.

담임은 손을 들어 아이들을 조용히 시킨 뒤 말을 이어 나갔다.

"그럼 오늘 작업에 대해 잠깐 설명할 테니 잘 듣기 바란다. 먼저 목공 동아리가 할 일은 정자를 짓는 거야. 국사 선생님의 지시에 잘 따르면 된다. 다만 변경 사항이 하나 있는데 정자는 등나무 옆이 아닌 이곳 텃밭에 짓기로 했다. 텃밭 동아리도 민석이 아버님께서 목재를 충분히 주신 덕분에 생태 화장실뿐 아니라 퇴비간과 농기구 보관 창고까지 만들기로 했다. 이 모든 시설이 다 만들어지면 전국 어디에도 없는 최고의 유기 생태 텃밭이 완성되는 거다. 생태 화장실에서 모은 대소변과 학교 식당에서 나오는 음식물 쓰레기는 앞으로 퇴비간에서 발효를 거쳐 내년부터 이곳에서 퇴비로 쓰일 거야. 이게 얼마나 중요하고 가치 있는 일인지 차차 깨닫게 되겠지만 분명한 건 이 일이 지구를 구하는 데 큰 역할을 한다는 거다. 그러니까 다들 자부심을 갖도록."

담임은 상상만 해도 즐거운지 들뜬 표정으로 아이들의 얼굴을 둘러보았다.

"어쨌건 텃밭 동아리는 여기 계시는 건호 아버님의 지시에 따라 작업을 하면 된다. 물론 나도 옆에서 보조로 일을 거들 거야. 그런데 다들 조심해야 한다. 목재를 다루는 일은 자칫 잘못하면 큰 사고로 이어질 수도 있으니까 장난을 친다거나 하면 절대로 안 된다. 특히 연장을 다룰 때는 각별히 조심해야 해. 그리고 마지막으로 하나만 더. 작업이 모두 끝나는 날에는 교장 선생님께서 중국집에서 짜장면과 탕수육을 쏘시기로 했다. 그러니까 덥고 힘들더라도 다들 열심히 해 보자, 알겠지?"

담임의 말에 아이들은 신바람이 나서 예, 하고 큰 소리로 합창을 한 뒤 텃밭으로 내달았다.

*

홍두깨가 정자에 현판을 다는 것을 끝으로 꼬박 이틀간 비지땀을 흘려 가며 매달렸던 시설 작업이 모두 마무리되었다. 홍두깨가 사다리에 걸터앉은 채로 작업 끝을 외치자 정자 앞에 모여 있던 텃밭 동아리와 목공 동아리 모두 하이파이브를 하며 환호성을 질렀다.

우리들은 누구나 할 것 없이 성취감과 자부심이 어우러진 얼굴로 현판을 올려다보았다. 국어 선생님이 아이디어를 내고 홍두깨가 양각을 한 현판에는 '돌봄'이라는 두 글자가 돋을새김되어 있다. 시설 작업을 하는 동안 정자 이름을 공모했는데 다양한 의견들 가운데서 '생명을 돌본다'와 '돌아오는 봄을 기다리며'라는 중의적 의미의 '돌봄'이 어떻겠냐는 국어 선생님의 아이디어가 만장일치로 채택되었다.

지난봄에 목공 동아리를 취재했던 지역 신문 기자가 와서 우리들을 정자 앞에 모아 놓고 사진을 찍었다. 사진 촬영을 마친 기자는 텃밭에서 교장을 상대로 인터뷰를 했다. 대충 끝내고 중국집으로 달려갔으면 좋겠는데 교장의 인터뷰는 지루할 정도로 길게 이어졌다. 몇몇 아이들이 그런 교장을 향해 눈을 흘기며 아무것도 한게 없으면서 똥폼이란 똥폼은 혼자 다 잡는다고 못마땅한 목소리로 게두덜거렸다.

"야, 근데 너희들 저기서 똥 쌀 수 있어?"

교장의 인터뷰가 끝나기만 기다리고 있는데 누군가 불쑥 생태 화장실을 가리키며 물었다. 아이들은 기다렸다는 듯이 말들을 쏟아냈다.

"난 아무도 안 싼다에 오백 원."

"냄새 졸라 날 텐데 어떻게 싸냐?"

"냄새는 둘째 치고 소리 때문에라도 쪽팔려서 못 싸겠다. 설사라도 나 봐, 부다다다. 완전 개 쪽 되는 거지."

"웩, 정말 쪽팔리겠다."

"담임하고 홍두깨는 그래도 쌀걸? 건호도 당연히 쌀 테고."

아이들의 눈길이 일제히 내게로 쏠렸다. 곤혹스럽기 짝이 없다. 녀석들은 하나같이 동물원의 원숭이를 구경하는 표정이다. 하지만 나는 그런 아이들을 이해하기로 했다. 나만 해도 아빠가 처음 오줌을 모으자고 했을 때는 진짜 뜨악했었으니까. 나는 이내 여유를 되찾고 생태 화장실의 원리에 대해서 설명해 주었다. 그러나 볼일을 본 뒤에 재나 왕겨를 뿌려 주면 냄새가 나지 않는다는 말을 아이들은 도통 믿으려고 하지 않았다. 백문이 불여일견이라고 더도 말고 덜도 말고 딱 한 번만 경험을 해 보면 아마 다들 인정하게 될 것이다.

그런데 이번엔 누군가가 말했다.

"야, 근데 정말 똥을 밭에다 주는 거야?"

"으, 더러워. 만약에 정말로 그러면 난 밭에서 난 거 안 가져갈 거야."

"생각만 해도 토할 거 같다."

"우리 엄마가 그러는데 똥을 퇴비로 쓰면 기생충 생긴대."

아이들은 약속이라도 한 것처럼 얼굴을 찌푸렸다. 나는 너무 어이가 없어서 피식, 헛웃음을 치고 말았다. 모르면 가만히 있을 일이지, 이건 텃밭 동아리 회장으로서 그냥 넘어갈 수가 없다.

"야, 너희 퇴비가 뭔지 알아?"

나는 작정을 하고서 아이들에게 질문을 던졌다. 아이들은 서로 얼굴만 쳐다보며 선뜻 대답을 하지 못했다. 나는 목에 한껏 힘을 주고서 말문을 열었다.

"앞 번에 김장밭 만들 때 퇴비 줬었지? 그거 소똥으로 만든 거야. 흔히들 퇴비를 똥이라고 착각하는데 똥과 퇴비는 달라. 똥은 그냥 똥이고 퇴비는 똥에다가 톱밥이나 재, 왕겨, 풀 같은 것들을 섞어서 일 년 동안 발효를 한 거야. 발효가 다 된 퇴비에서는 향긋한 냄새가 나. 그래서 쥐가 파먹기도 해. 그런데 소똥이나 닭똥으로 만든 퇴비보다는 사람의 똥으로 만든 퇴비가 훨씬 좋아. 왜냐하면 가축들의 똥에는 항생제가 잔뜩 들어 있거든. 그리고 기생충 말인데, 퇴비 만드는 발효 과정에서 엄청 뜨거운 열이 발생하거든. 기생충은 그 속에서 전멸이야. 그러니까 어디 가서 그런 소리 하지

마. 명색이 텃밭 동아리인데 쪽팔리잖아."

내가 일장연설을 마치자 아이들은 어리바리한 표정으로 내 얼굴을 멀뚱히 쳐다보았다. 나는 우쭐한 기분으로 애들의 얼굴을 둘러보았다.

"야, 그럼 진작 그렇다고 말을 해 줬어야지. 우리가 그런 걸 어떻게 아냐?"

숙인이가 짐짓 억울하다는 표정을 지으며 가볍게 항의했다.

"어쨌거나 다 짓고 나니까 완전 짱이다. 오, 신이시여. 이 모든 걸 정말 제가 지었나이까?"

대풍이가 일부러 화제를 돌렸다.

"새끼, 지랄하네. 네가 지었냐? 우리가 지었지."

"아, 쏘리! 신이시여, 이 모든 걸 정녕 우리가 지었나이까?"

대풍이의 넉살에 아이들이 사방에서 키득거렸다.

시설 작업이 마무리된 텃밭 풍경은 아닌 게 아니라 정원처럼 근사하다. 텃밭 동아리 전원이 올라가 앉을 수 있는 규모의 정자는 맞배지붕(추녀 없이 용마루까지의 측면 벽이 삼각형 모양인 지붕)을 올렸는데 죽데기를 이용해서 너와집(기와 대신 돌이나 널빤지로 지붕을 덮은 집) 방식으로 마감을 했다. 테라스가 딸린 생태 화장실은 남녀 칸이 분리된 두 칸짜리 규모로, 언젠가 놀러 가서 본 생태 공원의 화장실 못지않았다. 생태 화장실 옆으로는 세 칸짜리 퇴비간과 아담한 규모의 창고가 일렬로 서 있다. 잘 정돈된 텃밭 옆에 죽데기로 벽체

마감을 한 시설들이 늘어서 있으니 꼭 공원에 견학이라도 온 느낌이 든다.

선생님들도 뿌듯하고 자랑스러운지 시설물들을 손바닥으로 하나하나 어루만져 가며 얼굴 가득 미소를 띠었다. 총지휘를 했던 아빠와 목재를 기부한 민석이 아빠도 팔짱을 낀 채 그늘 밑에 서서 만족스러운 얼굴로 텃밭을 건너다보았다.

그때 인터뷰를 마친 교장이 우리들을 중국집으로 이끌었다. 신이 난 아이들은 유치원생들처럼 재재거리며 교정을 가로질렀다.

*

개학식이 끝나자마자 전교생이 텃밭 주변으로 몰려들었다. 아이들은 삼삼오오 짝을 이뤄 정자를 비롯해 각 시설물 앞에서 인증사진을 찍었다. 아이들뿐만 아니라 선생님들까지 스마트폰을 꺼내 들고 대열에 합류했다.

텃밭 동아리 아이들은 친구들 사이를 누비고 다니면서 사진을 찍고 무용담을 들려주느라 아주 신바람이 났다. 목공 동아리도 마찬가지였다. 전교생이 한곳에 모여서 와글와글 떠들어 대는 통에 바로 옆 사람의 말소리조차 들리지 않을 정도였다. 얼마나 소란스러웠으면 학교와 이웃한 아파트 주민들이 베란다 밖으로 머리를 내밀고 구경을 했다.

그 소동 속에서 담임은 텃밭 동아리에 들어가게 해 달라고 조르는 아이들에게 둘러싸여서 때아닌 곤욕을 치르고 있었다. 무턱대고 졸라 대는 아이들을 설득하느라 담임은 진땀을 뺐다.

원 없이 사진을 찍은 아이들이 하나둘 빠져나가면서 텃밭은 원래의 평온을 되찾기 시작했다. 마침내 텃밭 동아리 구성원들만 남게 되자 텃밭 주변이 갑자기 절간처럼 고즈넉해졌다. 그러나 아이들은 난데없이 전교생의 뜨거운 관심을 받았던 터라 얼굴이 발그레 상기된 채 여전히 흥분 상태다.

"어때, 기분 좋지?"

담임이 앞으로 나서서 질문을 던지자 아이들은 대답 대신 함뿍 웃음을 머금었다. 담임은 조금 전의 소동으로 골이 흔들리는지 양미간을 문지르며 말을 이었다.

"나는 너희들이 정말 자랑스럽다. 그간 우리가 해 온 일들이 별것 아닌 것처럼 보일 수도 있겠지만 난 그 과정에서 여러분 한 명한 명이 얼마나 소중하고 위대한 존재인가를 증명해 왔다고 생각한다. 그러니까 다들 스스로를 귀히 여기고 당당하게 살아가는 거다, 알겠나?"

"예!"

아이들의 대답 소리가 그 어느 때보다 우렁찼다.

그러나 외따로 떨어져 앉은 지욱이는 무표정한 얼굴로 스마트폰만 만지작거리고 있다. 아이들은 그런 지욱이에게 아무도 신경

쓰지 않았다.

"자, 그럼 슬슬 일을 시작해 볼까?"

담임의 말이 떨어지기가 무섭게 우리들은 텃밭으로 향했다.

오늘 할 일은 풀을 잡고 난 뒤 웃거름을 주는 것과 무더기로 싹을 틔운 잎채소들을 솎아 주는 게 주다. 담임은 새싹비빔밥을 해 먹자며 잎채소 솎는 작업부터 하라고 이른 뒤 국어 선생님과 함께 식당으로 밥을 지으러 들어갔다. 나는 아이들을 이끌고 잎채소 밭으로 가서 시범을 통해 새싹 솎는 요령을 일러 주며

"너희들 이걸로 만든 비빔밥 안 먹어 봤지? 다른 거 다 필요 없어. 밥에다 이걸 듬뿍 넣고서 달걀 프라이에 고추장과 참기름을 쳐서 쓱쓱 비비면 그냥 끝나. 완전 죽음이야."

하고 엄지손가락을 추켜세웠다.

아이들은 꿀꺽 군침을 삼켜 가며 한껏 기대에 부푼 표정을 지었다. 과장이 아니라 텃밭에서 갓 수확한 새싹으로 만든 비빔밥은 정말 맛있다. 거기다가 콩나물무침과 무생채까지 넣어서 비비면 정말 둘이 먹다가 하나가 죽어도 모를 정도로 환상적이다. 그래서 우리 집은 봄가을이면 무시로 새싹비빔밥을 해 먹는데 이건 도무지 물리지가 않는다.

"이야, 달팽이다."

새싹을 솎던 누군가 달팽이를 손등에 올려놓고서 큰 소리로 외쳤다. 나는 그 애를 보고서 피식 웃었다. 텃밭 동아리 초창기 때만

하더라도 벌레라면 종류에 상관없이 벌벌 떨던 녀석이 달팽이를 능숙하게 다루는 게 제법이다.

하긴 녀석뿐만 아니라 벌레만 보면 비명을 지르며 혼비백산 줄행랑을 놓던 아이들 대부분이 벌레에 익숙해졌다. 여전히 벌레를 무서워하는 아이들도 더 이상 도망을 가진 않는다. 숙인이 같은 애들은 지렁이가 귀엽다며 손바닥 위에 올려놓고서 쓰다듬기까지 하고, 대풍이나 민석이는 송충이와 노린재와 이십팔점박이무당벌레의 애벌레를 맨손으로 꾹꾹 눌러 죽이기도 한다. 정태는 벌레를 무서워하지는 않지만 죽이지는 못한다. 누구보다도 잘 죽일 것 같은 정태가 불쌍하다면서 벌레에 손도 못 대는 모습은 꽤나 색다르게 다가왔다.

어쨌건 텃밭에서 벌레는 더 이상 문제가 되지 않는데, 그래도 사마귀랑 거미를 맨손으로 잡을 수 있는 건 아직 나밖에 없다. 물론 벌레를 먹어 본 것도 텃밭 동아리에서 내가 유일하다.

내가 벌레를 먹게 된 건 순전히 아빠를 따라다니면서부터다. 아빠는 농장에서 일하는 짬짬이 메뚜기와 개구리를 잡아서 굽거나 튀겨 주고는 했다. 처음엔 까무러칠 듯이 질겁했지만 아빠의 강권에 못 이겨 눈곱만큼 떼어서 맛을 한번 보았다. 그런데 의외로 고소하고 맛있는 게 아닌가. 특히 개구리 뒷다리는 닭 다리 맛과 비슷한 게 일품이었다. 작년 가을에는 아빠 친구 농장에 고구마 품앗이를 갔다가 굼벵이를 먹어 보기도 했다. 어른들은 고구마를 수확하면서 딸려 나온 굼벵이를 모아 두었다가 프라이팬에 기름을 두르고 튀겼는데 어찌나 맛있게들 먹는지 징그러우면서도 호기심이 당겼다. 그래서 슬쩍 맛을 봤더니 고소하니 혀에 착 감기는 게 여간 맛있지 않았다.

나는 그 얘기를 동아리 아이들에게 무용담 삼아 들려주었는데 녀석들은 나를 야만인 취급하는 동시에 대단하다면서 존경의 눈빛을 보내기도 하는 이중적 태도를 취했다. 그 뒤로 녀석들은 처음 보는 벌레만 나타났다 하면 내 앞으로 잡아 와서는 이것도 먹어 봤느냐고 묻곤 했다. 그럼 나는 짐짓 의기양양한 태도로 파리와 바퀴벌레 빼고는 안 먹어 본 벌레가 없다고 허세를 부렸다. 아이들은 그때마다 어떤 맛이냐고 물어 왔고 나는 머릿속에 떠오르는 대로 아무렇게나 둘러댔다. 그러면 녀석들은 백 퍼센트 속아 넘어갔다. 그럴 수밖에 없는 것이 내 말이 거짓이라는 걸 증명하려면 자기들이 직접 먹어 봐야 하는데 그럴 수 있는 아이는 한 명도 없다.

잎채소 솎는 작업을 후다닥 끝낸 우리는 풀을 잡기 시작했다. 나는 1학년들에게는 호미로 어린 풀들을 잡게 하고 2학년들에게는 낫으로 큰 풀들을 베어 내게끔 했다. 그사이에 숙인이가 솎아 낸 새싹들을 선생님들에게 갖다 드렸다. 풀을 잡아 나가는 모습이 다들 제법 능숙하다. 일이 손에 익으니 속도도 그만큼 빠르다.

그때였다.

"애들아, 그만하고 밥 먹자."

담임이 밥이 가득 담긴 커다란 양푼을 정자 위에 내려놓으며 우리를 불러들였다. 우리는 수돗가에서 손을 씻은 뒤 정자 위로 올라가서 앉았다. 정자에는 달걀부침에 콩나물무침까지 제대로 준비되어 있다. 그러고 보니 담임과 국어 선생님 모두 얼굴이 벌겋게 익고 전신이 땀범벅이다. 담임은 커다란 양푼에 모든 재료를 넣은 뒤 주걱으로 밥을 썩썩 비볐다.

"잘 먹겠습니다."

아이들은 합창을 하듯 인사한 뒤 각자의 그릇에 비빔밥을 덜어서 허겁지겁 먹어 치우기 시작했다. 밭에서 땀을 흘린 뒤 먹는 것이라 아주 꿀맛이다. 아이들은 연방 엄지손가락을 추켜세워 가며 빛의 속도로 숟가락을 놀려 댔다. 커다란 양푼 두 개에 산더미처럼 비벼 놓았던 밥이 순식간에 동났다.

국어 선생님은 1학년 애들 몇 명을 데리고 빈 그릇들을 챙겨서 설거지를 하러 식당으로 향했다. 나는 후배를 슬쩍 불러내서 슈퍼마켓에서 선생님들이 먹을 팥빙수를 사 오라고 심부름을 보냈다. 숨 막히는 무더위에도 우리들을 위해 불 앞에서 고생한 선생님에게 무언가 보답을 하고 싶었다. 자리가 사람을 만든다고, 회장 직함을 맡고부터 전에 없이 자꾸만 이런저런 일들에 신경이 쓰인다.

그때 태호가 다급한 목소리로 선생님을 찾았다.

"선생님, 저 돈 없어졌어요!"

"무슨 소리야? 잘 찾아봐."

"다 찾아봤는데 없어요. 엄마 생일 선물 사려고 아침에 이만 원 갖고 나왔거든요. 그런데 지금 보니까 없는 거예요."

녀석은 주머니를 다 뒤집어 보이며 울상을 지었다.

"다른 데서 잃어버린 거 아니야? 잘 생각해 봐."

담임은 침착한 얼굴로 주의를 환기했다.

"교실에만 있다가 텃밭으로 바로 나왔단 말이에요."

"그럼 이렇게 하자. 내가 교실에 가서 찾아볼 테니까 넌 애들과 함께 텃밭을 잘 뒤져 봐. 분명히 어디다 떨어뜨렸을 거야."

태호는 힘없는 목소리로 예, 하고 대답했다. 아이들은 흩어져서 샅샅이 텃밭을 훑기 시작했다. 그러나 끝내 돈은 나타나지 않았다. 하긴 돈을 흘린 게 교실이든 텃밭이든 벌써 누군가 주워 갔을 것이다. 전교생이 모여서 한바탕 소동을 빚었는데 남아 있다면 그게 오히려 이상한 일이다. 태호는 낙담한 표정으로 땅이 꺼지도록 한숨을 내쉬었다.

그때 몇몇 아이들이 의혹에 찬 눈으로 슬쩍 대풍이를 쳐다보았다.

"뭐? 왜 날 쳐다보는데?"

대풍이가 황당하다는 표정으로 애들을 노려보았다. 애들은 아무것도 아니라며 얼버무렸지만 대풍이는 표정이 사납게 일그러졌다.

"나 아니거든!"

대풍이는 귓불까지 시뻘겋게 달아오른 얼굴로 고함을 쳤다.

그때 외따로 떨어져 앉아서 스마트폰을 만지작거리던 지욱이가 심드렁한 어조로 한마디 툭 내뱉었다.

"도둑이 제 발 저리다고 뭔가 찔리는 게 있나 보지? 누가 뭐라고 했어? 아니면 마는 거지 괜히 혼자 흥분하고 지랄이야."

대풍이는 씨근벌떡거리며 금방이라도 지욱이를 향해 용수철처럼 달려들 기세다. 나는 그런 대풍이를 얼른 가로막았다.

"야, 지욱아. 너 말이 너무 심한 거 아니냐?"

나는 대풍이를 등 뒤에 두고서 지욱이를 향해 한마디 했다. 지욱이는 여전히 심드렁한 태도로

"내가 뭐? 흥분하는 저 새끼가 더 이상하잖아."

하고 맞받아쳤다.

나는 지욱이를 잠시 쏘아보았다. 새삼 정나미가 뚝 떨어진다. 멀쩡한 사람을 도둑으로 몰아 놓고서 자기는 아무런 잘못도 없다니, 우리가 친한 사이긴 하지만 이번에는 정말 지욱이가 너무했다는 생각이 든다.

"야, 너 같으면 누가 널 도둑으로 몰면 가만있겠냐? 화 안 나면 그게 이상하지."

나는 지욱이를 향해 언성을 높였다.

"도둑으로 몰긴 누가 몰아? 그리고 난 그렇게 의심받을 일 자체가 없거든."

기가 막혀서 말이 안 나온다. 녀석과 친구로 지내 온 나 자신에

게 화가 날 지경이다. 그때 대풍이가 날 옆으로 확 밀쳐 내며 지욱이가 아닌 모두를 향해 고래고래 소리를 지르기 시작했다.

"난 아니라고, 새끼들아. 그래, 내가 거짓말하고 숙인이 스마트폰 훔쳤던 건 사실이고 정말 잘못했어. 그렇지만 더 이상은 아니라고. 예전에는 맨날 라면만 먹고 그래서 배도 고프고 너희한테 돈으로라도 잘 보이고 싶어서 훔치고 거짓말도 했지만, 좋아서 그랬던 건 아니야. 지금은 씨팔, 떳떳하게 살고 있거든. 식당에서 일하면서 돈을 벌고 있다고. 그리고 맨날 후회해. 믿고 안 믿고는 너희들 자유지만 난 다시는 옛날처럼 안 살 거니까 누명은 씌우지 마!"

말을 마친 대풍이는 주르륵 흘러내리는 눈물을 손등으로 쓱 훔쳤다. 정태가 그런 대풍이의 어깨를 다독여 주었고 주변에 서 있던 아이들은 서로 눈치를 보며 무안한 듯 뒷머리를 긁적여 댔다. 나는 어떤 식으로든 대풍이의 무죄를 증명해 주고 싶었다. 하지만 딱히 좋은 방법이 떠오르지 않았다.

그때 정자 반대편에 서 있던 숙인이가 이만 원을 흔들어 보이며

"야, 태호야. 이거 네 돈 아니니? 여기 정자 밑에 떨어져 있었어."

하고 큰 소리로 외쳤다.

"헉, 미안해. 괜히 나 때문에……."

돈을 잃어버리면서 이 사달이 났던 까닭에 태호는 곤혹스러운 표정으로 사과했다.

"뭐야? 무슨 일이야?"

때마침 나타난 담임이 아이들의 심상찮은 낌새를 눈치채고는 누구에게랄 것 없이 물었다. 아이들은 선뜻 대답을 하지 못했다. 그러자 담임이 나를 쳐다보았다. 나는 할 수 없이 앞으로 나서서 사실대로 고했다. 얘기를 듣는 동안 담임의 표정은 험하게 일그러졌다. 담임은 한동안 숨을 고르며 화를 누그러뜨리기 위해서 애쓰는 기색이었다. 아이들은 고개를 떨군 채 담임의 눈치를 살폈다.

감정을 추스른 담임이 아이들을 정자에 올라가 앉게 한 뒤 말문을 열었다.

"어쨌건 너희들은 대풍이에게 씻을 수 없는 상처와 모욕감을 준 거야. 나는 너희들 모두 어떤 식으로든 대풍이에게 사과를 하는 게 옳다고 본다. 물리적 폭력도 무섭지만 언어폭력은 그것보다 훨씬 무서운 거야. 그러니까 어떻게 사과하면 좋을지는 각자 밭에서 일하면서 생각해 보도록."

담임이 말을 마치자 아이들은 쭈뼛거려 가며 텃밭으로 향했다. 그런 아이들의 얼굴에 뉘우치는 기색이 역력하다.

나는 후배에게서 건네받은 팥빙수를 담임에게 건넸다.

"뭐냐, 이건?"

"그냥 드세요. 오늘 고생하셨잖아요."

"짜식, 고맙다. 잘 먹을게."

담임은 내 어깨를 손바닥으로 가볍게 툭 치며 빙그레 미소를 지었다. 그런데 어째 개운치가 않다. 내가 벌인 소동은 아니지만 텃밭 동아리 안에서 그런 일이 벌어졌다는 것 자체가 담임에게 미안했다.

텃밭으로 향하는데, 뒤처져서 어슬렁거리는 지욱이의 뒷모습이 눈에 들어왔다. 나는 녀석의 어깨를 잡아 세웠다.

"야, 너 대풍이에게 정식으로 사과해라."

지욱이는 대답 대신 내 얼굴을 빤히 쳐다보았다. 그런 녀석의 얼굴에서 잘못을 뉘우치는 모습이라고는 눈곱만큼도 찾아볼 수가 없다.

"이제 나 말고 쟤들하고 친구 먹기로 했나 보네. 저런 새끼들하고 어울려서 좋을 거 하나도 없다. 막장인 애들 친하게 대해 줘 봐야 너만 호구 되는 거야."

더 이상 말을 섞는 게 무의미하다는 생각에 나는 그대로 지욱이 곁을 떠나 텃밭으로 향했다. 마음 같아서는 한 대 때려 주고 싶다. 불쌍한 새끼, 나는 마음속으로 중얼거렸다.

어쩐지 앞으로 다시는 지욱이하고 어울릴 일이 없을 것 같다는 생각이 든다.

*

도대체 무슨 일일까. 도무지 짐작이 가질 않는다.

오늘 아침 등교할 때, 엄마는 맛있는 걸 해 놓을 테니 학교가 끝나는 대로 친한 친구들을 집으로 데려오라고 신신당부를 했다. 느닷없이 친구들을 집으로 초대하라니 그 속을 알 길이 없다. 꼬치꼬치 캐물었지만 엄마는 빙긋 웃기만 할 뿐 속을 내비치지 않았다. 힌트를 달라고 떼를 써도 엄마는 입에 지퍼를 채우는 시늉을 하며 등을 떠밀 뿐이었다.

할 수 없이 나는 영문도 모른 채 점심시간에 텃밭 동아리 아이들에게 문자 메시지를 날렸다. 맛있는 걸 먹게 해 주겠다고 했더니 순식간에 열댓 명이 얼씨구나 하고 답신을 보내왔다. 학교가 끝나고 우리 집으로 향하는 내내 아이들은 한껏 기대에 부풀어서 쉴 새 없이 재잘거렸다.

정태와 대풍이도 함께했으면 좋았을 텐데 녀석들은 식당에서 일을 해야 되기 때문에 빠졌다. 지욱이에게는 구태여 말도 꺼내지 않았다.

"이야, 냄새 죽인다."

엘리베이터에서 내리자마자 아이들은 코를 벌름거리며 탄성을 내질렀다. 무슨 진수성찬을 차렸는지 복도에 고소하고 향긋한 음식 냄새가 진동을 한다. 나는 현관문을 열고 안으로 들어서다가 멈칫했다. 거실 한복판에 교자상 세 개가 나란히 놓였고 그 위에는 온갖 음식이 상다리가 부러질 정도로 그득하니 차려져 있다. 그걸 본 아이들의 두 눈이 휘둥그레졌다.

"어서들 오너라."

엄마가 환하게 웃는 얼굴로 우리들을 맞이했다. 나는 그런 엄마를 멀뚱멀뚱 쳐다보았다. 제대로 실력 발휘를 한 걸 보니 분명히 무슨 날인 것 같은데 아무리 머리를 굴려 봐도 짚이는 곳이 없다. 아이들은 우아, 하고 감탄을 연발하며 교자상 주위로 우르르 몰려갔다.

재료와 모양이 제각각인 김밥들과 다양한 고명을 올린 비빔라면과 쫄면, 특별한 날에만 먹을 수 있는 빵에 담긴 크림떡볶이와 형형색색의 꼬치들, 여러 가지 장아찌로 빚은 주먹밥에 미니피자와 토르티야까지 그야말로 어디부터 젓가락을 대야 할지 모를 정도로 한 상이 떡하니 차려져 있다.

"배고플 텐데 어서들 먹어라. 먹고 모자라면 얘기하고."

"잘 먹겠습니다."

아이들은 자리에 앉기가 무섭게 수저를 놀려 댔다. 나도 아이들 틈에 껴서 크림떡볶이부터 먹기 시작했다. 칼로 빵 한가운데에 열 십자를 내고 뜯어내자 먹음직스러운 크림떡볶이가 모습을 드러냈다. 빵 안에 떡볶이가 들어 있으리라곤 상상도 못 했던 아이들이 그 모습에 두 눈이 휘둥그레지며 와하고 감탄했다. 하긴 녀석들은 크림소스로 만든 떡볶이가 있다는 것도 몰랐을 것이다. 녀석들은 일시에 떡볶이로 달려들었다. 내가 빵을 뜯어서 떡볶이 소스에 찍어 먹자 다들 앞다퉈 따라 했다. 숨도 쉬지 않고 게걸스럽게 먹어 치우는 바람에 떡볶이 그릇 역할을 했던 빵까지 순식간에 사라지고 말았다.

정신없이 먹던 중 누군가 말을 꺼냈다.

"야, 근데 우리 대풍이한테 정식으로 사과해야 하는 것 아닐까?"

텃밭에서 있었던 일을 두고 얘기가 시작되자 아이들의 표정이 진지해졌다.

대풍이에게 사과를 하라는 담임의 지시가 아니더라도 모두 녀석에게 미안한 마음을 품고 있었다. 드러내 놓고 내색하지는 않았지만 대풍이는 우리 모두에게 꽤나 섭섭한 눈치였다.

대풍이 얘기가 나오자 태호는 두 눈을 내리깔며 뒷머리를 긁적거렸다. 텃밭에서 사달이 벌어졌던 날, 녀석이 집에 가서 보니 식탁 위에 이만 원이 떡하니 놓여 있었다고 한다. 다음 날 태호는 숙인이에게 돈을 돌려주었다. 그걸 보고 우리 모두는 숙인이가 있지도 않은 돈을 주운 척 연기했다는 사실을 깨달았다. 아이들이 의아하게 생각하자 숙인이는

"걔가 내 스마트폰을 훔치기는 했지만 사실 불쌍하잖아. 그리고 담임이 그랬잖아. 사람은 누구나 살면서 실수를 한다고. 입장 바꿔서 곰곰이 생각해 보니까 나도 조금은 이해가 되더라. 그리고 무엇보다 텃밭에서 일할 때 보니까 꽤 괜찮은 애라는 생각도 들고. 그래서 돕고 싶었을 뿐이야."

하고 대수롭잖게 대꾸했다.

하지만 나는 어쩐지 그런 숙인이의 행동이 썩 달갑지만은 않았다. 숙인이가 정태와 나, 둘 중의 하나를 좋아한다고 지레짐작하고 있던 차에 대풍이가 돌연 등장하니 내심 섭섭한 마음마저 들었다.

숙인이에게 돈을 돌려준 태호는 곧장 대풍이에게 가서 미안하다고 사과를 했다. 건망증 때문에 그 난리가 벌어진 거라니 모두가 어처구니없어하면서 녀석에게 한마디씩 던졌다. 그런 아이들 앞에서 태호는 차마 고개를 들지 못했다.

"이렇게 하면 어떨까?"

민석이가 수줍은 표정으로 조심스럽게 말문을 열었다. 아이들의 눈길이 모두 민석이에게로 향했다.

"며칠 뒤면 대풍이 생일이거든. 그때 분식집에서 생일 파티 해 주면서 사과하면 어때?"

"그거 괜찮겠다. 난 찬성."

"나도 찬성!"

우리는 모두 의견의 일치를 보았다. 그러자 대풍이에게 미안함을 품고 있었던 아이들의 표정이 한결 가벼워졌다.

"먹을 만하니?"

아이들을 흐뭇하게 바라보던 엄마가 넌지시 묻자 녀석들은

"완전 끝나요."

"짱, 짱, 짱이에요."

하고 큰 소리로 대답하며 너나 할 것 없이 엄지손가락을 추켜세웠다.

"아줌마, 식당 차리면 안 돼요? 제가 맨날 가서 사 먹을게요."

숙인이가 토르티야를 베어 먹으며 진심 어린 목소리로 말했다.

"호호호, 그럴까?"

엄마가 유쾌하게 웃으며 묻자 아이들이 여기저기서 손을 들어가며

"저도 사 먹을게요."

"저도요."

하고 열렬하게 호응했다.

"그럼 까짓것 한번 차려 볼까?"

"정말로요? 어디에다 차릴 건데요?"

아이들은 생글거리는 엄마의 얼굴을 뚫어져라 쳐다보았다.

"농담이야."

엄마가 장난스럽게 웃으며 대꾸하자 아이들은 에이, 하고 실망했다. 하지만 나는 엄마의 말이 농담이 아닌 걸 직감했다. 원래도 농담을 잘 하지 않는 엄마가 아이들을 상대로 실없는 소리를 했을 리 만무하다. 농담이라고 하기엔 엄마의 눈빛이 진지한 데다 무엇보다 느닷없이 아이들을 초대해서 음식을 대접한 게 수상쩍다.

"엄마, 식당 차리려고 그러지?"

친구들을 배웅하고 돌아온 나는 엄마에게 단도직입적으로 물었

다. 엄마는 의미심장한 미소를 띠며 내 얼굴을 들여다보았다. 내가 재차 묻자 엄마는

"내가 식당을 차리면 잘될까?"

하고 되물었다.

"당근이지. 근데 우리 집 돈 없잖아."

"응, 그래서 아파트 팔기로 했어."

"진짜?"

"벌써 부동산에 내놨어."

엄마는 천연덕스러운 표정으로 아무렇지도 않다는 듯이 대꾸했다. 나는 엄마의 얼굴을 빤히 쳐다보았다. 집을 내놓다니 뭐가 어떻게 돌아가는 건지 그저 어안이 벙벙할 따름이다. 장사가 잘된다면 모르겠지만 만에 하나 파리만 날리다가 가게 문을 닫게 된다면 우리 가족은 길바닥에 나앉아야 하는 건가. 물론 엄마의 요리 솜씨를 생각하면 그럴 일은 없겠지만 사람의 일이란 모르는 거다. 그리고 나도 엄연히 가족의 구성원인데 이렇게 중요한 일을 나만 쏙 빼놓고 결정하다니 내심 섭섭하다.

"그럼 시골에는 안 가기로 한 거야?"

"너 고등학교 졸업하면 갈지도 모르지. 아빠도 이젠 늙었는지 귀농이든 귀촌이든 겁이 나는 모양이더라. 예전 같으면 한번 마음먹은 일은 불도저처럼 밀어붙였을 텐데 세월 앞에 장사 없는 거지, 뭐."

말끝에 입꼬리를 피식 말아 올리는 엄마의 표정에 쓸쓸함이 살짝 묻어났다.

"그럼 아빠도 엄마랑 같이 식당 하는 거야?"

"아니. 식당은 나 혼자 하고 아빤 너희 학교 선생님들과 함께 학생과 학부모를 위한 전용 농장을 만들 생각인 거 같더라. 뭐, 말로는 목공 교실을 비롯해서 이런저런 체험 프로그램을 운영하면서 농사도 규모 있게 지어 보겠다는데 너도 아빠 고집 알잖니. 정 생각이 그렇다면 원 없이 해 보라고 했지, 뭐."

하긴 아빠의 고집은 정말 알아줘야 한다. 그나저나 선생님들까지 가세를 한다니 농장이 만들어지면 어쩐지 나만 더 피곤해질 것 같다는 불길한 예감이 든다.

"근데 식당은 어디다 차릴 건데?"

"너희 학교 앞 팡팡 떡볶이 가게를 계약하기로 했다."

"정말?"

"그럼, 가게 이름도 벌써 정했는걸."

"뭐로?"

"너희 학교 텃밭 동아리 이름을 따서 돌봄 분식. 어때?"

그야말로 번갯불에 콩 구워 먹기다. 나는 비로소 엄마가 왜 음식을 잔뜩 만들어서 아이들을 초대했는지 온전하게 이해했다. 오늘 애들의 반응을 보니 엄마가 개업을 하기만 하면 인기 최고일 것 같다.

그나저나 최소한 가게 이름만이라도 내 의견을 구했다면 섭섭함이 덜할 텐데 암만해도 너무했다. 혹시 부모님은 나를 마냥 어린 아이로 생각하고 있는 걸까. 나도 내년이면 중 3인데 그렇다면 그건 굉장한 착각이다.

*

구월을 코앞에 두었는데도 더위는 도무지 꺾일 기미조차 보이지 않는다. 하얗게 부서지는 햇볕이 화살처럼 따갑다. 바람이라도 불어 주면 나으련만 바람조차 햇볕에 다 말라 버린 모양이다. 주변을 둘러보니 아이들 모두 헉헉대면서 비지땀을 흘리고 있다.

그 가운데는 민형이 형도 섞여 있다. 개학을 하고 3학년들의 동아리 활동이 없어지자 민형이 형은 누가 시키지도 않았는데 텃밭 동아리 일을 거들고 나섰다. 목공 동아리를 할 때도 알아봤지만 민형이 형은 원래 손재주를 타고난 것 같다. 텃밭 일도 능숙하게 해내서 적잖이 도움이 되었다. 특히 힘쓰는 일이 있을 땐 발군의 능력을 발휘했다. 아이들도 그런 민형이 형을 잘 따랐다.

농사일치고 힘들지 않은 게 없지만 폭염 속에서 짓는 김장 농사는 특히 힘들다. 푹푹 찌는 불볕더위 속에서 일을 하다 보면 숨이 턱에 차오르면서 짜증이 절로 난다. 벌써 한 시간째 밭을 만들고 있는 아이들의 얼굴에도 슬슬 짜증이 묻어나기 시작했다.

나는 텃밭 입구에 떡하니 자리를 잡은 정자를 건너다보았다. 당장에라도 정자로 달려가서 벌러덩 드러눕고 싶은 마음이 굴뚝같다.

아닌 게 아니라 몇몇 애들이 정자에서 땀을 식히고 있다. 분리수거장 옆 퇴비간과 생태 화장실 그늘 밑에 주저앉은 애들도 더러 눈에 띈다. 힘들어서 쉰다는데 뭐라고 할 수도 없고, 은근히 얄밉다. 햇볕 아래 선 아이들 몇 명이 그늘에서 쉬는 애들을 슬쩍슬쩍 째려본다. 그렇지만 이럴 땐 참는 게 장땡이다. 서로 예민해져 있어서 시비를 가리려 들다가는 싸움이 나기 꼭 좋다.

나는 얼굴과 목에 줄줄 흘러내리는 땀을 수건으로 닦아 낸 뒤 두둑의 풀을 맬 때 쓰는 농기구인 긁쟁이로 김장밭의 어린 풀들을 긁어 냈다. 긁쟁이질을 몇 번 하지도 않았는데 입에서 단내가 난다. 그렇지만 나는 꾹 참고서 일손을 멈추지 않았다. 농사를 안 짓는다면 모를까, 어차피 지을 거라면 때를 놓쳐서는 안 된다. 모든 일이 다 그렇듯이 농사도 다 때가 있고 때를 놓치면 여지없이 낭패를 보게 된다. 그래서 힘들어도 꾹 참고 일을 끝내는 게 상책이다. 다른 방법은 없다.

나는 슬쩍 교내 식당 쪽을 쳐다보았다. 선생님들이 팥빙수를 만들어서 내오겠다며 식당으로 들어간 지 한참 지났는데도 감감무소식이다. 나는 팥빙수를 입 안에 떠 넣는 상상을 하며 긁쟁이를 놀렸다.

"아, 씨발. 졸라 힘드네."

투덜거리는 소리에 뒤를 돌아다보니 대풍이가 긁쟁이를 내던지고 고랑에 털썩 주저앉는다. 더위라면 아예 쥐약인 대풍이의 체질을 생각하면 꽤나 오래 견딘 셈이다. 대풍이는 밀짚모자를 부채 삼아 흔들며 정자 쪽을 사납게 노려보았다.

"건호야, 저 새끼들 너무하는 거 아니냐?"

대풍이가 쉬고 있는 애들을 가리키며 못마땅한 얼굴로 투덜거렸다.

"그러게. 쫌 그러네."

"특히 지욱이 쟤는 담임 없으니까 계속 스마트폰만 만지작거리더라. 맨날 땡땡이치면서 시간만 죽이고 열라 재수 없어. 저 새끼는 좋게 봐주려고 해도 봐줄 수가 없어. 야, 가서 한마디 할까?"

"그러지 마. 그냥 못 본 척해라."

"못 본 척하기는, 하루 이틀도 아니고 매번 해도 너무하잖아."

대풍이는 내가 말릴 새도 없이 성난 멧돼지처럼 씩씩대면서 지욱이를 향해 성큼성큼 다가갔다. 가뜩이나 지욱이에 대한 감정이 사나워져 있는 판에 녀석의 기세로 보아 한바탕 사달이 날 것만 같다. 나는 부리나케 대풍이의 뒤를 쫓아갔다.

"씨발놈아, 스마트폰 꺼!"

정자 앞에 선 대풍이는 스마트폰을 들여다보고 있는 지욱이를 향해 거칠게 명령했다. 지욱이는 그런 대풍이를 힐끗 쳐다보더니

"네가 뭔 상관인데?"

하고 시큰둥한 반응을 보인 뒤 눈길을 스마트폰에 고정했다.

"네 눈깔은 장식이냐? 애들 일하는 거 안 보여?"

"신경 끄라고. 남이야 뭘 하든 네가 뭔데 지랄이야?"

지욱이는 스마트폰에서 눈길도 떼지 않고 대꾸했다. 대풍이의 주먹이 부르르 떨렸다. 정자에 앉아 있던 애들이 슬금슬금 자리에서 일어나 섰다. 텃밭에 있던 아이들은 어느 결에 정자 주변으로 몰려들었다.

"이 또라이 새끼야, 그럴 거면 동아리엔 뭣 땜에 들어왔는데? 일하기 싫으면 그냥 꺼져!"

대풍이는 핏발 선 눈으로 지욱이를 노려보며 으르렁거리듯 쏘아붙였다. 지욱이는 스마트폰을 주머니에 넣은 뒤 입꼬리에 피식 비웃음을 말아 올리며 대풍이를 째려보았다.

"왜, 한 대 치게? 그럼 쳐 봐, 쳐 보라고. 못 치겠지? 하긴 도둑놈 주제에 그럴 배짱이 있겠어?"

지욱이는 대풍이를 향해 차갑게 이죽거렸다. 몰려들어서 구경하던 아이들이 여기저기서 웅성거리기 시작했다. 나는 당장에라도 뛰어들어서 지욱이를 말리고 싶었다. 그러나 유리구슬처럼 번들거리는 지욱이의 두 눈을 보자 그럴 자신이 없어졌다. 그러컨 두 주먹을 부들부들 떨던 대풍이가 지욱이를 향해 막 돌진하려는 찰나 정태가 대풍이의 어깨를 움켜쥐었다.

"대풍이 건들면 가만두지 않겠다고 했을 텐데? 조심해라, 마지막 경고다."

정태는 지욱이를 향해 나직이 중얼거렸다. 조용히 한마디 했을 뿐인데 엄청난 위압감이 느껴졌다. 지욱이도 순간적으로 움찔한 눈치다.

"그만 가자."

정태가 대풍이의 어깨를 잡아 돌렸다. 나는 안도의 한숨을 내쉬었다. 정태가 아니었다면 보나 마나 큰 싸움이 벌어졌을 것이다. 나는 지욱이를 위해서나 대풍이를 위해서나 정말 다행이라고 생각했다.

그때였다. 지욱이가 정태의 등 뒤에 대고 차갑게 한마디 쏘아붙였다.

"어이구, 한글도 모르면서 똥폼은 열라 잡아요."

지욱이의 말에 정태의 발걸음이 우뚝 멈춰졌다. 주위에 몰려들었던 아이들이 두 눈을 동그랗게 치켜뜨고서 술렁이기 시작했다. 나는 가슴이 철렁 내려앉았다. 무슨 생각으로 정태의 비밀을 까발렸는지 모르겠지만 녀석은 이제 죽은 목숨이다.

정태는 돌아서서 지욱이를 쳐다보았다. 나는 여차하면 담임에게 달려갈 태세를 취했다. 정태는 지욱이를 향해 천천히 발걸음을 떼어 놓았다.

"너 지금 뭐라고 했어?"

정태는 정자에 앉은 지욱이를 올려다보며 조용히 물었다.

"한글도 모르는 새끼라고 그랬다. 왜, 켕기냐?"

지욱이는 아예 죽기로 작정이라도 했는지 고개를 꼿꼿이 쳐들고 대꾸했다. 나는 당장 달려들어 그 입을 틀어막고 싶었지만 이미 엎질러진 물이었다.

나는 어떻게 해서든 정태를 말려야 한다고 생각했다. 아이들이 지켜보는 앞에서 한글을 못 읽는다는 사실이 까발려졌으니 정태는 정말로 지욱이를 죽일지도 모른다. 나는 조마조마한 마음으로 정태를 쳐다보았다. 주변의 아이들도 정태와 지욱이를 갈마보며 마른침을 삼켰다.

"너, 그 말 책임질 수 있어?"

정태는 지욱이를 쏘아보며 조용히 물었다.

"책임지고 말고 할 게 뭐 있어, 너 한글 모르잖아?"

제발 입 좀 닥쳤으면 좋겠는데 지욱이는 물러서지 않고 정태에게 맞섰다. 나는 그런 지욱이를 보며 담임에게 뛰어갈 준비를 했다. 그런데 뜻밖에도 정태는 화를 내지 않았다. 벌써 이단 옆차기가 날아갔어야 하는데 오히려 침착한 모습으로 지욱이를 쏘아볼 따름이다. 아이들은 정태가 한글을 아느냐 모르느냐 하는 문제를 놓고 귓속말을 주고받았다. 지욱이의 말이 사실인 것 같다는 의견과 중학생인데 설마 한글도 모를 리가 있느냐는 의견이 팽팽하게 엇갈렸다. 그때 정태가 입을 열었다.

"너는 눈에 보이는 게 전부인 것 같지?"

뜬금없는 정태의 질문에 지욱이는 대답을 하지 못했다. 이리저리 눈알만 굴리는 게 당황한 기색이 역력하다. 나 역시도 허를 찔린 기분이다.

"야, 세상은 눈에 보이는 게 다가 아니야. 넌 네가 똑똑하다고 생각하지? 그래서 우리가 다 졸로 보이지? 그런데 그거 아냐? 스스로 똑똑하다고 생각하는 게 가장 멍청한 거야. 전교 1등? 좆 까라 그래라, 찌질한 새끼야."

말을 마친 정태는 지욱이 따위는 더 이상 안중에 없다는 듯 돌아섰다. 뒤에 남겨진 지욱이는 자존심에 상처를 받았는지 얼굴이 새빨개졌다.

"사…… 사실이잖아……! 내…… 내 말 맞잖아. 너 한…… 한글 모르잖아, 새끼야!"

지욱이는 대풍이를 이끌고 밭으로 향하는 정태의 등 뒤에 대고 더듬더듬 마지막 공격을 감행했다. 그러나 누가 봐도 이미 끝난 싸움이었다. 아이들은 씨근벌떡거리며 어쩔 줄 몰라 하는 지욱이를 쳐다보면서 그럼 그렇지, 중학생이 한글을 모를 리가 있겠어 하고 입을 모았다. 나는 고개를 갸웃거리며 정태의 뒷모습을 물끄러미 바라보았다.

분명히 정태는 한글을 모른다. 그걸 알고 있음에도 정태의 당당함이 나를 혼란에 빠뜨렸다. 눈에 보이는 게 다가 아니라니, 분명히 뭔가 뜻이 담긴 말일 텐데 도무지 갈피가 잡히지 않는다. 전교 꼴등을 다투는 정태가 그사이에 한글을 깨쳤단 말인가?

문득 지욱이가 정태의 비밀을 알아채던 날 상담실에 놓여 있던 정태의 공책이 떠올랐다. 그때 본 정태의 공책에는 똑같은 문장이 반복 나열되어 있었다. 어쩌면 정태는 한글을 깨쳤을지도 모른다. 유창하게 읽고 쓰는 수준까지 도달하지는 못했겠지만 쉬운 문장을 읽고 쓰는 데는 큰 어려움을 느끼지 않을 수도 있다. 그렇게 생각의 가닥을 잡고 나자 정태가 화를 내기는커녕 침착하고 당당하게 행동했던 까닭이 비로소 이해되었다. 어느 수준까지 읽고 쓰는지는 모르겠지만 정태는 어쩌면 우리가 알고 있는 것과는 달리 굉장히 똑똑할지도 모른다.

"야, 담임이다."

누군가 외치자 아이들은 아무 일도 없었다는 듯 잠시 쉬고 있었던 척했다. 담임은 국어 선생님과 함께 큰 쟁반에 팥빙수를 담아 들고 우리를 향해 다가왔다. 쟁반을 정자 바닥에 내려놓으며 담임은

"짜식들, 팥빙수 내올 줄 알고 딱 모여 있었구나. 하여간에 타이밍은 기가 막히게 맞춰요. 더울 텐데 어서 한 그릇씩 해라."

하고 환하게 웃으며 뿌듯한 표정을 지었다.

정태와 대풍이도 태연한 표정으로 팥빙수 그릇을 비웠다. 지욱이는 정자 구석에 외따로 앉아서 침울한 표정으로 팥빙수를 입에 떠 넣었다.

"국어 선생님."

팥빙수를 다 비운 정태가 느닷없이 국어 선생님을 불렀다. 국어 선생님이 고개를 돌려 정태를 쳐다보자 녀석은 멋쩍은 듯 뒷머리를 긁적이며 잠시 주저하더니

"혹시 밭에서 낭송하기에 좋은 시 없어요?"

하고 뜬금없이 시 타령을 했다. 국어 선생님은 정태의 질문에 잠시 당황하는 듯했지만, 이내 뜻 모를 눈빛을 정태와 주고받더니 환하게 웃으며 말했다.

"이야, 웬일이니? 정태가 시를 다 찾고. 정말 오래 살고 볼 일이다, 얘. 밭에서 낭송하기 좋은 시라…… 글쎄, 뭐가 있을까? 아! 그래, 생각났다. 잠깐만 기다려라, 얼른 가서 가져올게."

국어 선생님은 기특하다는 듯이 정태의 머리를 쓰다듬은 뒤 교무실로 향했다. 아이들은 장난스러운 표정으로 와하고 정태를 향해 손가락 화살을 날렸다. 그러자 정태는 고개를 떨구며 살짝 얼굴을 붉혔다.

잠시 후 나타난 국어 선생님의 손에는 복사지가 들려 있었다.

"음, 이 시는 김준태 선생님의 「참깨를 털면서」라는 시인데 내가 가장 좋아하는 시 가운데 하나야. 이 시에 나오는 할머니처럼 우리 할머니도 참깨 농사를 지으셨거든. 지금은 돌아가셨지만 이 시만 읽으면 할머니 생각이 나서 마음이 좀 그래."

국어 선생님은 이 순간에도 할머니가 그리운지 애틋한 표정을

지었다.

"선생님, 그 시 제가 읽으면 안 돼요?"

정태가 수줍은 표정으로 손을 어깨높이로 올리며 말했다. 아이들이 우아, 하고 감탄했다. 국어 선생님은 짐짓 놀랐다는 표정으로

"내일 아침에는 해가 서쪽에서 뜨겠는걸? 정태가 시 낭송하는 모습을 보게 되다니 꼭 꿈만 같다, 얘."

하고 말한 뒤 정태에게 복사지를 건넸다.

정태는 일어나서 시를 낭송하기 시작했다.

산그늘 내린 밭귀퉁이에서 할머니와 참깨를 턴다.
보아하니 할머니는 슬슬 막대기질을 하지만
어두워지기 전에 집으로 돌아가고 싶은 젊은 나는
한 번을 내리치는 데도 힘을 더한다.
세상사(世上事)에는 흔히 맛보기가 어려운 쾌감이
참깨를 털어 대는 일엔 희한하게 있는 것 같다.
한 번을 내리쳐도 셀 수 없이
솨아솨아 쏟아지는 무수한 흰 알맹이들
도시(都市)에서 십 년을 가차이 살아 본 나로선
기가 막히게 신 나는 일인지라
휘파람 불어 가며 몇 다발이고 연이어 털어 댄다.
사람도 아무 곳에나 한 번만 기분 좋게 내리치면

참깨처럼 솨아솨아 쏟아지는 것들이
얼마든지 있을 거라고 생각하며 정신없이 털다가
〈아가, 모가지까지 털어져선 안 되느니라〉
할머니의 가엾어하는 꾸중을 듣기도 했다.

막힘없이 줄줄 시를 읽어 내려간 정태는 낭송을 마친 뒤 쑥스러
운 표정으로 뒷머리를 긁적이며 자리에 앉았다. 그 모습에서 나는
정태가 한글을 완벽하게 깨쳤다는 것을 깨달았다. 아이들은 정태
에게 아낌없이 박수를 보내 주었다. 나 역시도 힘껏 박수를 쳤다.
아이들은 박수를 치면서 슬쩍슬쩍 지욱이를 째려보았다. 힐끗 쳐
다보니 녀석은 참담한 표정으로 고개를 떨구고 있다. 반면에 정태
는 수줍어하면서도 입꼬리가 귀에 걸렸다.
"정태야, 고맙다. 완전 감동이야."
국어 선생님은 두 손을 가슴 앞쪽에 모은 채 정말 감동을 받은
듯 눈물을 글썽였다. 담임이 그런 국어 선생님 옆에 서더니
"자, 기분이다! 오늘 밭 만들기 끝나면 짜장면 쏜다."
하고 큰 목소리로 외쳤다.
아이들은 누가 먼저랄 것도 없이 우레와 같은 함성을 질러 댔다.
그러나 나는 지욱이가 자꾸만 마음에 걸려서 담임의 짜장면 소리
가 귀에 들어오지 않았다. 아까 정태에게 시비를 걸었다가 깨진 것
만 해도 자존심 상할 일인데 정태가 모두의 앞에서 보란 듯이 시

낭송을 했으니 속이 말이 아닐 것이다.

아이들이 담임을 따라 우르르 텃밭으로 향하자 지욱이는 침울한 표정으로 정자에서 내려왔다. 위로라도 해 줄 요량으로 나는 지욱이의 어깨를 가볍게 잡았다. 그러나 지욱이는 야멸찬 태도로 내 손을 탁 쳐 내고는 느릿느릿 텃밭으로 향했다. 그런 지욱이의 뒷모습이 어쩐지 위태로워 보인다. 녀석에겐 지금 누군가의 위로와 도움이 절실할 텐데 아무리 머리를 쥐어짜 봐도 방법이 떠오르지 않는다.

*

지욱이는 끝내 텃밭 동아리에서 탈퇴하고 말았다. 담임이 극구 만류했으나 녀석은 완강했다. 나도 나서서 말려 보려 했지만 지욱이는 아예 얘기를 꺼낼 기회조차 주지 않았다. 몇 번에 걸쳐서 말을 걸어 보아도 지욱이는 마냥 귀찮다는 듯이 저리 가라며 손사래를 쳤다.

대풍이는 지욱이 녀석 꼴도 보기 싫었는데 잘됐다며 반색했다. 대풍이뿐만 아니라 텃밭 동아리 애들 모두가 지욱이의 탈퇴를 반기는 분위기였다. 하지만 나는 뭔가를 잃어버려 놓고서도 무엇을 잃어버렸는지 알 수 없을 때처럼 영 기분이 찜찜했다.

혹시나 하고서 텃밭을 둘러보았으나 정자 주변에 모여 있는 아이들 어디에도 지욱이의 모습은 보이질 않는다. 왠지 허전하다. 담임이 말한 텃밭의 기적이 왜 지욱이에게는 일어나지 못했는지, 참으로 답답하다.

동아리 아이들은 담임의 지시에 따라 모둠별로 무리를 지어 각자 책임을 떠맡은 밭으로 이동해서 풀을 잡기 시작했다. 나도 정태 등 우리 모둠 아이들과 함께 넝쿨 작물이 그물망을 빽빽하게 뒤덮은 밭으로 가서 풀을 잡았다. 여전히 덥긴 했지만 구월로 접어들자 풀의 성장 속도가 눈에 띄게 둔해져서 풀을 잡는 게 한결 수월하다. 고구마와 땅콩은 진작 밭을 덮었으니 오늘 한 번만 남은 밭의 풀을 확실하게 잡아 놓으면 지난했던 풀과의 씨름도 이제 끝이다.

김장밭을 맡은 후배들은 여린 풀들을 호미로 쓱쓱 긁어 주는 것으로 간단하게 작업을 마쳤다. 한가로운 표정의 후배들은 하루가 다르게 쑥쑥 자라나는 배추와 무를 신기하다는 듯 바라보았다. 풀매기를 끝낸 우리들도 후배들과 함께 김장밭을 구경했다.

배추와 무뿐만 아니라 갓과 쪽파와 당근도 서로 경쟁을 하듯 자라났다. 팔월 초에 직파했던 상추와 치커리 등속도 고기를 싸 먹기 딱 좋게 잎을 키웠다.

그때 누군가 다급한 목소리로 담임을 찾았다.

"텃밭 선생님, 큰일 났어요."

우리 반 애들을 뺀 나머지 아이들은 언제부터인가 담임을 사회 선생님이란 호칭 대신 텃밭 선생님이나 농부 선생님으로 부르기 시작했다.

"무슨 일인데?"

"살인자가 나타났어요."

"그게 무슨 말이야?"

살인자란 말에 모두들 우르르 몰려들었다. 담임을 불렀던 아이
가 뿌리가 댕강 잘린 배추를 들어 보이며

"배추가 살해됐어요."

하고 자못 심각한 표정을 지었다.

배추가 살해됐다니 나도 모르게 쿡, 하고 웃음이 나왔다. 그러나
김장밭에 모인 아이들은 모두 표정이 심각하다. 담임도 뿌리가 잘
려 나간 배추를 자세히 들여다보며 고개를 갸웃거렸다. 내가 나설
차례였다.

"이건 살인자가 아니라 거세미나방의 유충이 벌인 짓이야."

나는 아이들을 한 걸음씩 물러서게 한 뒤 배추가 잘려나간 자리
의 흙을 파헤쳤다. 흙을 파헤치자마자 새끼손가락 두 마디 크기의
회색빛 애벌레가 나타났다. 나는 거세미나방의 유충을 손바닥 위
에 올려놓고서 모두에게 자세히 보여 주었다.

"이거야. 거세미나방의 유충인데 모종의 줄기를 먹고 살아."

아이들은 두 눈을 부릅뜨고서 유심히 관찰했다.

"근데 이건 왜 생기는 건데?"

"부숙이 덜 된 퇴비를 사용하면 생겨. 나방들이 그 냄새를 좋아

하거든."

"아주 나쁜 새끼네."

관찰이 끝나자 대풍이가 거세미를 손가락으로 쿡 눌러서 터뜨려 죽였다. 그 모습에 다들 양미간을 찡그렸다. 나는 전에 남겨 두었던 배추 모종을 가져와서 빈 자리에 보식(식물이 죽은 자리에 보충하여 심는 것)을 했다. 보식이 끝나자 아이들은 담임이 가져온 매실 효소를 희석해서 물뿌리개에 가득 채웠다. 매실 효소가 벌레 기피제인 동시에 영양제란 걸 배운 아이들은 정성 어린 손길로 김장밭의 작물들에게 골고루 뿌려 주었다.

김장밭 돌보는 걸 끝내고 나자 수확할 일만 남았다. 우리들은 모둠별로 흩어져서 수확했다. 그간 몇 차례 해 봤다고 손길이 야무지고 거침없다. 오늘은 고구마 줄기와 잎채소까지 곁들여져서 평소보다 수확물이 더 풍성하다. 모둠별로 수확한 걸 한자리에 모아 놓으니 그 양이 굉장하다.

매번 수확을 할 때마다 경험하는 일이지만 경이롭기 짝이 없다. 낱낱이 수확을 해도 일주일이면 거짓말처럼 원상 복귀를 한다. 따도 따도 끝없이 나온다. 그걸 보면 자연의 힘은 정말 위대하다는 생각이 절로 든다. 노력하면 노력한 만큼 얻는다는 것도 수확의 또 다른 기쁨이다. 수확물을 바라보는 아이들은 다들 흡족한 표정으로 연신 빙글거렸다.

나는 아이들과 함께 수확물을 골고루 배분했다. 장바구니 가득 각자의 몫을 챙긴 아이들은 하나둘 텃밭을 떴다.

막 학교 정문을 나서는데 등 뒤에서 정태가 나를 불러 세웠다. 무슨 일인지 녀석은 잠시 머뭇거렸다. 그러고 보니 대풍이와 함께 식당으로 일하러 가야 할 녀석이 이 시간까지 학교에 남아 있는 게 이상하다.

"너, 우리 집에 안 갈래?"

정태가 머뭇거리던 끝에 넌지시 물어 왔다. 녀석이 나를 초대한다니 나로선 마다할 이유가 없다.

"왜? 무슨 날이야?"

"응, 사실은…… 오늘 내 생일이거든."

정태는 쑥스러운지 고개를 숙인 채 땅바닥을 발끝으로 툭툭 찼다.

"정말? 당근 가야지. 근데 진작 얘길 했으면 선물이라도 준비했을 텐데."

내가 아쉬움을 표시하자 정태는 선물은 무슨, 하며 말꼬리를 흐렸다.

"야, 그래도 명색이 생일인데 다른 애들도 더 초대하지그래?"

나의 제안에 정태는 잠시 머뭇거리더니

"애들을 부르기에는 우리 집 사정이 좀 그래."

하고 표정이 어두워졌다.

하긴 몸이 편찮으신 할머니와 단둘이서 산다니 정태의 심정을 조금은 이해할 수 있을 것 같다. 어쨌건 기분은 최고다. 다른 애들도 있는데 정태가 나를 콕 찍어서 초대하다니. 모르긴 몰라도 정태의 초대를 받은 건 내가 최초일 것이다. 학기 초만 해도 정태와 친구가 되고 싶어서 몸이 달았었는데 이제 그 소원을 이룬 것 같아서 뿌듯하다.

정태와 함께 학교 앞 도로를 건넌 나는 아빠의 허락을 받기 위해 옛 팡팡 떡볶이로 향했다.

원래 오늘은 가게 내부 공사를 시작하는 첫날이라 학교가 파하는 대로 아빠를 돕기로 찰떡같이 약속을 했었다. 팡팡 떡볶이를 인수하기로 결정한 부모님은 일사천리로 일을 진행했다. 계약을 하고 공사를 시작하기까지 채 열흘도 걸리지 않았다. 아빠는 그깟 인테리어쯤 혼자서 얼마든지 자신 있다고 호언장담을 하며 호기롭게 공사를 벌였다.

가게에 도착하니 아빠는 한창 천장을 뜯어내는 중이었다. 천장의 합판을 뜯어낼 때마다 먼지가 우수수 쏟아지면서 허공을 뿌옇게 뒤덮었다.

"아빠! 아빠아!"

나는 문밖에 서서 큰 소리로 아빠를 불렀다. 아빠는 먼지를 뒤집어써서 백발이 된 모습으로 뒤를 돌아다보았다.

"나 오늘은 시간이 안 되겠는데?"

"왜?"

"오늘 정태 생일이래. 그래서 정태네 집에 가기로 했어."

"알았다, 너무 늦지 말고."

아빠의 허락을 받고 막 돌아서는데 때마침 가게 안으로 들어서던 담임과 맞닥뜨렸다. 텃밭에서 일하던 복장 그대로인 걸 보니 아빠를 도우러 온 모양이다. 담임 뒤에는 홍두깨도 서 있다.

"어쭈, 아버지 고생하시는데 돕지 않고 내빼는 거야?"

담임은 장난스러운 표정으로 내 목을 감싸 쥐는 시늉을 했다.

"오늘 정태 생일이란 말이에요."

"어, 그래?"

담임은 잠깐 뭔가를 생각하는 눈치더니 지갑에서 돈을 꺼냈다.

"케이크라도 하나 사서 축하해 줘라. 어이, 정태! 내 맘 알지?"

담임은 느끼한 목소리로 정태에게 윙크를 날린 뒤 가게 안으로 사라졌다. 생긴 건 완전히 고릴라면서 콧소리를 내며 애교를 부리다니, 아무리 담임이래도 이건 못 봐 주겠다. 닭살이 다 돋는다. 우리는 누가 먼저랄 것도 없이 진저리 치는 시늉을 하며 환하게 웃었다.

정태는 낡은 다세대 주택들이 즐비하게 늘어선 언덕길로 앞장을 섰다. 나는 정태의 뒤를 따르며 쉬지 않고 주변을 휘둘러보았다. 지척에 있는데도 이 동네에는 한 번도 발을 들인 적이 없다. 하긴 이제껏 이곳에 와 볼 일이라고는 없었다. 어른들은 애들이 이곳에 사는 아이들과 어울리는 걸 달가워하지 않았다. 초등학교 때는 학교가 아예 분리되어 있어서 어울릴 일 자체가 없었다.

아파트 단지에서만 살다가 골목길이 미로처럼 이어져 있는 동네를 보니 그저 신기할 따름이다. 집들이 다닥다닥 붙은 게 생경하면서도 정감이 느껴진다. 이곳에 비하면 아파트 단지는 너무 삭막하다는 생각이 든다. 달빛마을이니 별빛마을이니 하는 이름을 붙여도 아파트는 그냥 아파트일 뿐이다. 나는 처음 와 보는 이 마을이 꽤나 마음에 들었다. 어른들은 이 마을을 두고 혀를 쯧쯧 차거나 고개를 절레절레 젓곤 했지만, 나는 여기에 살면 꽤 재미있을 것 같다는 생각이 들었다.

정태는 언덕이 거의 끝나는 곳에 위치한 삼 층짜리 다세대 주택의 쪽문을 밀고 안으로 들어갔다. 녀석은 주택 벽면에 붙박인 철제 계단을 밟았다. 계단을 다 오른 정태는 옥상으로 한 층 더 올라갔다. 가쁜 숨을 몰아쉬며 정태를 쫓아 옥상에 오르자 드라마나 영화에서 보던 옥탑방이 눈에 들어왔다. 옥탑방 옆으로는 다 낡아서 금방이라도 주저앉을 것 같은 평상이 놓여 있다.

"할머니, 저 왔어요."

정태는 문을 열고 옥탑방 안으로 들어갔다. 나는 문밖에 서서 안을 기웃거렸다. 문 안쪽으로 방문이 보인다. 방으로 들어가기 전 두 평 남짓한 공간에는 싱크대가 놓여 있고, 그 안쪽으로 좌변기가 붙박여 있다. 좌변기 앞쪽으로는 수도꼭지와 샤워기가 있다.

정태는 방 안에 서서 내게 들어오라는 손짓을 했다. 안으로 들어가자마자 찜질방에 들어선 것처럼 숨이 턱 막혀 왔다. 창문이 있었으나 너무 작아서 바람이 거의 들지 않았고, 털털거리며 돌아가는 낡은 선풍기는 더운 바람만 토해 내고 있었다.

방 안에 들어서서 가장 먼저 눈에 들어오는 건 병색이 완연한 정태의 할머니였다. 요 위에 누워 있는 할머니는 한눈에 보기에도 거동이 불편해 보였다. 방 안을 둘러보니 서너 사람이 누울 만한 공간에 살림살이라고는 여섯 단짜리 서랍장과 낡은 텔레비전 한 대가 전부였다.

"할머니, 친구 놀러 왔어요."

할머니 앞에 앉은 정태가 나를 가리키며 소개했다. 할머니는 두 눈을 끔뻑이며 뭐라고 입술을 달싹였으나 목소리가 너무 작아서 알아들을 수가 없었다.

"건호야, 밖에 평상 있으니까 거기서 기다려. 할머니 목욕시키고 금방 나갈게."

정태가 할머니를 부축해서 일으켜 앉히며 말했다.

밖으로 나오니 비로소 숨통이 트인다. 해가 지려면 아직 멀었는데도 안보다 밖이 훨씬 시원하다. 나는 얼굴에 흐르는 땀을 손으로 훔쳐 냈다. 평상에 앉아서 옥탑방의 벽을 만져 보니 온종일 햇볕에 달궈져서 뜨끈뜨끈하다.

골목을 지나오면서 여기 살면 재밌겠다고 생각했던 것이 공연히 정태에게 미안한 마음이 든다. 그리고 정태가 아이들을 초대하지 않은 이유도 자연스레 이해가 되었다.

그런데 정태는 왜 나만 찍어서 초대를 한 것일까. 텃밭 동아리를 하면서 친해졌다고는 하지만 서로 모든 걸 보여 줄 정도는 아니다. 그 이유가 퍽 궁금했지만 이리저리 머리를 굴려 봐도 도무지 짐작이 가질 않는다.

얼마나 지났을까, 땀범벅이 되어 밖으로 나온 정태는 부엌 창문을 통해 긴 호스를 빼서 벽에다 물을 뿌리기 시작했다.

"물은 왜 뿌려?"

"응, 열을 식히는 거야. 이렇게 하지 않으면 밤에 잠을 잘 수가 없어."

정태는 아무것도 아니라는 듯 심드렁하게 대꾸하고는 계속해서 물을 뿌렸다. 삼십 분 남짓 사면의 벽에 물을 적신 정태는

"야, 우리 등목할까?"

하고 환한 얼굴로 웃통을 벗어젖혔다.

나는 대답 대신 웃통을 벗었다. 그러잖아도 텃밭에서 땀을 얼마나 쏟았는지 꿉꿉해서 죽을 지경이었다. 우리는 서로 번갈아 가며 등에 물을 끼얹었다. 시원한 물줄기가 등을 타고 흘러내려 머리카락까지 적시자 더위가 단박 가시면서 머릿속까지 상쾌해졌다.

등목을 마친 정태는 부엌으로 들어가서 휴대용 가스레인지와 돼지불고기가 잔뜩 담긴 프라이팬을 내왔다. 텃밭에서 수확한 게 분명한 여러 가지 쌈 채소와 쌈장과 김치도 평상에 올라왔다.

"그럼 어디 배 터지게 고기 좀 먹어 볼까? 건호 너도 양껏 먹어.

잔뜩 있거든. 우리 식당 사장님이 내 생일을 어떻게 알았는지 어제 고기를 이만큼 싸 주면서 오늘 하루 쉬라고 그러더라고. 야, 근데 대풍이한테 쫌 미안한데. 내 몫까지 일하려면 죽을 맛일 거다."

정태는 집게로 고기를 뒤적이며 키득거렸다. 이윽고 고기가 다 익자 우리는 서로 경쟁이라도 하듯이 먹어 치웠다. 웃통을 벗고 평상에 앉아서 먹는 고기는 그야말로 꿀맛이었다. 프라이팬에 가득 했던 고기가 마파람에 게 눈 감추듯 동났다. 나도 먹성이라면 누구에게도 뒤지지 않지만 정태도 만만치 않았다. 우리는 세 번이나 고기를 구웠다. 어림잡아도 둘이서 십 인분도 넘는 양을 먹어 치운 것 같다. 식사를 마친 우리는 평상 위에 다리를 쭉 뻗고 나란히 앉아서 벽에 등을 기댔다.

"정태야, 나 뭐 하나만 물어봐도 돼?"

"뭔데?"

"너 한글 언제 다 배운 거야?"

나는 조심스레 물어보았다. 걱정과 달리 정태는 피식, 가볍게 미소를 지었다.

"지욱이 그 새끼 깝죽댈 때 너도 알고 있을 거라고 감 잡았다. 너희 둘은 친하니까. 사실 그전에 나는 내 인생에 공부 따위는 필요가 없다고 생각했어. 자퇴할 생각이었거든. 고등학교 갈 형편도 안되고 누가 나 같은 놈 신경이나 쓰냐?"

정태는 회한에 잠긴 표정으로 잠시 하늘에 눈길을 풀어 놓았다.

나도 정태를 따라 하늘을 올려다보았다. 어스레한 하늘에 흰 구름이 떠 있다. 정태는 다시 말을 이었다.

"물론 글은 배울 생각이었어. 씨발, 쪽팔리잖아. 근데 막막하더라고. 나 글 모른다고 광고를 할 수도 없고. 근데 담임이 딱 눈치를 챈 거야. 좌우지간 눈치는 엄청 빨라요. 그러더니 국어 선생님이랑 같이 도와주겠다고 그러더라. 처음에는 거절했어. 국어 선생님한테 미안하기도 하고, 쪽팔려서. 근데 담임이 자꾸만 설득을 하는 거야. 너도 알잖아, 담임 집요한 거. 그래서 못 이기는 척 시작했어. 야, 그런데 이상하더라. 이게 은근히 재밌는 거야. 글이 늘면서 자격증을 따고 싶다는 생각도 들더라고. 요리사가 되는 게 내 꿈이거든. 할머니가 편찮으시면서 요리를 시작했는데 엄청 재밌고 내가 먹어 봐도 맛있는 거야. 그래서 아, 이거다 하고 결심했어. 꿈이 생기니까 공부에도 재미가 붙고, 그래서 더 열심히 했지."

"난 너 처음 봤을 때 이종 격투기나 뭐 그런 선수가 되려는 줄 알았어."

"왜?"

정태는 생전 처음 듣는 소리라는 듯 두 눈을 동그랗게 뜨고서 반문했다.

"격투기 도장 다니니까. 애들도 그렇게 알고 있던데?"

"그건 내가 할머니하고 둘이서만 살다 보니까 하도 엉기는 새끼들이 많아서 배운 거야. 가난하다고 자꾸 무시하잖아. 선배라는 놈들도 계속 찝쩍거리고. 그래서 건들지 말라는 뜻으로 싸움을 한 것 뿐이야. 아마 찝쩍대는 새끼들이 없었다면 싸움도 안 했을 거야. 믿을지 모르지만 난 싸우는 거 싫거든. 어쨌건 도장에 다니지 않았다면 아마 진작 학교 때려치웠을지도 몰라. 울화가 치밀 때 도장에 나가서 땀을 쫙 빼고 나면 잡념이 사라지면서 후련하거든. 공부를 못해도 덜 쪽팔리고."

난 정태가 싸움을 싫어한다는 말이 선뜻 믿기지 않았다. 하지만 지욱이가 시비를 걸었을 때 정태가 보였던 태도를 떠올리니 그 말이 맞을지도 모른다는 생각이 들었다.

"난 앞 번에 지욱이가 너 한글 모른다고 까발렸을 때 네가 지욱이 가만 안 둘 줄 알았어. 정말 조마조마했거든. 그때를 생각하니까 싸움 싫어한다는 네 말, 맞는 거 같다."

정태는 대답 대신 피식 웃어 보였다.

해가 짧아졌는지 이내 사방이 어둑어둑해졌다. 난 평상 위에 아무렇게나 던져 놓았던 윗도리를 몸에 걸쳤다. 모기에게 뜯겼는지 팔과 등짝이 근질근질하다.

"나 그만 가야겠다."

나는 평상에서 내려서서 신발을 꿰신었다. 정태는 1층 쪽문까지 나를 배웅했다.

"와 줘서 고맙다."

돌아서는 내 등 뒤에 대고 정태가 지나가는 투로 툭 던지듯 한

마디 했다. 나는 그런 정태에게 손을 흔들다가 갑자기 생각났다는 듯 아까부터 궁금해하던 것을 물었다.

"야, 근데 나를 왜 집으로 초대한 거야?"

"생일이라고 했잖아."

"정말 그뿐이야?"

정태는 나를 빤히 쳐다보며 잠시 망설이더니 입을 열었다.

"사실은 할머니가 다음 주에 요양 병원으로 들어가서. 담임이 그러는데 우리 집은 정부에서 지원을 해 주기 때문에 돈이 거의 안 든대. 할머니랑 헤어지는 건 싫지만 자꾸 편찮으시니까……. 어쨌건 할머니는 예전부터 내가 집으로 친구를 데려오는 걸 꼭 보고 싶어 하셨거든. 근데 난 쪽팔려서 한 번도 애들을 데려온 적이 없어. 그게 너무 죄송하더라고."

말을 마친 정태는 가볍게 미소를 지었는데 그 미소가 어쩐지 쓸쓸하게 느껴졌다. 문득 나를 집으로 초대해 준 정태에게 정말로 고맙다는 생각이 들었다.

"불러 줘서 고맙다."

"뭘, 내가 고맙지. 내일 학교에서 보자."

나는 돌아서서 언덕길을 내려왔다. 전봇대에 매달린 가로등에 하나둘 불이 들어왔다. 가로등 불빛에 비친 다세대 주택들이 낮에 봤을 때와는 느낌이 다르다. 왠지 마음이 편하지 않다. 비좁은 방 안에 누워 있던 정태 할머니의 모습이 자꾸만 눈앞에 어른거린다.

가난에 찌든 살림살이도 두고두고 잊지 못할 거 같다.

나는 정태가 그토록 어렵게 살고 있으리라고는 상상도 하지 못했었다. 어쩌면 대풍이의 형편도 정태와 크게 다르지 않을지도 모른다. 부모님의 보살핌 속에서 아무 걱정 없이 살아가는 내 처지가 갑자기 녀석들에게 미안하게 느껴졌다. 내가 타박타박 걸어 내려가는 언덕길 양편으로 다닥다닥 붙은 낡은 다세대 주택들, 그 안에는 정태 같은 애들이 얼마든지 있을 것이다. 혼자만 잘사는 건 죄악이라던 아빠의 말이 비로소 이해되었다.

*

"우아, 멋있다!"

학교가 끝나자마자 가게로 뛰어든 내 입에서 절로 감탄사가 터져 나왔다. 나를 따라온 애들도 엄지를 추켜세우며 감탄을 했다.

얼룩진 벽지에 길쭉한 옛날식 형광등이 붙박였던 천장이 사라지고 그 자리에 커다란 아크릴판 네 개가 쇠줄에 매여 일정한 간격으로 고정되어 있었다. 아크릴판 안쪽에는 각기 다른 풍경의 거대한 텃밭 사진이 붙어 있는데 그 모습이 꼭 전시관 같다. 자세히 보니 하나는 우리 학교 텃밭 사진이고 다른 하나는 아빠의 텃밭을 찍은 사진이다. 나머지 사진들은 아빠 친구들이 운영하는 농장 풍경을 담고 있다.

어떻게 저런 아이디어를 떠올렸는지 새삼 아빠가 다시 보인다.

"어, 왔냐?"

간이 사다리에 걸터앉아서 핸드드릴로 나사못을 박던 아빠가 환한 얼굴로 우리를 반겼다.

"아빠, 죽이는데!"

"아들, 이 아빠가 누구냐? 만능 아니냐, 만능."

아빠는 과장된 목소리로 잘난 척을 했다. 하지만 오늘은 잘난 척을 해도 눈감아 줄 만하다.

전시관으로 변모한 천장도 천장이지만 한창 작업 중인 벽도 근사했다. 아빠는 줄무늬가 새겨진 손가락 너비의 무늬목을 벽면에 가로로 길게 이어 붙였다. 똑같은 규격의 무늬목이 일정한 간격으로 촘촘히 벽면을 채워 나가자 밋밋했던 벽이 꽤나 고급스러운 분위기로 바뀌었다. 연장주머니를 허리에 두른 채 거침없는 손길로 나사못을 박아 나가는 모습이 예사롭지 않다. 목수 일에 열심이던 게 제대로 빛을 발하는 듯하다.

아빠는 목에 둘렀던 수건으로 얼굴을 훔친 뒤 사다리에서 내려왔다.

"텃밭 선생님, 안녕하세요?"

아이들이 약속이나 한 듯 아빠에게 인사를 했다. 다들 텃밭 동아리 애들이니까 아빠를 선생님이라고 부르는 게 이상할 건 없지만 아직도 내겐 어색하기만 하다.

"어, 그래. 구경들 왔나 보구나. 자주 놀러 오너라. 너희한테는 특별히 싸고 푸짐하게 줄 테니까."

아빠는 호탕하게 웃으며 인심을 쓰듯 말했다.

그때 담임과 홍두깨가 가게 안으로 들어왔다. 작업복 차림인 걸 보니 오늘도 품앗이를 온 모양이다. 내년부터 아빠와 함께 농장을 운영하기로 하더니 그새 부쩍 친해진 것 같다.

"어, 너희도 와 있었구나. 아버님, 저희 왔습니다."

"어서들 오세요."

"출출하실 텐데 이것 좀 드시고 시작하죠?"

담임이 가게 한가운데 몰아 놓은 탁자 위에 주전부리를 꺼내 놓으며 말했다. 예기치 못한 선생님들의 출현에 아이들은 쭈뼛거리더니

"그만 갈게요. 안녕히 계세요."

하고 돌아서서 밖으로 나갔다.

나는 남아서 아빠를 도와야 하기 때문에 문가에서 배웅을 했다. 아이들을 보낸 뒤 안으로 들어오는데 휴대전화 메시지 알림 음이 울린다. 스마트폰을 꺼내 들여다보니 지욱이다. 시간 있으면 아파트 단지 사이에 있는 공원에서 만나고 싶다는 메시지였다. 나는 잠시 망설였다. 지욱이가 나의 만류를 뿌리치고 끝내 텃밭 동아리에서 탈퇴한 뒤로 나는 녀석과 반에서 얼굴을 마주쳐도 데면데면하게 지나쳐 버렸다. 동아리를 탈퇴한 것에 대한 섭섭함도 작용했지

만 평상시에는 그렇고 그런 사이처럼 무시하다가 뭔가 필요할 때만 나를 찾는 녀석의 태도가 은연중 불쾌하게 느껴졌다. 그때마다 우리가 친구가 맞는 건지 회의가 든다. 그런데도 결국엔 녀석의 부름에 응하게 된다. 왜 그런지 영문을 모르겠다.

"아빠, 나 친구가 불러서 가 봐야 되는데……."

"친구 누구?"

"나중에 얘기해 줄게. 그럼 나 간다?"

"너무 늦지 말고 저녁 먹기 전까지 들어와라."

나는 선생님들에게 꾸벅 인사를 한 뒤 밖으로 나와서 공원으로 향했다. 무슨 일인지 은근히 걱정이 된다. 녀석이 나를 찾는 걸 보니 무슨 일이 있는 게 분명하다. 곰곰이 생각해 보면 지욱이도 정태나 대풍이 못지않게 신세가 참 고달프다. 녀석의 평상시 행동은 때때로 얄밉기 짝이 없지만 그보다는 불쌍함이 앞선다. 이런 걸 두고 진정한 선(善)은 연민에서 나온다고 하는가 보다. 짜증을 내다가도 지욱이가 나를 필요로 할 때마다 달려가서 이야기를 들어 주는 것도 다 지욱이가 안쓰럽기 때문이다. 일일이 따지고 들면 불쌍하지 않은 사람이 어디 있느냐고 반문할 사람도 있겠지만 그런 사람은 연민을 모르거나 잃어버린 거다.

공원을 향해 발걸음을 재촉하는데 누군가 등 뒤에서 내 이름을 불렀다. 돌아보니 민석이다.

"어? 너 인라인 샀어?"

민석이는 반짝반짝 광이 나는 인라인스케이트를 여봐란듯이 신고 있었다. 녀석은 히죽 웃으며 고개를 끄덕였다. 위험하다면서 엄마가 자전거는 물론이고 인라인스케이트도 못 타게 한다더니 별일이다.

"며칠 전에 아빠랑 마트에 가서 자전거도 샀어. 좀 더 연습한 다음에 학교에 타고 다닐 거야."

민석이는 가슴을 앞으로 쭉 내밀며 뻐기듯이 자랑을 했다. 중학생이 자전거를 샀다고 자랑하는 모습이 어쩐지 우스워 보여서 나는 피식 웃고 말았다.

"나 갈게. 내일 보자."

민석이는 금방이라도 자빠질 듯 위태로운 자세로 한 발 한 발 조심스럽게 인라인스케이트를 타고 앞으로 나아갔다. 그 모습이 꽤나 우스꽝스러워서 자꾸만 웃음이 나왔다.

공원에 도착해서 주위를 휘둘러보니 외따로 떨어진 석축에 지욱이가 침울한 표정으로 걸터앉아 있는 게 눈에 띄었다.

"어우, 졸라 덥네."

나는 짐짓 부산스러운 태도로 지욱이 옆자리에 엉덩이를 부려 놓았다. 녀석은 힐끗 나를 쳐다본 뒤 한동안 먼산바라기를 하며 분위기를 잡았다. 나는 채근하지 않고서 묵묵히 녀석이 입을 열 때까지 기다려 주었다.

마침내 지욱이가 말문을 열었다.

"야, 넌 학교 다니는 게 좋냐?"

"참 나, 학교 좋아서 다니는 새끼가 어딨냐? 그냥 다니는 거지. 건 왜?"

"……."

지욱이는 골똘한 표정으로 대꾸가 없다. 무슨 말을 하려고 이리 뜸을 들이는지 궁금해진 나는 녀석의 옆얼굴을 흘낏 쳐다보았다. 녀석은 바닥에 눈길을 붙들어 맨 채 미동도 않는다. 기다리기 지루해진 나는

"야, 동아리 다시 들어오지 않을래?"

하고 슬쩍 운을 떼 보았다.

그러자 지욱이가 고개를 들어 내 눈을 똑바로 마주 보았다.

"나, 학교 그만둘 거야."

"뭐? 무슨 소리야, 그게?"

나는 두 눈을 크게 치켜뜨고 물었다.

"엄마하고 오늘 얘기 끝냈어."

"무슨 얘기?"

"미국으로 유학 가기로 했어."

나는 어안이 벙벙해서 한동안 입도 뻥긋하지 못했다. 이 무슨 청천벽력 같은 소리란 말인가. 미국으로 유학을 간다니, 두 귀로 듣고서도 믿기지가 않는다.

"솔직히 성공해서 잘 먹고 잘살려고 공부하는 거잖아. 난 맘만

먹으면 스카이쯤 어려울 것도 없어. 얼마든지 자신 있어. 지금 와서 하는 얘기지만 우리 학교에서 1등 하는 거 난 관심도 없어. 여기 애들은 내 경쟁 상대가 아니거든. 막말로 너희랑 비교당하는 것 자체가 나한텐 쪽팔린 일이야. 아마 엄마가 날 가만 내버려뒀으면 난 착실하게 외고 갈 준비를 했을 거야. 근데 엄마가 자꾸만 날 못 믿고 강요를 하니까 그만 일이 꼬여 버린 거야. 난 지금도 엄마가 간섭만 하지 않으면 최고의 스펙을 쌓을 자신이 있어. 난 너희들하고 다르잖아. 그래서 유학을 가기로 결정한 거야. 그러겠다니까 엄마도 좋대.”

나는 너무나 충격적인 지욱이의 발언에 뭐라 대꾸할 엄두를 내지 못했다. 엄마의 간섭을 피해서 유학을 가겠다는 거야 이해 못할 것도 없지만 자기는 우리와 다르다니, 그런 생각을 할 수 있다는 것 자체가 그저 놀라울 따름이었다. 그러고 보니 녀석은 초등학생 때부터 늘 다른 애들을 무시하고는 했었다. 녀석은 친구인 내게도 무식한 것이라는 표현을 썼었다. 한때는 실수였을 것이라고 생각했지만 돌이켜 보면 그건 녀석의 진심이었다. 곰곰이 돌아보니 난 녀석에게 단 한 번도 친구였던 적이 없었던 것 같다. 아마 녀석에게 나는 그냥 살아가면서 필요한 그 무엇이었을지도 모른다.

“다시 생각해 보는 게 어때?”

나는 녀석과 더 말을 섞는 게 무의미하다는 걸 알았지만 그동안 친구로 지내온 의리를 생각해서 한마디 했다. 그러자 지욱이는 피식 입꼬리를 말아 올렸다.

"무엇 때문에?"

"야, 학교가 꼭 성공하기 위해서 다니는 건 아니잖아?"

"아니면?"

"친구들도 있고, 살아가는 데 필요한 여러 가지를 배울 수도 있잖아."

"친구? 웃기고 있네. 너도 정신 차려, 인마. 내가 충고하는데 정태 같은 애들하고 어울려 다녀 봐야 루저밖에 안 돼. 진짜 친구는 그런 놈들이 아니라 스펙이야. 그리고 살아가는 데 필요한 건 나중에 얼마든지 배울 수 있어."

지욱이는 단호한 표정으로 말했다. 나는 어쩐지 그런 지욱이가 섬뜩하게 느껴졌다. 친구가 필요 없다고 생각하다니, 그리고 살아가는 데 필요한 건 나중에 배우면 된다니. 그럼 지금 우리가 겪는 경험들은 아무런 의미도 없다는 말인가. 나는 지욱이에게 진짜 공부는 살아가면서 필요한 걸 그때그때 배우는 것이라는 얘기를 해주고 싶었다. 그렇지만 내 얘기에 녀석이 어떻게 반응할지 뻔히 들여다보여서 그만두었다.

"이런 얘기 하려고 날 불러낸 거야?"

나는 지욱이랑 얼굴을 마주하는 게 어쩐지 불편해져서 마지막으로 물었다.

"그냥, 너한테만큼은 미리 알려주고 싶었어."

지욱이는 건조한 목소리로 대꾸했다.

나는 지욱이가 왜 나한테 미리 알려주고 싶었던 건지 그 이유가 궁금했지만 묻지 않았다. 지욱이에게 나는 어떤 존재였을까. 녀석은 단 한 번만이라도 나를 친구로 생각한 적이 있을까. 그러나 굳이 알고 싶지는 않았다.

더 이상 녀석에게 할 말이 없다고 생각한 나는 앉은자리에서 일어났다.

"나 간다."

나는 지욱이에게 짤막하게 작별 인사를 했다.

"그래, 잘 가."

지욱이가 무덤덤한 목소리로 대꾸했다. 나는 뒤를 돌아보지 않고 공원을 벗어났다. 지욱이가 어떤 표정을 짓고 있을지 궁금하긴 했지만 일부러 돌아보지 않았다. 지욱이에게 내가 어떤 존재였든 난 녀석을 친구로 생각했었으니까 그걸로 족하다. 난 지욱이가 본인이 원하는 대로 성공하기를 진심으로 빌었다. 지욱이 정도의 실력이라면 그건 그다지 어려운 일이 아닐지도 모른다.

공원에서 벗어난 나는 그제야 뒤를 돌아다보았다. 나무가 우거진 공원 길이 산책을 나온 사람들로 소란스럽다. 나는 고개를 들어 하늘을 우러렀다. 서쪽 하늘이 노을빛으로 붉게 물들어 있다.

문득 나는 지욱이가 지금 이 순간, 인생에 있어서 가장 소중한 무언가를 잃어버렸고 나는 친구 한 명을 잃어버렸다는 사실을 아프게 깨달았다.

*

점심시간이 끝나자 텃밭 동아리 아이들이 속속 텃밭으로 모여들었다. 구월도 중순을 넘기면서부터 텃밭에선 그다지 땀 뺄 일이 없다. 무섭게 올라오던 풀들의 기세도 아침저녁으로 선선한 바람이 불면서 누꿈해졌다.

이제부턴 이따금씩 웃거름이나 줘 가면서 벌레만 잡아 주면 딱히 할 일도 없다. 동아리 활동에는 세 시간이 배정되어 있는데 밭에 물을 뿌려 주고 고구마 줄기를 들어 올려서 걷고 수확에서 갈무리까지 하는 데 한 시간이면 족하다. 이삼 주 후면 고구마와 땅콩을 수확하는데 그때까진 그야말로 시간이 남아돈다. 꼭 땡땡이라도 치는 기분이다.

담임은 할 일이 없어서 텃밭 주위를 어슬렁거리는 우리들을 두고 보기가 뭣했는지 영양사 선생님의 도움을 받아 토마토소스와 오이피클 만드는 걸 가르치기도 했다. 그 과정이 꽤나 재미있어서 빨리 끝내 달라고 투덜거리는 애들은 한 명도 없었다. 특히 토마토소스를 만들었을 땐 우리 손으로 직접 스파게티를 해 먹기도 했는데 반응이 굉장히 뜨거웠다.

오늘도 보나 마나 시간이 남아돌 것이다. 그걸 익히 알고 있는 아이들은 느긋하게 여유를 부려 가며 쉬엄쉬엄 일했다. 딱히 도울 일이 없는데도 민형이 형은 여느 때처럼 텃밭에 나와서 할 일이 없나 하고 주위를 두리번거렸다.

"야, 건호야. 저거 정리해야 되지 않니?"

민형이 형이 잎이 누렇게 시들어 버린 참외와 오이를 가리키며 물었다.

"나중에 해도 돼요."

"그래도 미리 해 두면 좋잖아."

"그야 그렇죠."

내가 어깨를 으쓱해 보이며 대꾸하자 민형이 형은 참외와 오이 밭으로 성큼성큼 다가가서 뿌리를 뽑아내고 지지대에 뒤집어씌워 놨던 망을 걷어 내기 시작했다. 나는 텃밭 동아리도 아닌 선배가 앞장서서 일하는 모습을 두 손 놓고 보고만 있을 수가 없어서 민형이 형에게 다가갔다. 오이 망을 걷어 내는 일은 꽤나 성가신데도 민형이 형은 마냥 즐거운 표정이다.

하긴 민형이 형만 그런 건 아니다. 텃밭 동아리에 넣어 달라고 담임을 괴롭히다 못해 텃밭 옆에 자기들 맘대로 두 평 남짓 밭을 일궈 놓은 여자애들이 있는데 그 애들도 표정이 그렇게 밝을 수가 없다. 그곳은 나무 그늘이 짙어서 작물이 자랄 수 없다며 담임이 극구 말렸으나 그 애들은 막무가내로 파종을 하고 매일같이 물을 주었다. 그 정성에 상추 몇 개가 간신히 싹을 틔우긴 했으나 수확을 할 가능성은 희박해 보였다. 지금도 그 애들은 자기들이 일군 간이 텃밭에 쪼그리고 앉아서 뭐가 그리 즐거운지 재잘재잘 한시도 입을 쉬지 않는다.

그뿐만 아니라 텃밭을 둘러보며 산책을 즐기는 아이들도 이제는 심심찮게 볼 수 있다. 점심시간이면 정자는 아예 아이들의 쉼터로 자리 잡았고 무엇보다 놀라운 건 텃밭 동아리가 아닌데도 생태 화장실을 이용하는 아이들이 하나둘 생겨나기 시작한 것이다. 텃밭 동아리 아이들이 처음의 거부감을 극복하고 생태 화장실에 적응하기 시작한 건 당연한 일이지만 다른 아이들까지 생태 화장실을 이용하다니 누구도 예상하지 못한 결과였다.

민형이 형과 힘을 합치자 참외와 오이 밭은 어렵지 않게 정리가 되었다. 담임은 말끔히 정리된 밭을 둘러보고는 엄지손가락을 추켜세웠다. 나는 정자에 걸터앉아서 보온병에 담아 온 얼음물을 따라 민형이 형에게 건넸다. 민형이 형은 마침 갈증이 났던지 벌컥벌컥 시원하게 물을 들이켰다.

"형은 농사가 재밌어요?"

"응, 목공도 그렇고 난 몸 쓰는 게 재밌어."

두 눈을 빛내며 대답하는 민형이 형의 얼굴을 보자 문득 형의 장래 희망이 궁금해졌다.

"형은 커서 뭐가 되고 싶어요?"

"그야 나도 모르지. 하지만 진로는 정했어."

"뭐로요?"

"난 한국농수산대학에 갈 거야."

"그런 대학도 있어요?"

"나도 우연히 알게 됐는데 화성에 있는 삼 년제 국립대야. 등록금도 없고 2학년 때는 완전 공짜로 일 년 동안 해외 연수도 간대. 실습비를 아끼면 저금도 할 수 있을 것 같고, 무엇보다 죽이는 건 농사를 지으면 군대가 면제래."

나는 두 눈을 동그랗게 뜨고서 민형이 형의 얼굴을 뚫어져라 쳐다보았다. 민형이 형의 말이 사실이라면 그야말로 대박이다.

"형, 근데 거기 가려면 공부 엄청 잘해야 되는 거 아니에요?"

"야, 그럼 난 꿈도 못 꾸지. 성적은 별로 상관이 없대. 농수산 쪽 일을 좋아하는지가 제일 중요한가 보더라."

나는 고개를 갸웃거렸다. 내 귀에는 민형이 형의 얘기가 비현실적으로 들렸다. 왜 어른들은 아무도 내게 농수산대학 같은 게 있다고 한 번도 알려 주지 않았을까. 물론 그런 대학이 있다고 해서 내가 꼭 가고 싶다는 얘기는 아니다. 하지만 대학에 가기 위해선 무조건 공부를 잘해야 한다고 알았던 나로서는 뭔가 속은 느낌이다.

그때 담임이 아이들을 불러 모았다. 나는 민형이 형과 헤어지면서 조금 전 들은 얘기를 좀 더 생각해 봐야겠다고 마음먹었다.

담임은 오늘 일정에 대해 간략하게 설명한 뒤 수확을 끝내고 정자 앞으로 모이라는 지시를 내렸다. 우리는 담임의 지시에 따라 텃밭에 흩어져서 수확을 시작했다. 수확은 늘 즐겁기 마련이지만 오늘따라 아이들의 표정이 유달리 밝다. 나 역시 들뜬 기분으로 수확에 박차를 가했다. 오늘은 우리가 키우고 돌본 작물들을 수확해서 지역 아동 센터에 기부하는 날이다. 수확물을 한 보따리 들고 아동 센터에 찾아가 기부를 하면 다들 어떤 표정을 지을지 자못 설렌다.

수확물을 한곳에 모으니 종류도 다양하지만 일단 양이 어마어마하다. 우리는 작물들을 종류별로 수확 바구니에 담았다. 그런 뒤 수확 바구니를 하나씩 들고서 정태가 사는 마을 어귀에 있는 아동 센터로 향했다. 담임과 국어 선생님이 앞장섰고 우리는 재잘재잘 수다를 떨면서 그 뒤를 따라갔다.

십 분 남짓 걷자 꽃무늬 그림이 그려진 아동 센터 간판이 나타났다. 널찍한 차양 밑에 테라스가 설치된 아동 센터의 문을 담임이 밀고 들어가자 센터 선생님들이 기다리고 있었다는 듯 우리를 반갑게 맞아 주었다. 우리가 안으로 들어서자 각 방에서 우르르 몰려나온 꼬마들이 책장 앞에 몰려서서 호기심이 가득한 눈빛을 건넨다. 우리는 책상으로 쓰이는 앉은뱅이 원형 탁자 위에 수확 바구니를 내려놓았다. 아동 센터 선생님들은 수확물을 꺼내 놓으며 감탄을 연발했다. 상추와 토마토가 원형 탁자 위에 올라오자 꼬마들이

"와, 상추다."

"와, 토마토다."

하고 소리를 질러 댔다.

그 모습이 어쩌나 귀엽던지 우리는 누구나 할 것 없이 미소를 지었다.

"얘들아, 맛있겠지?"

아동 센터 선생님들이 꼬마들에게 묻자 녀석들은 귀청이 떨어져 나갈 듯 큰 목소리로 예, 하고 입을 모아 합창했다. 녀석들이 좋아하는 모습을 보자 절로 기분이 밝아지면서 가슴이 뿌듯했다. 아동 센터 선생님들은 일일이 우리의 손을 잡아 가며 감사를 표시했는데 그분들의 표정에서 정말로 고마워하는 마음이 느껴졌다. 별것도 아닌 일에 분에 넘치는 인사를 받고 보니 쑥스러운 한편 오길 잘했다는 생각이 들었다. 아동 센터 선생님들이 음료수를 내오려고 하자 담임은 극구 사양하면서 우리를 밖으로 이끌고 나왔다.

"안녕히 계세요. 다음에 또 올게요."

우리는 선생님들에게 인사한 뒤 학교를 향해 발걸음을 떼어 놓았다. 어느새 몰려나온 꼬마들이 우리 등 뒤에서 손을 흔들었다. 우리도 뒤를 돌아보며 녀석들에게 손을 흔들어 주었다.

"야, 기분 죽인다, 안 그래?"

"진짜 짱이야."

아이들은 한껏 들뜬 목소리로 재잘거렸다. 아닌 게 아니라 정말 기분이 좋다. 진심으로 고마워하던 아동 센터 선생님들과 좋아하던 꼬마들의 얼굴이 자꾸만 눈앞에 어른거린다.

아빠가 수확물이 나올 때마다 그걸 바리바리 주변에 나눠 주면서 싱글벙글했던 이유를 알 것만 같다. 엄마는 그런 아빠를 두고 '유네스코급 오지랖'이라며 지청구를 댔지만, 아빠는 나눔만 한 행복은 없다고 반박했다. 나는 그때마다 엄마의 편이었는데 이제부터는 아빠의 편을 들어야 할 것 같다.

학교 정문에 도착하자 담임은 우리의 얼굴을 하나하나 둘러보았다. 그러고는

"모두들 대견하고 정말 고맙다. 가서 푹 쉬고 내일 보자."

하고 말하며 얼굴 가득 미소를 머금었다.

그때 누군가 번쩍 손을 치켜들었다.

"선생님, 아동 센터에 기부하는 거 매 주 한 번씩 하면 안 돼요?"

"매 주 한 번씩 하자고? 뭐, 좋은 생각이긴 한데 그럼 각자의 몫이 푹 줄 텐데?"

"상관없어요!"

"그래? 너희 생각은 어떠니?"

아이들은 약속이나 한 듯이 사방에서 '콜'을 외쳐 댔다.

"짜식들, 멋진데. 그럼 다음 주부터 그렇게 하도록 하자. 오늘은 이만 해산!"

담임의 말에 아이들은 야호, 하고 신바람을 냈다. 담임과 국어 선생님이 학교 안으로 사라진 뒤에도 아이들은 잔뜩 아쉬운 눈치로 흩어지지 않았다. 평상시보다 일찍 끝난 탓도 있지만 그대로 헤어지기에는 왠지 서운했다.

그때 대풍이가 아이들을 향해

"애들아, 짜장면 내기 발야구 한판 어때?"

하고 묻자 모두들 기다렸다는 듯이 운동장을 향해 우르르 몰려갔다.

"나도 금방 갈게."

아빠의 일손을 돕기로 약속했던 나는 아이들을 향해 소리친 뒤 길을 건넜다. 가게 문을 밀치고 안으로 들어가자 막 공사를 끝내고 내부 청소를 하고 있던 부모님이 나를 반겼다.

"건호야, 어때? 멋있지?"

학교로 달려갈 생각에 마음이 바쁜 나를 붙들고 엄마가 물었다.

"응, 멋있어."

나는 책가방을 탁자 위에 내던지며 건성으로 대답했다.

"이 녀석아, 건성으로 대답하지 말고 정말로 어떠냐고?"

"좋다니까!"

내가 계속해서 건성건성 대꾸하자 엄마는 쥐어박는 시늉을 하며 나를 가볍게 흘겨보았다. 애들이 기다리고 있다는 생각에 나는

"나 좀 나갔다 올게."

하고 문 쪽으로 내달았다.

"야, 인마, 너 지금 어디 가?"

아빠가 그런 내 등 뒤에 대고 소리쳤다.

"몰라도 돼요!"

나는 카랑카랑한 목소리로 대꾸를 하며 가게 밖으로 내달았다.

"어쭈, 갑자기 웬 존댓말? 짜식, 머리가 굵어졌다 이거지."

아빠의 목소리가 등 뒤에 따라붙었으나 나는 못 들은 척하고 길을 건넜다. 교문을 통과하는데 운동장 쪽에서 와하고 함성이 들려왔다. 애들이 나를 빼놓고 벌써 발야구를 시작한 모양이다. 나는 운동장을 향해 부리나케 뛰기 시작했다. 운동장에 도착하니 숙인이가 찬 공이 내 쪽을 향해 데굴데굴 굴러 왔다. 나는 달려가면서 있는 힘껏 공을 내질렀다. 뻥, 소리를 내며 공이 하늘 높이 솟구쳤다.

나는 손차양을 하고서 그 공을 눈길로 쫓았다. 그런 내 눈에 햇살이 눈부시게 쏟아져 들어왔다.

오 년 전부터 텃밭 농사를 짓기 시작한 게 인연이 되어서 재작년부터 일산 중학교 아이들과 농사를 짓기 시작했습니다. 그러면서 다양한 아이들을 만났습니다. 할머니와 단둘이 사는 아이, 아빠 혹은 엄마하고만 사는 아이, 왕따 문제로 고민하는 아이, 성적 때문에 부모와 갈등을 겪는 아이, 이성 문제로 괴로워하는 아이, 가정 폭력에 시달리는 아이, 가출을 꿈꾸는 아이……. 제가 소설가라는 사실을 알게 된 아이들은 속내에 깊이 감추어 두었던 이야기를 꺼내며 자신들의 얘기를 언제고 꼭 소설로 써 달라고 부탁해 왔습니다. 저는 꼭 그러겠다고 약속했지만 이런저런 사정 때문에 차일피일 미루어 왔습니다.

그사이에 전국 곳곳에서 많은 아이들이 스스로 목숨을 끊었습니다. 지금 이 시간에도 누군가는 죽음을 저울질하고 있을지도 모릅니다. 아이들이 자살한 소식을 접할 때마다 텃밭에서 만난 아이들과 그 아이들의 이야기가 떠오릅니다. 그리고 아이들이 왜 죽음을 택할 수밖에 없었는지 이해가 됩니다. 물론 제가 만난 아이들의 대다수는 지극히 평범합니다. 그런데 그 아이들이 일상에서 겪는 고통은 결코 평범하지가 않습니다. 어른들도 견디기 힘든 고통을 아이들은 견뎌 냅니다. 매일매일 견뎌 냅니다.

작년에 극심한 봄 가뭄으로 전국이 타들어 가던 때 작물들이 걱정되어서 학교 텃밭에 나가 본 적이 있습니다. 그때 누가 만들었는지 모르지만 텃밭에 꽂힌 작은 팻말 하나가 제 눈길을 사로잡았습니다. 그 팻말에는 "작물아, 죽지 마."라고 쓰여 있었지요.

저는 한동안 그 팻말 앞에서 꼼짝도 할 수 없었습니다.

이처럼 아직 순수함과 아름다움을 간직한 아이들을 더 이상 괴롭혀서는 안 된다는 절박한 생각에 저는 아이들을 위한 소설을 쓰기로 마음먹었습니다. 그리고 텃밭에서 만난 다양한 아이들을 모델로 삼아 이야기를 짜 나갔습니다.

아마도 텃밭에서 아이들과 함께 땀방울 흘려 가며 일군 시간이 없었더라면 이 소설을 쓰지 못했을 겁니다. 십오 년간 글을 손에서 내려놓은 제게 텃밭에서 만난 아이들의 삶은 하나의 이야기로 아로새겨졌고, 이 소설을 쓰는 내내 저는 그 아이들과 함께 글을 만들어 나가고 있다는 생각에 든든했습니다.

저는 이 소설에서 교훈적인 이야기를 하고 싶지는 않았습니다. 세상이 강요하는 기준에 비켜서서 자기 나름대로 삶을 헤쳐 나가는 아이들의 모습을 실감 나게 보여 주고 싶었을 뿐입니다. 그래서 이 소설을 읽는 아이들이 스스로가 꽤 멋진 존재라는 걸 깨닫고 작은 위안을 얻었으면 좋겠습니다. 자신들의 이야기를 소설로 써 달라던 아이들의 부탁도 결국은, 자신들의 삶을 실감 나게 그려 달라는 완곡한 표현이었을 겁니다. 그리고 제가 써 내려간 이야기는 이제 갓 중학생이 된 제 딸에게 주는 선물이기도 합니다.

모쪼록 이 이야기가 힘겨운 나날을 견디고 있는 모든 아이들에게 작은 위안과 기쁨이 되었으면 좋겠습니다. 이 소설을 읽는 아이들이 무릎을 쳐 가며 "맞아 맞아, 이건 진짜로 우리 얘기잖아." 하고 즐거워한다면 더 이상 바랄 나위가 없겠지요.

소설을 끝내고 나니 많은 얼굴들이 떠오릅니다. 가장 먼저 떠오르는 얼굴은 일산 중학교의 텃밭 동아리 아이들과 지도 교사를 맡은 송원석 선생님입니다. 앞서 밝힌 대로 그들과 함께한 시간이 아니었다면 이 소설은 태어나지 못했을 겁니다. 지난 십 년간 묵묵히 기다려 준 창비의 강일우 대표와 각별한 애정으로 함께 원고를 만들어 준 청소년출판부에도 감사의 말을 전하고 싶습니다. 일상의 공간에서 희로애락을 함께하며 크나큰 의지가 되었던 이십 년 지기 이원우, 정화진, 김경윤 형도 이 소설을 함께 쓴 것이나 다름없습니다. 문학은 혼자 하는 게 아니라 관계 맺는 모두와 함께 하는 것이란 생각을 떨칠 수가 없습니다.

그 정점에는 기나긴 세월을 애면글면 견뎌 온 아내가 있습니다. 다시 한 번 모두에게 진심으로 고개 숙여 감사드립니다.

2013년 가을
김한수

창비청소년문학 54

너 지금 어디 가?

초판 1쇄 발행 • 2013년 10월 11일
초판 12쇄 발행 • 2022년 8월 11일

지은이 • 김한수
펴낸이 • 강일우
책임편집 • 김영선
펴낸곳 • (주)창비
등록 • 1986년 8월 5일 제85호
주소 • 10881 경기도 파주시 회동길 184
전화 • 031-955-3333
팩시밀리 • 영업 031-955-3399 편집 031-955-3400
홈페이지 • www.changbi.com
전자우편 • ya@changbi.com

ⓒ 김한수 2013
ISBN 978-89-364-5654-2 43810